MICA HEALAND

ISLE OF Darkness

ENTFÜHRT IN DIE DUNKELHEIT

Isle of Darkness

Band 1 einer Reihe

Bildmaterial: Shutterstock, Freepik
Korrektorin: Annette Nenner

Bestellung und Vertrieb: Nova MD GmbH, Vachendorf

ISBN: 978-3-96966-930-3

Druckerei Smilkov Print Ltd
Pokrovnishko shose
2700, Blagoevgrad

Federherz Verlag
Süntelstraße 70
31848 Bad Münder
www.federherzverlag.de
Instagram: @federherz.verlag

VORWORT

Kommst du mit mir auf die isle of darkness?
Bist du bereit, dich entführen zu lassen?
Gibst du die Kontrolle ab?
Lässt du zu, dass ER deine Grenzen neu steckt?
Wenn du mit Themen wie Phobien, suizidalen Gedanken, Waffen und Gewalt nicht klarkommst, dann bleib der Insel lieber fern.
Denn wenn du einmal dort bist, gibt es kein Zurück.

Sieh nicht nur mit den Augen.
Sieh mit dem Herz und dem Verstand.
Sieh mit deinen Händen und mit deinen Lippen. Sieh mit deinem Instinkt.
Erst dann wirst du erkennen,
wofür deine Augen blind sind.

Für die, die mich so sehen,
wie ich wirklich bin

BREXEN

PROLOG

19.12.2016

Ich verlor die Kontrolle. Etwas, das mir niemals passierte und mir eine Heidenangst einjagte. Das hier war nicht geplant. Ganz im Gegenteil. Genau diesen Moment hatte ich immer vermeiden wollen.

Aber ihr Geruch. Der Duft nach Blumen und Leichtigkeit an einem warmen Sommertag, der mir von ihrer weichen Haut direkt in die Nase wehte. Ich konnte nicht aufhören. Und ich wollte es auch gar nicht mehr. Nicht, nachdem ich die Grenze des Unmöglichen bereits überschritten hatte. Da gab es diese Mauer zwischen uns, die ich mit jedem Mal, wenn ich sie ansah, höher gezogen hatte. Doch in dem Augenblick, in dem meine Finger erstmals ihre weiche Haut berührt hatten, war jeder mühsam gesetzte Stein mit einem gigantischen Knall gesprengt worden. Und Scheiße nochmal, ich hatte nur diese eine Chance. Es würde kein zweites Mal geben.

»Oh ... mein ...«, weiter kam ihr samtiges Stöhnen nicht, denn ich schob einen zweiten Finger in ihre engen Wände und ließ meine Lippen auf das zarte Fleisch an ihrem Hals gleiten. Ihr warmer Rücken presste sich an meine Brust und ich fühlte ihren hastigen Atem an meinem Oberkörper. Ihren Herzschlag und die Nervosität ihres Körpers zu spüren, löste eine gigantische Explosion an Gefühlen in meiner Brust aus, die niemals hätte gezündet werden dürfen. Ich schloss die Augen und vergrub mein Gesicht in ihrem Hals. Nahm mit der Zunge alles auf, was ihre Haut zu geben hatte. Gott, sie schmeckte noch besser, als sie roch.

Das und die Gewissheit, ihr als Einziger zu geben, wonach sie sich wirklich sehnte, brachte mich an den Rand meiner Zurückhaltung. Jeden Augenblick würde ich ihr den kurzen Rock vom Leib reißen und mich in ihr versenken. Hier, sichtbar für jeden, der scharf darauf war. Ob ich es durfte oder nicht, spielte mit jedem weiteren Stoß eine kleinere Rolle. Scheiße, dieser Fick würde es wert sein, dafür zu sterben.

Ich löste die Spange an ihrem Hinterkopf und die wilden Locken kitzelten mich an der Nase, während sie sich auf ihrem Rücken ausbreiteten. So tief ich konnte, atmete ich ihren Duft ein, um ihn für die Ewigkeit zu speichern. Ich würde ihn nie wieder so nah bei mir haben können. Niemals.

Dieser Moment hier in der hintersten Ecke des verruchtesten Clubs, den ich je besucht hatte, war alles, was uns blieb. Ich wusste das. Sie hatte keine Ahnung. Wie immer lief sie blind in ihr Verderben. Ein kleiner lieblicher Fisch in einem Becken voller Haie, der immer und immer wieder in die falsche Richtung schwamm. Das bewies dieser Augenblick der Begierde mehr denn je.

Ich schob ihr Haar zur Seite und biss sanft in ihren Nacken. Sie stöhnte lauter. Seufzte und versuchte, ihren Kopf auf die Seite zu drehen, um mich anzusehen und mir ihre Lippen anzubieten. Doch das durfte ich nicht zulassen. So gern, wie ich sie auch auf jede erdenkliche Weise kosten wollte. Sie durfte niemals erfahren, wer ich war. Denn wenn wir uns jemals ins Gesicht blicken würden, bedeutete das für einen von uns den Tod.

KYLEE

31.08.2020

Oh Mann. Dieser Tag will einfach kein Ende nehmen.

»So ein Mist!«, fluche ich leise vor mich hin, während das Spritzwasser eines vorbeifahrenden Autos meine Pumps flutet. Nur mit größter Mühe weiche ich ein paar Touristen aus, die sich auf dem Gehweg im Kreis drehen und höchstwahrscheinlich den Wald vor lauter Bäumen nicht sehen. Immerhin befindet sich die Westminster Cathedral, zu der die meisten Touris in dieser Umgebung wollen, direkt hinter uns.

Die alte Ledertasche meines Dads zerrt an meiner Schulter und ich umklammere den Riemen, während der Regenschirm nicht ansatzweise seinen Job erfüllt. Das Wasser scheint von allen Seiten zu kommen. Ich merke, wie meine akkurate Hochsteckfrisur sich langsam, aber sicher auflöst und sich die ersten Strähnen auf meiner

Stirn durch die Feuchtigkeit kräuseln. Doch das ist dem Wetter vollkommen egal. Der Wind zerrt auch am letzten Rest meiner Frisur und die Regentropfen peitschen gegen meine nackten Beine.

Ohne es zu wollen, muss ich Aiden in Gedanken recht geben. Ich sehe seine hochgezogene Augenbraue beim Frühstück regelrecht vor mir. ›Unter einen Rock gehört eine Strumpfhose‹, hatte er gesagt, seine Tasse ordentlich gespült und in den Schrank geräumt, während meine wahrscheinlich jetzt noch auf dem Frühstückstresen steht.

Allerdings fragt sich, ob mich ein bisschen Nylonstoff bei diesem Unwetter hätte retten können. England bedient mit dem heutigen Tag sämtliche Wetterklischees. Beinahe muss ich darüber lachen, dass ich so dumm war und den ganzen Tag nur in meinem albernen Kostüm herumlaufe, während die Touristen bestens mit Outdoorschuhen und wasserdichten Jacken ausgestattet sind.

Das Piepen meines Smartphones reißt mich aus den Gedanken, während ich die Victoria Street mit schnellen Schritten hinunterflitze. Ich hasse es, zu spät zu sein. Und doch bin ich es. Immer. Ausnahmslos.

Den Regenschirm mit der Wange gegen meine Schulter geklemmt, habe ich die Hand frei, um mein Handy aus der Tasche meines Blazers zu fischen. Es ist bereits die vierte Nachricht, die Aiden mir hinterlassen hat. Mein Daumen ist zu nass, um eine Antwort auf das Display zu tippen, daher tausche ich Schirm gegen Handy. Schon nach dem ersten Klingeln nimmt mein Verlobter ab.

»Bitte sag mir, dass du an die Blumen gedacht hast und bereits in einem Cab sitzt.«

»Dir auch einen schönen Tag«, seufze ich in mein Smartphone und scheitere bei dem kläglichen Versuch, mit dem Fuß einen Fahrer herbeizuwinken. Immer wieder rutscht mir die Tasche mit meinen Unterlagen von der Schulter und der Lederriemen schneidet in meine Handfläche.

»Sorry Kyles. Du weißt, wie nervös es mich macht, wenn unsere Eltern an einem Tisch sitzen. Wie lief's mit Andrew?«

»Wie spät ist es?«, umgehe ich seine Frage und presse meine Wange gegen das Telefon, um am Taxistand endlich auf mich aufmerksam zu machen. Die Wahrheit ist: Ich habe weder an die Blumen für seine Mutter gedacht noch wird ihm gefallen, was mein Chef zu meinem neuesten Projekt gesagt hat. Aber es ist nicht der richtige Moment, auch nur eins von beidem zu beichten. Denn ja, ich weiß, wie sehr er es hasst, unsere Eltern zusammenzubringen. Mir geht es genauso. Die ganze Zeit habe ich das Gefühl, eine Verbindung zwischen den sich völlig fremden Familien herstellen zu müssen. In der Regel endet das Ganze so, dass ich zu viel rede und Aiden damit nerve, weil seine Eltern es nicht leiden können, wenn ich mehr zu sagen habe als er. Meine Eltern nehmen die Treffen hin. Meine Mum ist immer ganz entzückt, weil die Atkinsens nun einmal eine wohlhabende, angesehene Familie sind. Doch meinem Dad ist das genauso unangenehm wie mir.

»Es ist gleich fünf. Dein Termin war schon um zwei. Wo steckst du den ganzen Tag? Deine Eltern werden jede Sekunde hier sein und meine Ma hat schon hektische Flecken, weil der Braten trocken werden könnte.«

Während ich schon fast die Hoffnung auf ein freies

Taxi aufgegeben habe, schließe ich kurz die Augen, um mich nicht unnötig aufzuregen. Aidens Mum und ich sind nicht gerade beste Freundinnen.

»Das wäre natürlich eine Katastrophe«, zische ich eine Spur zu zickig.

»Kylee, komm schon. Du weißt, sie meint es gut.«

»Einem Vegetarier Schweinebraten vor die Nase zu stellen hat nichts mit ›es gut meinen‹ zu tun.«

»Also, wann wirst du hier sein?«

Er hat die Sache mit dem Themenwechsel ebenso gut drauf wie ich. Allerdings bin ich darin die Meisterin.

»Andrew will die Callen-Story ganz groß rausbringen. Es wird ein mehrteiliger Bericht. Ich bekomme seine volle Unterstützung, um alles zu tun, was nötig ist.«

Schon beim letzten Wort nagt das schlechte Gewissen an mir. So sehr ich mich über die Entscheidung meines Bosses freue, jetzt gerade lasse ich die Bombe nur platzen, um Aiden eins auszuwischen. Der Schweinebraten seiner Mum gegen die Mafiastory seiner Verlobten. Quid pro quo für Fortgeschrittene.

»Das kann nicht sein Ernst sein! Hast du ihm von dem anonymen Informanten erzählt?«

Großartig! Ich habe mir gerade ein erstklassiges Eigentor geschossen.

»Nein«, murmele ich leise in mein Smartphone und ziehe die Schultern hoch. Der Wind fegt über den Vorplatz der Victoria Station und ruiniert den letzten Rest meiner Frisur. Außerdem zittere ich bereits seit Stunden vor Kälte. Warum kann es Ende August nicht ein bisschen schöneres Wetter sein?

»Kylee. Du musst mit der Sache aufhören. Das ist gefährlich. Warum bestärkt Andrew dich noch in diesem

Irrsinn? Du könntest über den Backpacker berichten oder die Sache mit den Schafen.«

Ich weiß, er hat recht. Doch ich kann nicht. Seit ich vor drei Wochen mit den Recherchen zu der Familie Callen begonnen habe, bin ich wie besessen.

Schon immer habe ich eine Vorliebe für düstere Themen, doch eine ganze Serie über das organisierte Verbrechen Londons zu schreiben, ist wie ein Hauptgewinn. Das ist ein erster Schritt auf meiner Karriereleiter. Als Jüngste im Team muss ich sehen, dass ich mithalten kann. Und das schaffe ich sicher nicht mit einem Artikel über einen Schafzüchter aus Colchester.

Doch es liegt nicht nur allein daran. Die Machenschaften dieses Clans ziehen mich fast schon magisch an. Ich kann es nicht erklären, aber ich will alles über diese Familie wissen. Ich will diejenige sein, die aufdeckt, was tief unter dem Deckmantel der Vertuschung ruht.

Jeder kennt die offensichtlichen Fakten. Eine reiche Familie, die Kontakte zum Königshaus hat und ganz oben mitspielt. Die Callens haben, was unsere Gesetze anbelangt, einen Freifahrtschein. Fragt sich nur, warum. Im Grunde ist der Bevölkerung klar, dass sie korrupt unterwegs sind und sich auf illegale Geschäfte konzentrieren. Doch keiner spricht es aus. Sämtliche Machenschaften dieser Familie werden seit Jahren unter den Teppich gekehrt. Immer mal wieder haben kleinere Zeitungen darüber berichtet, aber nie ließ jemand die ganz große Bombe platzen.

Die Callens sind so etwas wie die Corleones Londons – nur dass keiner einen Patenfilm darüber dreht, sondern eine kleine Journalistin Namens Kylee Hawthorn versucht, ihre erste richtige Geschichte zu publizieren. Und ich bin dicht dran. Das spüre ich. Ich werde eine Riesenstory schreiben, die mich in die Münder der ganz großen Zeitungen bringen wird.

Ich weiß, vieles gilt als Mythos und wird völlig überspitzt dargestellt. Aber ich bin dennoch überzeugt, dass diese Familie die Zügel unseres Landes fest in ihren Händen hält. Und ich werde es auch beweisen.

Beinahe hätte ich Aiden am anderen Ende der Leitung gänzlich vergessen, doch sein lautes Stöhnen lenkt meine Aufmerksamkeit zurück auf unser Gespräch.

»Es waren doch nur Tipps. Das bedeutet gar nichts«, versuche ich uns beide zu beruhigen. Ja, auch mich macht die Sache mit dem Informanten leicht nervös. Vor allem, da er unsere Adresse zu kennen scheint. Ich bin jedoch nicht die erste Journalistin, die den Durchbruch aufgrund von Insider-Tipps schafft. Von allein wäre ich wahrscheinlich nie darauf gekommen, einen Artikel über die Callens zu schreiben.

Doch als ich vor wenigen Wochen einen Umschlag in unserem Briefkasten fand, war meine Neugierde sofort geweckt. Nicht nur reines Interesse, nein, es wurde zu einer richtigen Sucht. Stundenlang habe ich die Fotos von Nelson Callen angestarrt. Habe im Internet recherchiert und auf weitere Umschläge gehofft. Und sie kamen in den darauffolgenden Tagen. Immer wieder Fotos vom Boss des Clans. Verschiedene Aufnahmen, die ihn zusammen mit Herren hohen Ranges aus dem Königshaus zeigen. Eine Woche später erhielt ich Bilder, auf denen Isaac Callen, der jüngste Sprössling der Familie, zu sehen ist. Deutlich kann man darauf erkennen, dass er auf Hinterhöfen Geschäfte abwickelt. Aus allen Fotos gehen deutlich seine Aufenthaltsorte hervor: Clubs und Bars und ein Haus in East End.

Ich nahm die zugesteckten Informationen als klare Aufforderung. Vielleicht gab es jemanden in ihren Reihen, der aussteigen wollte. Manchmal gaben auch Ermittler ihre Recherchen an Journalisten weiter, um die Verdächtigen unter Druck zu setzen. Fakt ist, niemand weiß so genau, wo die Callens sich aufhalten oder gar Geschäfte betreiben. Niemand außer mir.

Und darum kann ich nicht aufhören. Ich werde diese Geheimnisse lüften.

»Das bedeutet«, stöhnt Aiden weiter, »dass du dich auf dünnem Eis bewegst.«

»Wie gut, dass ich eine hervorragende Eisläuferin bin«, wage ich einen Scherz, aber er ist nicht wirklich empfänglich für solche Späße.

Allerdings interessieren mich seine Zweifel in diesem Fall recht wenig. Ich habe Blut geleckt und will mehr herausfinden. Ich beschäftige mich vor allem mit Isaac Callen.

Der Weiberheld flutet täglich die sozialen Medien. Ein klassischer verzogener, reicher Arsch, der zu denken scheint, ihm gehöre die Welt. Ich kann mir bildhaft vorstellen, wie er die Mädels mit seinem unverschämten Richkid-Lächeln um den Finger wickelt. Ich bin für so etwas nicht empfänglich, aber ich denke, an ihn kommt man noch am besten heran.

»Können wir vielleicht später darüber reden?« Aiden senkt die Stimme. Ich möchte schwören, seine Mutter steht neben ihm. Ich kann spüren, wie er sich verändert, wenn sie in der Nähe ist.

»Wir können uns das auch sparen, denn ich werde die Story schreiben. So oder so.«

Mir ist klar, dass er nichts erwidern wird, und damit ist die Unterhaltung für mich beendet. Denn es ist so, wie ich sage. Ich muss diese Story bringen.

Schon nach ein bisschen Recherche hat mich das Callen-Fieber gepackt. Ich komme nicht mehr von dem Gedanken los, die Geheimnisse rund um diese Familie zu lüften. Und nichts und niemand wird mich davon abbringen.

»Kylee«, sagt er mit leiser Stimme, »lass uns später reden.«

Doch meine Entscheidung ist längst gefallen.

Heute habe ich Andrew meine bisherigen Ergebnisse vorgelegt. Im Gegensatz zu Aiden, der gehofft hat, dass meine Recherchen mit diesem Gespräch enden, war mein Chef begeistert und hat mich sogar richtig ermutigt. Ihn kümmert weder meine Sicherheit noch woher meine Informationen kommen. Andrew leitet das London-Magazin nur mit einem einzigen Ziel – verkaufen!

Vor den bunten Lichtern eines Donutladens entdecke ich endlich ein freies Taxi und atme erleichtert aus, während Aiden am anderen Ende genervt seufzt.

»Na toll«, stößt er aus, ohne weiter auf die Callens-Geschichte einzugehen. »Es hat geklingelt. Deine Eltern sind da.«

Es ist typisch für Aiden und mich, einen Bogen um die Themen zu machen, bei denen wir uns nicht einig sind. Das ist das Rezept unserer Beziehung – und bisher scheint das zu funktionieren. Immerhin wird er mich im Dezember, an unserem dritten Jahrestag, heiraten.

»Ich bin gleich da«, lüge ich und hoffe, dass er die Hintergrundgeräusche nicht hört. Von hier brauche ich noch mindestens dreißig Minuten bis zu Aidens Eltern. Zu meinem Glück erreiche ich North Kensington, ehe es dunkel wird. Auch wenn es wahrscheinlich einer Apokalypse gleichkommt, dass ich ohne Blumen und dazu klitschnass beim Dinner seiner Eltern auftauche. Sechs Meilen, um mir eine passende Ausrede zurechtzulegen. Denn Aidens Mum zu erklären, dass ich keine Blumen besorgen konnte, weil es keine Option ist, in der Dunkelheit allein unterwegs zu sein, würde lediglich zu weiteren Diskussionen führen.

Jetzt gerade bin ich erleichtert, nur noch wenige Schritte vor mir zu haben, bis ich endlich in einem Auto sitze.

Nach meinem Termin mit Andrew bin ich stundenlang durch die Stadt geirrt und habe diese Bar gesucht, die auf einem der Informantenfotos zu sehen war. Laut meinen, ich nenne es Ermittlungen, hält sich der Callen-Sprössling hier regelmäßig auf. Doch ich hatte Pech. Alles, was mir der Tag gebracht hat, sind nasse Klamotten und schlechte Laune. Mir ist eiskalt und ich will nur noch sitzen. Meine Beine zittern vor Kälte. Binnen der nächsten dreißig Minuten muss ich zudem irgendwie meine Haare wieder in Ordnung bringen, um nicht als schlechteste zukünftige Schwiegertochter aller Zeiten aufzukreuzen. Immerhin habe ich keine Blumen, mit denen ich punkten kann. Und auch sonst finden sich nicht viele Punkte auf der Pro-Kylee-Liste. Die Kontra-Liste ist dafür vermutlich ziemlich lang.

»Bis gleich. Beeil dich«, knurrt Aiden und ich bin sicher, er hat meinen Bluff durchschaut. Das tut er meistens, doch sagen würde er niemals etwas dazu. Dafür ist er zu nett und zu rücksichtsvoll.

Augenrollend schiebe ich das Smartphone zurück in meine Tasche und will die Tür des Wagens öffnen, als ein schwarzer Lieferwagen mit rasanter Geschwindigkeit angerauscht kommt und direkt neben mir auf den Gehweg donnert.

Ich will auf die Seite ausweichen, doch ehe ich mich versehe, starre ich auf den schwarzen Lack, der keine Armlänge vor mir zum Stillstand gekommen ist. Ich drehe mich herum, will instinktiv weglaufen, doch da höre ich bereits, wie eine Schiebetür aufgerissen wird. Noch ehe ich rennen kann, zerrt von hinten jemand an meinem Arm.

Es geht alles so schnell, dass ich erst kapiere, was hier gerade passiert, als mir jemand einen schwarzen Sack über den Kopf stülpt und ich den Boden des Lieferwagens hart unter mir spüre. Wie ein Stück Vieh wurde ich in den Innenraum gestoßen. Mein Herz rast! Der Platz vor der Victoria Station ist um diese Uhrzeit voller Menschen. Es muss doch jemand bemerken, was hier mit mir passiert. Ich will schreien, laut auf mich aufmerksam machen, doch es ist zu spät. Die Tür fällt ins Schloss. Und noch ehe ich irgendwie reagieren kann, fährt das Auto so schnell los, dass ich gegen die Wand des Lieferwagens gepresst werde. Ich will mich aufrichten, mir den Sack vom Gesicht ziehen, der mir die Sicht nimmt und mir das Atmen erschwert, doch jemand packt meine Handgelenke und das Geräusch von sich schließenden Kabelbindern raubt mir die Fassung. Ich schreie und heule dabei. Das ist ein Albtraum! Das kann nur ein Albtraum sein!

»Hey!«, kreische ich, »nehmt das ab!«

Meine Hände auf dem Rücken fixiert, falle ich bei jeder Kurve gegen hartes Metall. Doch am Furchtbarsten ist der Sack über meinem Kopf.

Es gibt für mich nichts Schlimmeres als die Dunkelheit. Auch nicht, in einem Lieferwagen am helllichten Tag entführt zu werden. Nichts sehen zu können stellt für mich das denkbar schlimmste Szenario dar. Selbst der Tod klingt attraktiver. Ich werfe den Kopf hin und her, doch ich kann nichts erkennen. Da ist nichts. Nur Finsternis. Mein Puls rast und ich habe das Gefühl, mein Herz explodiert jede Sekunde in meiner Brust. Die Feuchtigkeit des Regens vermischt sich mit dem Schweiß, der mir grundsätzlich aus den Poren tritt, wenn ich in Panik gerate.

»Lasst mich raus!«, wage ich einen erneuten Versuch und strampele mit den Beinen, so fest es nur geht. Noch immer kann ich nicht fassen, was hier gerade geschieht.

Mein ganzer Körper befindet sich in einer Schockstarre. Ich kann nicht reagieren. Kann nichts sagen. Meine Kehle ist dermaßen zugeschnürt, dass ich kaum noch Luft bekomme.

Im nächsten Moment werden meine Arme gepackt und ich keuche auf, weil mein Rücken gegen einen warmen, großen Körper gepresst wird. Ein herber Duft steigt mir in die Nase und ich halte inne.

»Bitte!«, flehe ich. Mit aller Kraft versuche ich, mich zappelnd aus dem Griff zu befreien.

»Stopf ihr das Maul, Brex«, ertönt eine kalte Männerstimme. Sie scheint aus der Fahrerkabine zu kommen.

»Nein, bitte«, flehe ich. Meine Beine rutschen auf dem glatten Boden immer wieder weg und der Kerl hinter mir fixiert meine Arme nur noch fester. Ich spüre seinen Atem dicht an meinem Nacken und mir wird schlecht. Ich weiß nicht, ob es an der Tatsache liegt, dass ich verschleppt werde oder weil ich nach wie vor nichts sehen kann. Die vergangenen Minuten fühlen sich so unwirklich an. Mein Verstand befindet sich in einem Ausnahmezustand und ich kann nicht klar denken. Wenn es nur vor meinen Augen nicht so schwarz wäre! Ich kann die Dunkelheit nicht ertragen. Das Gefühl, jeden Augenblick zu hyperventilieren, konnte ich lange Zeit umgehen, doch jetzt erwischt es mich mit voller Kraft. Immer wieder schlucke ich Galle hinunter, die sich meine Kehle hinaufkämpft.

Ich versuche, mich auf meine Atmung zu konzentrieren, aber der feste Griff, in dem ich mich befinde, macht es mir unmöglich, einen klaren Gedanken zu fassen.

»Ganz ruhig, Honey. Ich hab dich«, flüstert eine tiefe Stimme in mein Ohr. Etwas sticht mich in den Oberarm und im nächsten Moment breitet sich Taubheit in meinen Gliedern aus. Der schnelle Atem legt sich. Es fühlt sich an, als sei ich nicht mehr in meinem Körper, sondern könne mich dabei beobachten, wie ich langsam ruhiger werde.

Scheiße! Was passiert hier mit mir?

Lediglich ein einziger Gedanke schafft den Weg durch das Chaos in meinem Kopf: Jetzt werde ich noch später zum Essen erscheinen.

Dann wird es dunkel und zum ersten Mal in meinem Leben macht die Finsternis mir keine Angst. Im Gegenteil. Ich habe das Gefühl, ich schwebe.

KYLEE

Schlagartig öffne ich die Augen und muss gegen die Helligkeit anblinzeln. Sofort entspannen sich meine Schultern ein bisschen. Doch das Hochgefühl wegen der Sonne, die mir durch die dreckige Fensterscheibe entgegenscheint, währt nicht lange.

Die Erinnerung fährt mir wie ein Blitz durch die Knochen und lässt mich zusammenzucken. Das Letzte, woran ich mich erinnere, ist die Victoria Station. Der Lieferwagen und dann diese Stimme in meinem Ohr. Immer und immer wieder höre ich den dunklen tiefen Bass, der bis in meinen Bauch vibrierte, während er mir ins Ohr flüsterte.

Ich wurde entführt!

Hastig blicke ich auf meine Hände. Sie sind nicht mehr gefesselt, aber meine Handgelenke weisen deutliche Spuren auf. Ich streiche darüber und rutsche dabei in die hinterste Ecke des Raumes, um mich umzusehen.

Wo zur Hölle bin ich gelandet? Die Sonnenstrahlen sind das einzig Freundliche in diesem Zimmer. Der Steinboden und die gemauerten Wände wirken kalt und feucht und ich schlinge automatisch die Arme um meinen Oberkörper. Dabei spüre ich einen leichten Druck im Oberarm und schiebe meinen Blazer auf die Seite, um meinen Arm zu überprüfen. Irgendetwas hat mich gestochen. Oder vielmehr irgendwer. Die Erkenntnis über die Ereignisse lassen Übelkeit in mir aufsteigen, aber ich schlucke, um sie zu verdrängen.

Mit Schmerzen in jedem einzelnen Knochen rappele ich mich von der bunt gestickten Decke auf, die unter mir ausgebreitet ist, und nehme jeden Zentimeter meiner Umgebung unter die Lupe. Die schwere Holztür und das dreckige Fensterchen erinnern schwer an eine Gefängniszelle. Mit zwei Schritten bin ich bei der winzigen Scheibe und sehe hinaus.

Gerade noch rechtzeitig, um mein Schluchzen zu unterdrücken, lege ich mir eine Hand auf den Mund und taumele ein paar Schritte rückwärts.

Doch noch ehe ich verarbeiten kann, dass ich weit weg von London sein muss, wird die Tür aufgestoßen und ich presse mich mit dem Rücken gegen die kalte Steinwand.

Ich möchte die Augen zukneifen. Nicht hinsehen. Doch zwei stechend grüne Augen haben mich bereits gefangen genommen. Wie durch ein unsichtbares Band halten sie den Blickkontakt aufrecht. Sie sind so grün wie die Wiesen, die ich aus der Fensterscheibe sehen konnte. Und so tief wie der Ozean, der jetzt, nachdem ich ihn mit eigenen Augen gesehen habe, auch deutlich zu hören ist. Im Sekundentakt brechen die Wellen gegen die Klippen, auf denen das Haus steht, in dem ich mich befinde. Ich bin weit weg von zu Hause und ich habe keinen Schimmer, was mit mir passiert.

»Alles klar?«, fragt der Mann, der den Türrahmen vollständig ausfüllt, und ich kann ihn nur anstarren. Seine Stimme. Es ist der gleiche brummende Ton wie der aus dem Lieferwagen.

»Es gibt wohl keine dümmere Frage, die man einem Entführungsopfer stellen kann«, antworte ich mit fester Stimme, auch wenn mir innerlich zum Heulen zumute ist. Hätte er mich töten wollen, wäre ich längst tot, und ich war noch nie die Art Frau, die sich schnell unterkriegen lässt.

Einen Moment lang blickt er mich an. Er ist groß und sieht verdammt stark aus. Meine Chancen, an ihm vorbeizukommen, gehen gegen null. So viel ist klar. Das rot karierte Flanellhemd spannt über den massigen Schultern. Und sein Gesicht besteht eigentlich nur aus diesen tiefen, funkelnden Augen. Der Rest wird von einer schwarzen Mütze verdeckt, die ihm bis tief in die Stirn reicht und an den Seiten nahtlos in den dichten Bart übergeht, der seinen Mund vollständig versteckt.

Sein Blick gleitet über meinen Körper und ich schlinge die Arme noch fester um mich. Dieser Ausdruck in seinen Augen. Wie die dunklen Brauen sich unter der schwarzen Mütze zusammenziehen und er mich mit undurchdringlicher Miene ansieht. Gänsehaut breitet sich auf meinen Armen aus und wandert über meinen Rücken bis in die Beine.

»Du solltest aus den Klamotten raus«, knurrt er und beendet so diesen eigenartigen Moment des Starrens. Mit dem Kinn deutet er auf einen kleinen, fein säuberlich gefalteten Stapel Klamotten auf der Decke, auf der ich stehe.

»Ich denk gar nicht dran«, zische ich und presse anschließend die Lippen fest aufeinander, um nicht zu heulen.

Aiden ist der Meinung, eines Tages würde mein loses Mundwerk mich in Schwierigkeiten bringen. Ob er dabei an einen Kerl wie ihn hier gedacht hat, wage ich zu bezweifeln. *Aiden.*

Erneut sehe ich zum Fenster. Die Sonne steht hell am Himmel. Es muss ein neuer Tag angebrochen sein. Oder mehrere?

»Auch gut«, knurrt mein Entführer. Mir entgeht trotz des Bartes nicht, wie sein Mundwinkel zuckt, doch ehe ich den Ausdruck auf seinen Lippen deuten kann, dreht er mir den Rücken zu und lässt mich in meiner Zelle stehen. Diesmal bleibt das dicke Türblatt offen und mein Instinkt rät mir, so schnell wie möglich von hier zu verschwinden.

Kurz warte ich, bis seine Schritte verklungen sind. Keine Ahnung, ob das eine gute Idee ist, aber ich werde es nur auf eine Weise herausfinden. Daher atme ich noch einmal tief durch und hechte anschließend durch die Tür.

Ich brauche nur einen Augenblick, um mich in dem schmalen Flur mit den niedrigen Decken umzusehen. Die Wände und Böden sind aus Stein gemauert. Dunkle Balken ziehen sich durch den Gang.

Niemand zu sehen. Mein Herz klopft mir bis zum Hals. Auch die Eingangstür ist nicht verschlossen. Durch den großen Spalt dringen die Sonnenstrahlen in den düsteren Eingangsbereich. Auf Zehenspitzen, damit meine Pumps keine Geräusche auf dem Steinboden erzeugen, strecke ich den Kopf heraus und schirme dabei mit einer Hand die Helligkeit ab, auf die ich so sehr gewartet habe, die mir aber dennoch in den Augen sticht.

Eigentlich bin ich gut geübt in hohen Schuhen, doch Schwindel übermannt mich bei jedem Schritt und mir ist kotzübel. Keine Ahnung, was dieser Typ mir gespritzt hat, aber es befindet sich definitiv noch etwas davon in meinem Körper.

Eine Woge frischer Luft erfasst mich, als ich das Haus schließlich verlasse.

Viel Orientierung braucht es nicht. Alles, was ich sehe, sind Wiesen. Satte, grüne Wiesen, die sich wie ein flauschiger Teppich vor mir ausbreiten. Rechts und links gehen sie dort, wo der Horizont sie berührt, in Klippen über, die geradewegs ins Meer führen. Also bleibt mir nur eine Richtung. Geradeaus.

Ein Geräusch lässt mich herumfahren.

Mein Entführer steht weit genug von mir entfernt unter einem kleinen Vordach und zündet sich in aller Seelenruhe eine Zigarette an. Unsere Blicke treffen sich. Er hat den Kopf zur Seite geneigt und es ist erst der Schein des Feuerzeugs, der sein Gesicht in anderes Licht taucht. Anschließend legt sich Nebel vor seine grünen Augen, der es mir ermöglicht, mich seinem Blick zu entziehen.

Ich könnte rennen.

Ja, ich sollte definitiv rennen! Ich bin schnell und gehe zweimal in der Woche joggen. Meine Kondition ist nicht die schlechteste.

Langsam mache ich einen Schritt nach dem anderen rückwärts und versuche, irgendetwas anderes auszumachen außer Wiesen und Meer. Denn auf den freien Flächen bin ich ihm ausgeliefert. Das Haus steht auf einer kleinen Anhöhe und in zwei Richtungen führt es mit nur wenigen Schritten über die Klippen. Der einzige Ausweg ist der über die Wiesen direkt hinter mir. Sie führen einen Hügel hinauf. Wer weiß, ob er ein Gewehr besitzt und mir in den Rücken schießt, wenn ich renne. Scheiß drauf.

»Erspar uns diesen Mist, Honey.« Sein tiefer Bass geht mir durch Mark und Knochen, während er den Rauch in die kalte Luft pustet. Langsam, aber sicher entferne ich mich immer weiter von ihm. Dabei stelle ich die alles entscheidende Frage.

»Wo bin ich?« So sehr ich mir wünsche, meine Stimme bliebe stark – sie kippt bei den letzten Silben.

»Nicht wichtig.«

Ich bleibe stehen.

»Nicht wichtig?« Ich will nicht heulen. Wirklich nicht. Aber, das ist nicht wichtig? Warum? Weil ich sowieso sterben werde?

Ich hasse die Art von Frauen, die in den Büchern, die ich nur zu gerne lese, in Tränen ausbrechen, sobald etwas nicht so läuft, wie sie es wollen. Doch jetzt gerade kann ich nichts dagegen tun, dass dicke Tropfen über meine Wangen kullern. Wenn man eine Geschichte liest, ist es einfach zu denken ›*Tu das nicht*‹ oder ›*Denk nach, Mädchen, anstatt zu heulen*‹. Allerdings ist es etwas ganz anderes, wenn man mitten im Nirgendwo wach wird, ohne zu wissen, warum. Allein mit einem Entführer, der aussieht wie die Holzfäller-Version von Herkules. »Ich will sofort wissen, wo ich hier bin. Und warum? Was wollen Sie von mir?«

Außer einem kurzen zornigen Blick hat er nichts für mich übrig. Er stößt sich mit dem Fuß, den er gegen die

Wand gelehnt hatte, ab und kommt einen Schritt auf mich zu. Der Rauch seiner Zigarette verweht mit dem Wind und gibt seinen düsteren Blick frei. Instinktiv weiche ich zurück.

Ich muss hier weg. So viel steht fest. Und zwar dringend. Ohne weiter nachzudenken oder gar auf eine Antwort zu warten, mache ich auf dem Absatz kehrt und laufe los. Erst über den feinen Schotter auf dem Vorplatz, der zum Haus gehört, durch den Eingang in der kleinen Mauer, die das Grundstück umzäunt, und schließlich über die Wiesen in Richtung des Hügels. Egal wohin, Hauptsache weg.

Ich bin eine hervorragende Journalistin. Ich habe es gelernt zu kombinieren und unter Druck zu arbeiten. Meine Chancen sollten gut stehen, einen Weg zu finden, aus dieser Situation herauszukommen. Ich muss mich nur konzentrieren. Und laufen. Kontinuierlich setze ich einen Fuß vor den anderen und versuche, meine Atmung zu regulieren.

Wo es ein Haus gibt, gibt es sicher auch ein zweites. Ein Fahrzeug oder gar eine Stadt. Ich muss nur lange genug suchen, dann werde ich einen Ausweg finden. Aufgeben ist keine Option. Daher renne ich immer weiter, so schnell meine Füße es zulassen.

Außerdem wird Aiden nach mir suchen oder suchen lassen. Heutzutage verschwindet niemand mehr einfach so von der Bildfläche. Es gibt Überwachungskameras überall rund um die Victoria Station. Und es muss doch jemand gesehen haben, wie ich in das Auto gezerrt wurde. Der Wagen wird ein Kennzeichen gehabt haben. Man kann GPS verfolgen. Mein Handy. *Oh mein Gott! Mein Handy!*

Sofort greife ich im Laufen in meine Blazertaschen. Wahrscheinlich ein bisschen naiv, kurz daran geglaubt zu haben, es sei noch da. Alles, was ich ertaste, ist mein kleines Notizbuch mit dem Kugelschreiber daran, in dem ich all meine Recherchen festhalte. Mit dem Ärmel wische ich die Tränen von meinen Wangen, die sich im Wind kalt anfühlen. Die Sonne hat nicht mehr genug Kraft, um gegen die Meeresluft anzukommen, und es bleibt einfach nur saukalt.

Meine Absätze versinken bei jedem Schritt im weichen Gras, doch ich laufe unbeirrt weiter. Ziehe den Blazer vor meinem Körper zusammen und vergewissere mich immer wieder mit Blicken über die Schulter, dass der Fremde mir nicht folgt.

Aus mittlerweile sicherer Entfernung kann ich sehen, wie seine riesige Statur vor dem kleinen Haus steht und mir nachsieht. Ich verstehe das nicht. Warum folgt er mir nicht? Wieso entführt mich jemand, nur um mich dann wieder gehen zu lassen? Ist das Teil eines kranken Spielchens? In welchem Albtraum bin ich hier gelandet?

Ohne es zu merken, beschleunigen sich meine Schritte wieder. Ich bleibe nur noch ein einziges Mal stehen, um mir die Schuhe von den Füßen zu zerren, dann renne ich, so schnell es meine Kondition zulässt. Meine Lunge brennt und ich schwitze trotz des eisigen Windes, während ich immer weiter die Hügel hinaufrenne, die vom Haus wegführen.

Oben angekommen, stütze ich die Hände auf die Oberschenkel und stoße zwischen meinem hektischen Atem ein hysterisches Lachen aus. Wald!

Nur noch über eine Wiese, auf der ein paar Schafe grasen, bis die flache Landschaft in einen Wald übergeht.

Dort wird er mich nicht finden. Ich kann mich verstecken. Häuser und Menschen suchen und zurück nach Hause fahren.

Lieber Aiden,

falls du das hier liest, hat wenigstens mein Notizbuch zu dir zurückgefunden. Es ist das goldene, das du mir letztes Jahr zum Geburtstag geschenkt hast. Ich wurde entführt! Es tut mir leid. Es tut mir leid, dass ich unvorsichtig war. Es tut mir leid, dass ich zu spät war und die Blumen für deine Mutter nicht gekauft habe. Und es tut mir leid, dass ich es nicht schaffe, hier wegzukommen. Ich habe versucht, einen Weg nach Hause zu finden. Seit Stunden laufe ich um mein Leben, aber ich finde einfach keinen Ausweg. Wäre ich doch nur früher aufgebrochen, dann wäre all das nicht passiert. Du hast einmal zu mir gesagt, meine Unpünktlichkeit würde mich eines Tages etwas Wichtiges kosten. Ich glaube, dass es jetzt so weit ist. Ich hätte öfter auf dich hören sollen. Hätte mir mehr Mühe geben sollen. Es tut mir leid ...

Ich weiß nicht, was ich tun soll. Es wird dunkel, Aiden. Es wird dunkel. Es wird dunkel...

Ich will einfach sterben! Meine Hoffnung und den letzten Rest Energie habe ich schon vor Stunden gegen einen Baum gekotzt.

Es gibt hier absolut nichts. Nichts außer mir und dem Kerl mit dem fiesen Blick. Mir ist nichts geblieben außer meinem dämlichen Notizbuch. Doch meine Hände zittern zu stark, um mehr als die paar lächerlichen Zeilen an meinen Verlobten zu schreiben.

Ich bin den ganzen Tag gelaufen, aber außer Wald, Wiesen, Steine und Meer habe ich nichts gefunden.

Ich bin wirklich kein Mensch, der schnell aufgibt. Aber ich kann nicht mehr. Meine Füße bluten. Es ist eine Mischung aus den Blasen durch meine Pumps und den Disteln, die sich in meine nackten Fußsohlen gebohrt haben.

Seit ich heute Vormittag blind drauflosgerannt bin, habe ich mich bereits zweimal übergeben und es fühlt sich an, als sei kein Tropfen Feuchtigkeit mehr in meinem Körper. Aber neben all diesen Dingen gibt es eine Sache, die mich in den letzten Minuten buchstäblich in die Knie zwingt.

Es wird dunkel!

Ich kann unmöglich hier draußen allein in der Dunkelheit bleiben.

Schon seit ich denken kann, ist die Finsternis mein größter Feind. Es gibt nichts und tatsächlich auch niemanden, der mir mehr Angst einjagt. Und als ob es nicht schon schlimm genug wäre, auf öffentlicher Straße entführt und verschleppt zu werden, sehe ich mich nun zum ersten Mal schutzlos meiner Panik ausgeliefert.

Denn ich habe kein Licht.

Nichts, was ich gegen den Druck in meiner Brust tun

könnte. So weit meine Füße mich tragen, gibt es hier nur ein einziges Haus.

Bislang habe ich immer mit meiner Angst gelebt.

Mit Ängsten ist es doch so: Wenn es eine Möglichkeit gibt, sie zu vermeiden, lässt man sie, wo sie sind. Sie sind da. Stumme Begleiter, die man mit der Zeit zu akzeptieren lernt.

Ich weiß nicht, warum mich diese Panik plagt. Sie war von klein auf da. Meine Eltern haben das immer akzeptiert. Als kleines Mädchen besaß ich grundsätzlich mehr Nachtlichter als alle Kinder in Greenwich zusammen. Mir ist es vierundzwanzig Jahre lang geglückt, der Dunkelheit aus dem Weg zu gehen. In unserer Wohnung gibt es ein Dutzend Lampen mit Bewegungsmeldern und ich habe es stets vermieden, in der Nacht allein unterwegs zu sein. Ich bin damit durchgekommen. Bis heute.

Denn die Dämmerung taucht die sattgrünen Wiesen in einen dunklen Grauton und die Sonne hat mich schon vor langer Zeit im Stich gelassen. Die Dunkelheit kroch so schnell zwischen den dichten Kiefern und Waldbirken hindurch, dass ich mich zurück auf die weiten Weideflächen gekämpft habe, auf denen mich nur noch das letzte Licht des Tages vor einer Panikattacke bewahrt.

Ich erlaube mir, einen Moment stehenzubleiben. In der Ferne erkenne ich das Haus, in das ich nie wieder zurückkehren wollte. Friedlich liegt es da und erhebt sich aus der rauen Natur. Den ganzen Tag bin ich stramm marschiert und doch fand ich nur diese Mauern, in denen ich heute Morgen aufgewacht bin.

Ich spüre die Haut an meinen Beinen nicht mehr und meine Kiefer klappern unaufhörlich gegeneinander. Ob vor Angst oder Kälte – ich weiß es nicht mehr zu unterscheiden. Seit Stunden kann ich nicht mehr weinen. Wahrscheinlich weil meine Augen so ausgetrocknet sind wie der Rest von mir.

Der Mond hat sich als dünne Linie sichelförmig an den Himmel geschlichen und der Polarstern ist bereits über dem gemauerten Häuschen mit dem spitzen Dach zu erkennen.

Ich kann es drehen und wenden, wie ich will. Es gibt nur zwei Möglichkeiten für mich. Entweder ich springe über die Klippen am Rand der Wiesen ins Meer und bereite diesem Horrorszenario ein für alle Mal ein Ende oder aber ich gehe zurück. Zurück zu ihm.

Es ist sinnlos. Ich kann diese Entscheidung unmöglich treffen. Das ist, als ob ich zwischen einem Erdbeben und einem Hurrikan entscheiden müsste. Klar ist nur, wohin ich auch gehe, ob ich mich der Dunkelheit stelle oder meinem Entführer. Bei einer Sache bin ich mir sicher – beides hat die Macht, mich zu zerstören.

BREXEN

Die Ruhe, die ich für gewöhnlich auf Eilean Ross verspüre, bleibt bei diesem Besuch aus.

Die Sonne verschwimmt mit dem Ozean inzwischen zu einer orangefarbenen Masse und ich ziehe den Reißverschluss meiner Jacke höher. Die Stadtweicheier würden es wahrscheinlich als arschkalt bezeichnen, doch in mir steckt ein Highlander. Der Wind kann nicht rau genug sein für meinen Geschmack.

»Scheiß drauf«, seufze ich und schnippe die Zigarette nicht mal zur Hälfte aufgeraucht über die Klippen. Eigentlich rauche ich selten. Immer nur dann, wenn ich angespannt bin. Und ich hasse es, wenn das Nikotin auf meiner Zunge mich daran auch noch erinnert. Obgleich ich heute keine Erinnerung brauche. Ich weiß, wieso ich unruhig bin.

Kylee Hawthorn.

Die Frau, die mein Leben fest in ihrer Hand hält.

Wahrscheinlich ist sie längst gesprungen und hat uns beiden damit eine Entscheidung abgenommen. Ich kann es ihr nicht verdenken. Wäre ich mutig genug, hätte ich mir vor Jahren eine Kugel in den Kopf gejagt und dem Theater ein Ende bereitet.

Ein schriller Pfeifton in meiner Hosentasche durchbricht das Kreischen der Möwen und ich verdrehe die Augen, ohne aufs Display zu sehen. Ich hasse es, wenn der kleine Hosenscheißer sich an meinem Telefon vergreift.

»Was soll dieser bescheuerte Klingelton, du Penner?«

»Witzig, oder?«, grunzt Isaac, doch ich höre sofort, dass es nicht die richtige Zeit ist, um zu scherzen. Er klingt trotz seiner Worte nicht wie der kleine verzogene Bengel, den ich in ihm sehe. Immer öfter kommt der Geschäftsmann in ihm durch ... und das kotzt mich richtig an.

»Was willst du, Isaac?«

»Ist sie endlich tot?«

»Mann, ich hab gesagt, ich kümmere mich darum, also geh mir nicht auf den Sack.«

»Wir hätten sie direkt in der Stadt töten sollen. Mir gefällt dieses Versteckspiel nicht.«

»Tja, da ich derjenige bin, der sie beseitigen muss und nicht du, interessiert es mich einen Scheiß, ob dir das gefällt.«

»Ich will Nelson Ergebnisse präsentieren. Er soll endlich damit abschließen können. Die Sache mit der Kleinen nervt ihn.«

Allein, dass Isaac seinen Vater beim Vornamen nennt, spricht Bände über ihre Beziehung. Isaac gehört – genau wie ich einst – zu den Rekruten des Callen-Clans. Und obwohl er Nelsons leiblicher Sohn ist, bekommt er weder einen Vertrauensvorschuss noch einen Verwandtschaftsbonus. Im Gegenteil. Nelson setzt hohe Erwartungen an das Engagement seines Sohnes. Immerhin wird er eines Tages seine Geschäfte übernehmen.

Die Finger meiner freien Hand krallen sich in das Innenfutter meiner Jackentasche. Ich bin kurz davor, mir eine neue Kippe anzuzünden. *Er soll damit abschließen können*. Dass ich nicht lache.

»Sag ihm einfach, ich kümmere mich darum.« Anders als Isaac habe ich mir das Vertrauen des Chefs schon vor langer Zeit erarbeitet. Seit er mich bei sich aufgenommen hat, tue ich alles, um in seiner Gunst zu stehen. Dafür genieße ich Nelson Callens volle Unterstützung und bin seit drei Jahren sein engster Vertrauter. Er weiß, dass ich ihn nicht enttäusche. Niemals. Zumindest bislang, denn Kylee Hawthorn aus dem Weg zu räumen ist nichts im Vergleich zu der Drecksarbeit, die ich in der Vergangenheit für ihn erledigt habe. Sie ist kein einfaches Ziel auf einem Stück Papier. Ein Name und ein Polaroid-Foto, das es zu beseitigen gilt. Kylee ist ein Teil von mir. Doch das wissen weder Isaac noch sein Vater. Und sie selbst schon gar nicht.

»Brex, das ist das erste Mal, dass er mich etwas allein in die Hand nehmen lässt. Verkack's nicht.«

»Hör mal zu, du Grünschnabel«, knurre ich und mache mich auf den Weg zurück zum Haus. Wenn die kleine Miss Hawthorn sich nicht ins Meer gestürzt hat, wird sie sicher schon auf mich warten, um mir die Augen auszukratzen. Aufgeben gehört ganz sicher nicht zu ihren Charaktereigenschaften. Und um ehrlich zu sein, kann ich es kaum erwarten. »Sag mir nicht, wie ich meinen Job zu erledigen habe, ist das klar? Ich habe schon für deinen Dad gearbeitet, da hast du noch in die Windeln gekackt. Also halt's Maul und kümmere dich um deinen Scheiß. Oder willst du es lieber selbst erledigen?«

Ich mag Isaac wirklich. Er ist wie ein Bruder für mich. Und genau wie ein kleiner lästiger Bruder strapaziert er meine Nerven.

Für einen Moment sagt keiner etwas, bis er irgendwann ins Telefon stöhnt.

»Ich hab Schiss, Mann.«

»Ich weiß«, seufze ich zurück. Der kleine Callen ist kein schlechter Kerl. Er hat lediglich seinen Platz in der Welt noch nicht gefunden und einfach keine Eier in der Hose, um sich gegen seinen Vater zu behaupten. »Verlass dich auf mich.«

»Wo hast du sie hingebracht?«

»Tut nichts zur Sache.«

»Brex!«

»Besorg dir ein Mädchen, Kleiner. Schütt dir die Hucke voll und überlass die Arbeit den großen Jungs.«

Zum ersten Mal, seit ich hier bin, erscheint ein träges Lächeln auf meinem Gesicht. Isaac gehört meiner Meinung nach nicht in die Geschäftswelt seines Dads. Der Junge hat viel zu viele Flausen im Kopf. Nelson sollte ihn auf ein College weit weg schicken und ihn seinen Weg gehen lassen. Doch er setzt all seine Energie in den einzigen Sohn, der ihm geblieben ist. Und dem ist Isaac nicht gewachsen.

Das vom Sommer gestärkte Gras streicht im Wind um meine Beine, während ich mit dem letzten Licht des Tages zurück zum Haus gehe.

»Ich hasse dich«, schnaubt er ins Telefon, doch ich kenne ihn besser.

»Tust du nicht«, lache ich, diesmal richtig. Der kleine Scheißer liebt mich mindestens genauso wie ich ihn. Auch wenn wir das beide niemals zugeben würden.

»Meldest du dich, sobald es erledigt ist?« Isaacs Stimme klingt ungewöhnlich zurückhaltend. Eigentlich ist er der Typ mit der großen Klappe, der immer einen lockeren Spruch reißt. Ich kenne ihn lange genug. Mord steht nicht auf der Liste an Dingen, zu denen er bereit ist. Uns ist beiden klar, dass er mir nur deswegen den Job gegeben hat. Mein Gewissen nagt an mir, weil er nur die halbe Geschichte kennt, aber darum kann ich mich gerade nicht kümmern. Ich muss mir erstmal selbst klarwerden, wie es weitergeht.

»Gib mir vorher noch die Gelegenheit, ein paar Dinge mit der Kleinen zu regeln. Dann melde ich mich.«

Kylee ist nicht grundlos auf Eilean Ross. Nur weiß ich noch nicht, für wen von uns beiden dieser Trip schlecht ausgehen wird.

»Willst du mir nicht doch sagen, wo ihr seid?«

»Wiedersehen, Isaac«, brumme ich ins Smartphone und lege ohne eine Antwort auf.

Die Tür schon fast in greifbarer Nähe, starre ich noch immer auf mein Handy.

Sicher ist sicher.

Mit diesem Gedanken entferne ich die Rückseite und nehme die SIM-Karte heraus. Isaac und ich spielen im gleichen Team, doch ich kenne seinen Vater. Und am Ende jeder Geschichte ist Blut dicker als Wasser. So viel habe ich in den vergangenen Jahren gelernt.

Der Topfdeckel, den ich von außen gegen die Eingangstür gelehnt habe, ist unverändert. Das bedeutet, Miss Hawthorn ist nicht im Haus.

Bevor ich mich bücke, um das gusseiserne Teil aufzuheben, marschiere ich noch ein letztes Mal zur Vorderseite des Hauses. Dort ist sie heute Morgen über die Hügel davongerannt. Wie ein scheues Reh, das geradewegs in die Flinte des Jägers gesehen hat. Wahrscheinlich hatte sie die Hoffnung, auf Zivilisation zu stoßen.

Sie hat keine Ahnung, dass wir beide die einzigen Menschen im Umkreis von vielen Meilen sind. Der Ozean trennt sie und mich vom Rest der Welt. Dennoch ist es nicht genug Abstand, den ich zwischen sie und unsere Welten bringen kann.

Die Inseln vor Tarbat Ness sind allesamt unbewohnt. Hier auf Eilean Ross steht das einzige Haus. Mein Haus. Die Leute gehen davon aus, es sei seit vielen Jahren unbewohnt, und ich lasse sie in dem Glauben. Ich repariere im Außenbereich nur das Nötigste und vermeide es, gesehen zu werden.

Die Instinkte der Menschen sind schwach. Sie glauben nur das, was sie sehen. Eine dreckige Fensterscheibe, ein rostiges Schloss an der Tür und schon stempeln sie das Haus als Ruine ab. Kein Mensch ahnt, dass ich immer mal wieder hier wohne. Zumindest zwischen den Jobs, die ich zu erledigen habe. Ich liebe die Einsamkeit und die Ruhe der Highlands. Diese Gegend wird für immer mein zu Hause sein.

Hier draußen gibt es nur mich und die Natur. Und seit Neuestem eine kleine Journalistin auf der Flucht. Zumindest solange sie sich noch nicht den Möwen zum Fraß vorgeworfen hat.

Es sollte mir egal sein, ob sie wiederauftaucht. Von

dieser Insel kommt sie ohne mich nicht lebend herunter. Sie hat nur diese beiden Möglichkeiten: mich oder den Tod. Und ich bin sicher, sie wählt richtig.

Warum ich trotzdem wie ein Idiot in meinem Vorgarten stehe und über die Hügel starre, ist mir selbst ein Rätsel. Ich will es lieber nicht lösen. Ich stecke schon viel zu tief in der Scheiße.

Ich ziehe mir die Mütze noch weiter in die Stirn und zerre die Zigarettenschachtel aus meiner Jackentasche. Aber noch bevor ich das Feuerzeug anzünde, kneife ich die Augen zusammen und versuche, meinen Blick auf die östlichen Weiden zu fokussieren.

Im Schutz der Dunkelheit erkenne ich sie. Kylee. Den Wildfang mit den Sommersprossen auf der Nase und der frechen Zunge. Ich würde ihre weiblichen Kurven unter Tausenden von Frauen erkennen. Sie ist nicht besonders groß und auch nicht übermäßig schlank. Sie ist perfekt.

Ich stecke die Zigarette zurück in die Schachtel und warte. Sie läuft eigenartig. Beinahe als sei sie betrunken. Mit schief gelegtem Kopf versuche ich zu erkennen, warum sie so schwankt, doch ehe sie näherkommen kann, sackt ihr Körper einfach in sich zusammen. Sofort laufe ich los.

»Fuck«, knurre ich und hüpfe mit einem Sprung über die kleine Mauer, die mein Urgroßvater seinerzeit um sein Haus gezogen hat. Bei jedem meiner Schritte versuche ich, langsamer zu laufen. Wenn sie tot ist, bevor ich ankomme, umso besser. Dann hat sich die Sache erledigt und alle können wieder ruhig schlafen. Dennoch beschleunige ich, als ich ihren leblosen Körper im feuchten Gras ausmache. Sie sieht beschissen aus. Ihre Füße und

Beine sind dreckig, getrocknetes Blut klebt an ihrer Haut. Das Gesicht ist kreidebleich und Schweiß steht auf ihrer Stirn.

Ohne zu zögern lege ich ihr einen Arm unter den Kopf, den anderen schiebe ich unter die Kniekehlen und hebe sie hoch.

Vielleicht muss sie sterben. Aber sie hier verrecken zu lassen wie ein verwundetes Tier ist selbst für einen Typen wie mich eine Nummer zu hart. Also drücke ich ihren kalten Körper dicht an meinen eigenen und laufe zurück zum Haus. Immer wieder öffnet sie die Augen, während meine Stiefel das hohe Gras streifen. Doch ihr Körper ist zu schwach für jegliche Gegenwehr. Wie ein Kind schmiegt sie sich an meine Wärme und driftet wieder davon.

Sie so dicht an mir zu spüren, den Duft ihrer Haare zu riechen, weckt Erinnerungen, die ich mir verbiete. Und doch komme ich nicht gegen die Emotionen an, die ihre Nähe in mir auslöst.

Sie sollte nicht hier sein. Ich sollte nicht hier sein. Und schon gar nicht sollte es mich kümmern, dass ihre Beine zittern und ihre Kiefer unkontrolliert aufeinanderschlagen. *Lass sie einfach liegen.*

So einfach würde sich das Problem wohl nie wieder von selbst lösen. Die Nächte hier draußen sind kalt. Sie würde einfach erfrieren.

»Fuck«, knurre ich ein weiteres Mal vor mich hin, während ich sie fester gegen meine Wärme presse. Das Geräusch des auf dem Grundstück liegenden Kies unter meinen Sohlen vermischt sich mit ihrem hastigen Atem. *Ich kann es nicht.* Ganz gleich, wie gerne ich sie einfach sterben lassen würde. Es geht nicht. Mit einem Fuß stoße ich die Tür auf, der Topfdeckel fällt dadurch scheppernd zu Boden. Kylee zuckt kurz zusammen und murmelt etwas Unverständliches vor sich hin.

Behutsam trage ich sie durch den nicht beleuchteten Flur und gehe die Stufen hinauf. Mittlerweile ist es dunkel, doch ich bewege mich sicher durch das enge Treppenhaus und ducke mich blind durch den Türrahmen zum Wohnzimmer. Ich habe gelernt, mich in der Finsternis zu bewegen, kenne jeden Winkel dieses Hauses. Dafür benötige ich meine Augen nicht. Ich verlasse mich auf meine Sinne und sie haben mich bislang nie getäuscht.

Kylee stöhnt erbärmlich auf, während ich sie auf die weichen Kissen meiner Couch lege. Keine Ahnung, ob sie verletzt ist oder Schmerzen hat, doch offensichtlich fehlt ihr irgendetwas.

In der Stille der Insel sind das Bibbern und die jämmerlichen Geräusche, die sie von sich gibt, überdeutlich zu hören.

»Hey«, murmele ich und in der Hocke klatsche ich ihr mehrmals gegen die Wangen. Dabei greife ich blind nach der Wasserflasche, die ich heute Nachmittag auf dem Tisch hinter mir abgestellt habe. Ich erfasse sie sofort und taste mit der anderen Hand nach Kylees Gesicht. »Trink etwas.«

Die Flasche an ihren Lippen, kann ich hören, wie sie schluckt. Gerade als ich aufstehen will, krallt sie sich an meiner Jacke fest. Nicht auf diesen kleinen Überfall vorbereitet, komme ich ins Straucheln und lande auf den Knien vor ihr.

»Nicht. Bitte! Nicht gehen«, heult sie und zerrt meinen Oberkörper dichter heran. Zum ersten Mal wünsche ich mir, es gäbe ein Licht in diesen Räumen, denn ohne ihren Gesichtsausdruck kann ich nicht deuten, was hier abgeht. »Licht«, fleht sie und gibt mich noch immer kein Stück frei. Langsam scheint sie zu sich zu kommen, doch sie zappelt und rutscht auf dem Sofa hin und her wie eine Irre.

»Es gibt kein Licht«, antworte ich und komme mir vor wie ein Idiot.

»Ich brauche Licht«, schreit sie und ihre Fingernägel bohren sich inzwischen in das Fleisch meiner Hände. Sie dreht vollkommen durch. Heult und kreischt und ich knie da wie der letzte Depp und starre sie in der Dunkelheit an. Ich habe mit einigem gerechnet, aber hiermit ganz sicher nicht.

Langsam haben meine Augen sich an die Finsternis gewöhnt, doch ihre Panik würde selbst ein Blinder erfassen.

Ohne länger darüber nachzudenken, ziehe ich sie vom Sofa auf meinen Schoß und fixiere mit einem Arm ihre Beine. Den anderen lege ich fest um ihren Oberkörper, so dass sie keine Chance hat, sich aus meinem Griff zu befreien. Ich habe keinen Schimmer, was gerade mit ihr los ist, aber sie wird einen von uns verletzen, wenn sie so weitermacht.

Entgegen all meiner Pläne lege ich meinen Kopf auf ihren und flüstere immer und immer wieder »Sch« in ihre wilden Locken. So lange, bis ihr Körper nach Ewigkeiten endlich ruhiger wird und sie schließlich einschläft.

Ihr gleichmäßiger Atem sollte mich beruhigen. Doch das tut er nicht. Mit ihr herzukommen, war ein Fehler. Ich dachte, ich könnte alles irgendwie geradebiegen, doch ich rase mit Vollgas mitten ins Verderben. Und sie zerre ich mit. Keine Ahnung, worauf ich gehofft hatte. Auf ein Wunder? Wahrscheinlich. Denn in der Realität ist es nun einmal so, dass ich bereits jetzt ihr schlimmster Albtraum bin. Und dabei weiß sie gar nichts. Sie hat keine Ahnung von den Schatten, die sie schon ihr Leben lang begleiten.

KYLEE

Schmerzen. Ich habe Schmerzen. An den Füßen. Den Beinen. Dem Kopf. Ich habe Schmerzen – das bedeutet, ich lebe noch.

Langsam öffne ich die Augen und bete dabei, dass alles nur ein Traum war.

Das Rauschen des Meeres hätte mir Antwort genug sein müssen. Und doch höre ich es erst, nachdem meine Augen sich dem vergewissert haben, was ich längst geahnt habe. Ich bin immer noch hier. Und dabei habe ich keine Ahnung, wo *hier* überhaupt ist.

Ohne mich zu bewegen, lasse ich die Augen durch den Raum wandern. Es ist nicht die kalte leere Zelle von gestern. Eher ein gemütliches Zimmer. Warm. Teppiche auf dem Boden. Bücher und Bilder an den Wänden. Meine Augen folgen instinktiv der Helligkeit und bleiben an einer der vier Fensternischen hängen. Sofort beschleunigt sich mein Herzschlag auf unschöne Art und Weise. Genau in diesem Moment sieht er auf. Mein Entführer. In einem grob gestrickten Pullover und einer verwaschenen Jeans sitzt er auf einem kleinen Holzbänkchen und hat die Ellbogen auf die Knie gestützt. Seine dunklen wilden Haare reichen ihm beinahe bis zu den Augen, als er aufsieht. Doch er sagt kein Wort.

Meine Hände ertasten eine Decke, die über mir ausgebreitet ist, doch ich wage nicht, den Blick von ihm zu nehmen.

Wir starren uns an. Das Adrenalin rauscht durch meinen Körper und entwickelt sich zur blanken Angst. Doch ich sehe nicht weg. Josh Sanders, der Typ aus dem Büro neben mir, hat einmal einen Artikel über Tierangriffe geschrieben, den ich vorlektorieren sollte. Darin stand, es sei wichtig, den Blick nicht von dem wilden Tier zu nehmen. Man müsse den Blickkontakt aufrechterhalten, denn der, der zuerst wegsieht, gilt automatisch als der Schwächere. Und auch wenn er vielleicht rein äußerlich kein Tier ist, werde ich nicht die Schwache sein. Nicht freiwillig.

Ich bin zum Kampf bereit, denn ich werde mich niemals fügen. Niemals.

Langsam und ohne wegzusehen schiebe ich meine Füße aus der Decke und stelle sie auf den Boden. Ein stechender Schmerz durchzuckt mich, doch ich beiße die Zähne aufeinander, um mein Pokerface zu wahren.

Ich will nicht diejenige sein, die wegsieht, aber ich brauche etwas, um mich zu verteidigen.

Blitzschnell lasse ich meinen Blick durch den Raum schweifen, greife das Erste, das in Reichweite ist, und starre sofort wieder in seine grünen Augen. Er hat sich nicht bewegt. Ich hätte auch nach dem kleinen Kugelschreiber in meiner Jackentasche greifen können, aber viel zu groß ist die Angst, dass er ihn mir wegnimmt. Mein Büchlein und der Stift sind alles, was mir geblieben ist.

Beinahe in Zeitlupe verändert sich etwas in seinem Gesicht und ich muss schlucken. Denn … er lächelt.

»Dein Ernst?«, fragt er schmunzelnd und streicht sich mit der Hand über den Bart, der schon mehrere Wochen alt sein muss. »Eigentlich wollte ich dir damit die Dornen aus den Füßen ziehen, aber wenn du denkst, du kannst einen zwei Meter großen Kerl mit einer Pinzette überwältigen, lasse ich mich gerne überraschen, Honey.«

Ich umklammere das kleine Werkzeug in meiner Hand noch fester.

Der Mann, der die kleine Nische mit Blick auf den Ozean fast vollkommen ausfüllt, setzt sich auf und lehnt sich entspannt zurück. Er schlägt die Beine ausgestreckt übereinander und sein Blick bringt mich ins Schwitzen. Er hat noch nicht eine Sekunde weggesehen. Weil er der Stärkere sein will.

»Weißt du, wenn du schon gegen mich kämpfen willst, solltest du vielleicht das Kaminbesteck benutzen.« Sein markantes Kinn deutet in die Ecke des Raums, ohne seinen Blick von mir abzuwenden. Ich hingegen drehe mich sofort herum und sehe neben dem kleinen alten Ofen einen schweren Gusshaken an der Wand hängen. »Oder …«, knurrt er und ich wende so schnell den Kopf zurück, dass mir schwindelig wird. Er ist inzwischen aufgestanden und kommt, die Hände in die Hosentaschen geschoben, auf mich zu. Noch immer taxiert er mich, fast als könnten seine grünen Augen Laser auf mich feuern und mich zu Staub verbrennen lassen. Ich bin sicher, er hat noch nicht einmal gezwinkert, seit ich die Augen aufgeschlagen habe. »... du könntest einfach rennen. Du bist schnell. Deine Füße werden schmerzen, aber sie werden dich nicht umbringen. Unter der Treppe findest du eine Schrotflinte und Munition. Ich bin sicher, du hast dir schneller beigebracht, sie zu laden, als mich mit diesem Ding kaltzumachen.«

Ohne mich aus seinem stechenden Blick zu befreien, weiche ich zurück in die Kissen.

Ich erinnere mich. Er hat mich gestern Abend gefunden. Mich hergebracht und ... mich gehalten.

Jeden Augenblick bricht die Füllung in meinem Backenzahn heraus, so fest beiße ich die Zähne aufeinander.

»Warum halten Sie mich hier fest?«, jammere ich. All die Emotionen der letzten Stunden brechen ungewollt und filterlos aus mir heraus. Ich kann meine Fassung einfach nicht wahren, so gerne ich es würde. »Was wollen Sie von mir?«

Etwas in seinem Ausdruck verändert sich. Er sieht über mich hinweg und streicht sich die Haare aus dem Gesicht.

»Du musst etwas essen und trinken. Und damit«, mit einer einzigen schnellen Bewegung entreißt er mir die Pinzette, die ich nach wie vor zum Angriff bereitgehalten hatte. Die Muskeln an seinen Wangen zucken unter dem dunklen Bart. Er stützt sich auf der Lehne des Sofas ab und beugt sich über mich. Sofort hüllt mich sein Geruch ein, der nicht viel besser sein könnte. Leider. Ich schlucke. Vor allem, weil er mir viel zu nahekommt. »Kümmere dich lieber um deine Füße, die sehen übel aus.« Mit diesen Worten greift er meine Hand und ich zucke bei seiner Berührung zurück. Doch er hält mich fest und öffnet mühelos meinen Griff. Mit einem Zwinkern legt er die Pinzette auf meine Handfläche und schließt meine Finger komplett um das kalte Metall. Dabei ruhen seine Augen nach wie vor auf meinen. Ich kann sehen, wie er schluckt, ehe er meine Hand freigibt und geht.

Stocksteif sitze ich da und warte, dass die schweren Schritte hinter mir verklungen sind, ehe ich mich wieder bewege oder gar atme.

Ich weiß nicht, wie lange ich dasitze, durch die Nische hinaus auf den Horizont sehe. Tränen laufen stumm über meine Wangen, ehe ich mich zusammenreiße, die Decke gänzlich zurückschlage und damit beginne, mir die Dornen aus den Fußsohlen zu ziehen.

Ganz gleich, wie das hier weitergeht – ich muss in der Lage sein zu laufen. Und dieser Kerl hat recht. Meine Füße sehen übel aus. Neben Schürfwunden und blauen Flecken stecken spitze Stacheln und Splitter in meiner Haut, die mir das Laufen sicher unmöglich machen würden.

Während ich einen nach dem anderen entferne, versuche ich, mich weiter umzusehen.

Wie es scheint, befinden wir uns im ersten Stockwerk. Der Raum ist groß und zugegebenermaßen wunderschön. An einer Wand steht ein Klavier. An der anderen befindet sich ein riesiges Bücherregal. Auf Anhieb entdecke ich einige Klassiker, aber auch aktuellere Romane, deren Namen mir bekannt vorkommen. Das Sofa, auf dem ich sitze, bildet den Mittelpunkt des Raumes und zeigt direkt auf die Fensterchen, durch die man das Meer sehen kann. Jedes hat eine tiefe Fensterbank. Unter anderen Umständen kann man dort gemütlich sitzen, um dem Spiel der Wellen in der Ferne zuzusehen.

Der Natur nach zu urteilen, befinden wir uns nicht mehr im Süden Englands. Dafür wirken die Klippen und die mit Felsen durchzogenen Wiesen zu rau. Aber wo zur Hölle bin ich dann? Egal, wie lange ich gestern gelaufen bin, ich konnte mir keinen Überblick verschaffen. An mehreren Stellen bin ich immer wieder an Klippen gestoßen, aber der Wald führte so weit ins Land, dass ich ihn nicht durchqueren konnte.

Nicht zu wissen, wo ich mich befinde, fühlt sich grauenvoll an. Mal ganz abgesehen davon, dass alles um mich herum fremd ist. Der einzige Mensch in meiner Nähe genauso wie dieses Haus. Ebenso wie die Gerüche und Geräusche, die ich nur am Rande wahrnehme, die mich aber stetig daran erinnern, dass ich nicht zu Hause bin.

Schritte lassen mich innehalten und ich starre abwechselnd zu dem Schürhaken am Kamin und der Tür.

Mit grimmigem Blick und einem Tablett voller Essen und Getränke kommt mein Entführer zurück und stellt es vor mir auf den Couchtisch.

»Iss!«, befiehlt er und dreht sich um. Als er bereits im Türrahmen angekommen ist, kann ich mich nicht länger zurückhalten.

»Und wenn ich es nicht tue?«, keife ich und werfe die Pinzette auf den Boden. Er hat recht. Ihn damit anzugreifen wäre lächerlich. Wahrscheinlich würde ich ihn nicht einmal zum Bluten bringen.

»Dann verhungerst du. Deine Entscheidung«, knurrt er, ohne sich umzudrehen. Lediglich die breiten Schultern heben sich unter einem tiefen Atemzug, ehe er mich mit all meiner Verzweiflung allein zurücklässt.

Ich möchte heulen. Wirklich. Ich möchte heulen und schreien wie ein Kind, das seinen Willen nicht bekommt. Ich will nach Hause. Will mich mit Aiden über seine Mutter streiten, meine flauschigen Wolkenpantoffeln anziehen, die er so scheußlich findet, und mich in meine weichen Kissen kuscheln.

Aber ich möchte nun mal auch leben!

Darum greife ich nach einem der Scones, der auf einem Teller liegt und mich anfleht, ihn zu essen. Das Holztablett ist sauber, neben dem Teller liegen eine gefaltete Serviette und Besteck. So hatte ich mir meine Henkersmahlzeit nicht vorgestellt, aber ich kann einfach nicht anders. Ich beiße hinein. Und ... oh mein Gott. Mir war bis zu diesem Augenblick nicht klar, wie hungrig ich bin. Ich beiße ein zweites Mal ab, weil mich der Geschmack auf der Zunge gierig macht. Noch bevor ich schlucken kann, stürze ich das halbe Glas Orangensaft hinterher, das zusammen mit einem Apfel und einer Tasse Tee ebenfalls auf dem Tablett steht.

Ja, vielleicht sterbe ich. Vielleicht sollte ich vor Angst weiterhin schlotternd in der Ecke sitzen und weinen. Aber dafür bin ich nicht der Typ. Ich muss essen und trinken, um bei Kräften zu bleiben. Denn ich werde kämpfen, solange es geht. Zumindest am Tag.

Erinnerungen an die letzte Nacht prasseln auf mich ein und lassen mich frösteln. Eine ganze Nacht in der Dunkelheit. Die Erkenntnis daran jagt mir einen Schauder über den Rücken. Ebenso wie die Tatsache, dass ich mich meinem Entführer an den Hals geworfen habe.

So weit haben meine eigenen Dämonen mich schon getrieben. Wenn Aiden das wüsste, würde er nur augenrollend den Kopf schütteln. Er konnte meine Ängste nie verstehen. Hat versucht, mir zu erzählen, dass ich keine Angst haben muss. Der dümmste Spruch der Welt. Wenn man etwas fürchtet, leidet man. Das Letzte, was man dann gebrauchen kann, ist jemand, der sagt, dass das unnötig ist. Als ob man ein so mächtiges Gefühl einfach abschalten könnte, weil es nicht nötig ist.

Mein Dad und meine Mum sind hingegen immer sehr sensibel mit mir umgegangen. Sie haben alles getan, was nötig war, damit es mir gutging. Ob sie und Aiden sich große Sorgen machen?

Kauend halte ich inne. Sicher sind meine Eltern krank vor Angst. Dad hat seit Jahren ein schwaches Herz und Mum leidet unter Bluthochdruck. Es wird sie stressen, nicht zu wissen, wo ich bin.

Der letzte Bissen Scone liegt wie Blei auf meiner Zunge. Tapfer schlucke ich ihn hinunter und stelle das Glas ab. Mit einem Mal ist mir kotzübel. Was, wenn ich wirklich hier sterbe? Was passiert dann? Was ist mit der Hochzeit? Und wer füttert Black Bird, wenn ich nicht da bin? Aiden hasst den dicken Kater aus der Nachbarschaft, der uns regelmäßig besuchen kommt.

Mit dem Handrücken wische ich mir den Saft von der Oberlippe. Ganz gleich, wo und warum ich hier bin. Ich muss zurück. Und zwar schnell.

Ich ignoriere den Stapel Klamotten, der am anderen Ende des Sofas liegt, und taste in meiner Tasche nach meinem Notizbuch. Es ist noch da. Doch anstatt etwas zu schreiben, mache ich mich daran, die letzten Splitter zu ziehen.

Vielleicht war ich gestern einfach nicht hartnäckig

genug oder habe zu schnell aufgegeben. Doch das wird heute nicht noch einmal passieren.

Den kurzen Schwindel, der mich eiskalt erwischt, weil ich so schnell aufgestanden bin, ignoriere ich. Stattdessen greife ich den Schürhaken, der an der Wand hängt, und nehme ihn in beide Hände. Damit könnte ich selbst einen Elefanten erschlagen, wenn ich es clever anstelle.

Bewaffnet und mit neu gewonnenem Mut quetsche ich meine wunden Füße in die Schuhe und den Apfel in meine freie Blazertasche. Dann schleiche ich aus dem Zimmer. Den Haken fest in der Hand, sehe ich mich kurz um. Eine schmale Treppe führt noch eine Etage weiter nach oben. Zu meiner Linken befindet sich eine Küche, deren Tür offen steht. Direkt daneben führen Stufen hinunter ins Erdgeschoss. Auf leisen Sohlen wage ich auf diesem Weg einen zweiten Fluchtversuch. Die Stufen knarzen unter meinen Schritten, ganz gleich, wie vorsichtig ich mich bewege. So leise wie möglich atme ich, unten angekommen, erleichtert aus.

»Ach komm schon. Noch einmal das Theater?«

Ich fahre herum. Hatte den hinteren Teil des Flures nicht im Blick. Der Typ knallt die Tür des Schrankes zu, vor dem er gerade steht, und lehnt sich mit einer Schulter dagegen.

Mit angehobenem Haken mache ich langsam einen Schritt nach dem anderen rückwärts weg von ihm.

»Keinen Schritt«, warne ich und hebe den Haken demonstrativ in die Höhe.

»Habe ich nicht vor«, brummt er und seine Stimme jagt mir einen Schauer über den Rücken. Nie zuvor habe ich einen Mann so tief sprechen hören.

»Dann werden Sie mich gehen lassen?«

Hoffnung keimt in mir auf und ich lege alles in diesen winzigen Funken.

»Du kannst gehen, wohin du willst.« Er verschränkt die Arme vor der Brust und ich zögere nicht länger. Drehe mich zurück zur Haustür und habe den Griff schon in der Hand, als seine Stimme mich eiskalt erwischt. »Auf dieser Insel gibt es nur dich und mich. Ganz gleich, wie lange du heute wieder im Kreis rennst.«

Ich erstarre.

Wortwörtlich.

Alles an meinem Körper gefriert zu einer eisernen Statue.

Der Kaminhaken scheppert laut auf dem steinernen Boden.

Ich hatte es befürchtet, aber darauf gehofft, mich zu irren.

Eine Insel.

Kein Festland.

Keine Häuser.

Keine Rettung.

»Also geh ruhig. Tob dich aus, wenn du es brauchst. Spätestens wenn es dunkel wird, kannst du zwischen den Seehunden am Strand und den Hirschen im Wald wählen. Ich werde dich nicht vermissen.«

Bittere Galle sammelt sich in meiner Kehle, doch ich schlucke sie tapfer herunter. Genauso wie ich den Türgriff herunterdrücke, auf dem meine Hand nach wie vor ruht.

»Lieber sterbe ich, als eine Minute länger mit dir in diesem Haus zu bleiben.«

Und mit diesen Worten trete ich erhobenen Hauptes über die Schwelle in meine kurze ungewisse Zukunft.

Aiden,

ich konnte mich aus seinem Haus befreien. Jetzt ist mir klar, warum er mich nicht festgehalten hat. Es ist eine Insel. Deswegen. Aber es muss doch einen Weg geben, oder? Ich weiß, ich bin eine gute Journalistin, aber mein Verstand arbeitet hier nicht gerade auf Hochtouren.

Ich bin die steilen Treppenstufen zum Strand gelaufen. Es ist einfacher, mit meinen wunden Füßen durch den Sand zu laufen. Ich muss irgendwie irgendwen auf mich aufmerksam machen. Es muss doch Schiffe geben oder so etwas. Ich versuche wirklich, tapfer zu bleiben. Aber er macht mir Angst. Es ist nicht einmal sein riesiger Körper. Vielmehr der Ausdruck in seinen Augen. Nie zuvor habe ich so boshafte Augen gesehen. Da blitzt etwas Grausames hervor, vor dem ich mich fürchte. Wer ist er? Und was will er von mir? Ob es etwas mit der Callen-Story zu tun hat? Ich hätte wohl auch, was das angeht, auf dich hören sollen. Ich will nach Hause, Aiden. Der Sand zwischen meinen Zehen erinnert mich an unseren Urlaub in Brighton. Weißt du noch, wie wir uns stundenlang darüber gestritten haben, welcher Weg der schnellere zum Hotel war? Mein Gott, ich wünschte, ich könnte dorthin zurück. Ich möchte mich weiter mit dir streiten. Ich möchte dieses ekelhafte indische Zeug essen, das du so liebst, und die Fernsehserie schauen, von der ich Albträume bekomme. Ich möchte all das so sehr. Wir können es besser machen, wenn ich wieder zu Hause bin. Ich kann den Schmorbraten deiner Mum kosten und ...

Ich will doch einfach nur nach Hause, Aiden.

BREXEN

Ich war nie ein ungeduldiger Mensch. Ungeduld ist eine der vielen Eigenschaften, die den Menschen das Leben schwerer machen. Am Ende kommt doch alles, wie es kommen soll. Ob ich entspannt darauf warte oder mich verrückt mache. Oft ist es nicht entscheidend, wann man etwas erreicht oder bekommt, sondern dass man es überhaupt schafft. Es gibt für alles die richtige Gelegenheit. Man muss nur darauf warten.

Ha! Ich bin ja so ein verfluchter Heuchler! Wahrscheinlich ist es demnach also purer Zufall, dass ich am Nachmittag bereits zum zweiten Mal den Westhang hinter dem Haus entlanglaufe, um nach Kylee Ausschau zu halten.

Ich weiß nicht einmal, was ich mir erhoffe zu finden. Ihre Leiche am Sandstrand, die gerade von der Flut hinausgetragen wird und mich so von meiner Bürde befreit? Oder dass sie mir fügsam um den Hals fällt?

Scheiße! Ich habe nicht die geringste Ahnung. Alles, was ich will, ist, dass dieser Mist vorbei ist. Nur zu doof, dass er gerade erst angefangen hat. Denn ich habe keinen verfickten Schimmer, was ich überhaupt mit ihr mache, sollte ich sie finden. Ich meine, ich weiß genau, was ich tun will. Doch das steht nicht zur Debatte. Auch wenn mein Schwanz allein beim Gedanken daran, in ihr zu sein, gierig in meiner Jeans zuckt. Ich mag ein Wichser und ein Krimineller sein, aber ich bin sicher kein Vergewaltiger.

Der Wind peitscht mir hier unten am Wasser mit einer salzigen Brise ins Gesicht und ich bin dankbar für die kleine Abkühlung. Das ist der Grund, warum ich das Leben auf der Insel so sehr genieße. Es macht mir den Kopf frei. Also normalerweise. Derzeit ist er nicht freizubekommen, weil die kleine biestige Miss Hawthorn sich eingenistet hat.

Dennoch lege ich den Kopf in den Nacken und atme tief durch. Dabei beobachte ich einen Steinadler, der durch die Luft gleitet, um in den Felsen nach Beute Ausschau zu halten.

Mein Großvater hat immer behauptet, meine Seele gehöre in die Highlands. Anscheinend hat meine Mutter das anders gesehen, als sie mich mit acht Jahren nach London gebracht hat. Ein neues Leben sollte es sein. Verdrehte Ironie, dass es uns am Ende zu Nelson Callen geführt hat. Nichts mit dem Leben, das ich an seiner Seite geführt habe, hat mit den Highlands und den schottischen Werten etwas gemeinsam. In London gibt es für mich nur fressen oder gefressen werden. Ich habe gelernt, damit zu leben, auch wenn mir jedes Mal, wenn ich hier bin, bewusst wird, wofür mein Herz tatsächlich schlägt.

Ganz gleich, wie stark der Wind auch an diesem eisigen Mittwoch weht, er kann die Schreie, die vom hinteren Strand zu mir dringen, nicht gänzlich verschlucken.

Fast schon mit einem Lächeln im Gesicht drehe ich mich um und gehe in Richtung der jämmerlichen Geräusche.

Dass sie schreit, bedeutet, dass sie noch Kraft hat. Und sie lebt!

Schon von Weitem kann ich sie sehen. Ich nehme mir einen Moment Zeit, um sie zu beobachten. Meine kleine zickige Journalistin hat ein riesiges SOS in den Sand gemalt und sich – wie auch immer sie das mit ihren unpraktischen Schuhen geschafft hat – auf einen kleinen Felsvorsprung gequält. Da steht sie nun mit ausgestreckten Armen und wedelt wild umher.

»Hilfe! Ich brauche Hilfe!«, schreit sie, so laut sie kann.

Ich kann nichts dafür, aber meine Mundwinkel ziehen sich nach oben, so dass schließlich doch noch ein fieses Grinsen erscheint. Es ist einfach da. Wenn die Dinge anders lägen ... ich wage es nicht, diesen Gedanken weiterzudenken.

Mit wenigen Schritten laufe ich das letzte Stück zu ihr herüber und bin schon dicht hinter ihr, als sie mich entdeckt und zusammenzuckt.

»Geographie scheint nicht deine Stärke zu sein«, sage ich kühl und bemühe mich um einen ernsten Gesichtsausdruck. Es gelingt mir nicht im Geringsten.

Mit zusammengebissenen Zähnen sieht sie hinaus zu dem Schiff, auf dessen Hilfe sie offensichtlich gehofft hatte.

»Kitty«, tadele ich sie und verschränke die Arme vor der Brust. »Für die da«, ich deute auf den Frachter, der meilenweit draußen liegt, »bist du nichts weiter als ein Fliegenschiss auf der Landkarte. Sie können dich nicht sehen.« Ich bin in wenigen großen Schritten den Felsvorsprung hochgeklettert und grinse sie an. »Außerdem ist das höchstwahrscheinlich irgendein Überseefrachter. Die Jungs auf dem Kahn hätten sicher großes Interesse an dir und deinem roten Spitzen-BH.«

Ihr Blick schießt sofort an ihr herunter, hastig zerrt sie den engen Blazer vor dem Körper zusammen. Der Regen von heute Mittag hat ihre Klamotten durchweicht. Die rote Spitze zeichnet sich durch den weißen Seidenstoff ab.

»Bitte!«, fleht sie und wischt mir mit ihrer verzweifelten Miene sämtliches Grinsen aus dem Gesicht.

»Bitte was?«, knurre ich und mache einen Schritt auf sie zu.

»Bitte lass mich gehen.«

Zum ersten Mal lasse ich die Wahrheit aus mir sprechen, während ich ihr tief in die Augen sehe.

»Das kann ich nicht.«

Für ein paar Atemzüge sehen wir uns nur an. Die Wellen krachen inzwischen mit aller Gewalt gegen den kleinen Vorsprung und sprühen uns die Feuchtigkeit ins Gesicht.

»Bitte«, fleht sie erneut und als eine Träne ihren Augenwinkel verlässt, brennen mir die Sicherungen durch.

Ohne darüber nachzudenken, hechte ich nach vorne, gehe in die Hocke und werfe mir ihren Körper mühelos über eine Schulter. Ich habe es auf die sanfte Art versucht. Doch ich kann es nicht. Kann den Ausdruck in ihrem Gesicht keine Sekunde länger ertragen.

Kylee schreit auf, aber es ist mir scheißegal. Ich bin es leid, ihr hinterherzurennen, nur um anschließend wieder in ihre traurigen Augen zu blicken.

Während ich mit ihr die schmalen Steinvorsprünge

hochgehe, zappelt sie wie verrückt auf meiner Schulter und trommelt gegen meinen Rücken, was die Sache nicht unbedingt leichter macht.

»Hör auf zu zappeln«, raune ich und gebe ihr einen kräftigen Klaps auf ihren strammen Hintern, »oder du bringst uns noch beide um.« Meine Finger in das Fleisch ihres Körpers zu krallen und ihren saftigen Oberschenkel direkt neben meinem Gesicht wiederzufinden, ist der Höhepunkt meiner Zerreißproben. Am liebsten möchte ich meine Zähne in ihrem Schenkel vergraben, bis ich ihr Blut auf meinen Lippen schmecken kann.

Sofort hält sie still, versucht aber, sich mit ihren Händen gegen meinen Körper zu stützen. Doch all der Widerstand ist zwecklos. So schnell werde ich sie nicht wieder loslassen.

Ich setze sie nicht ab, als ich auf der Südwiese angekommen bin, sondern stapfe immer weiter über den grünen Teppich aus Moos und Gras, bis wir den südlichsten Punkt von Eilean Ross erreichen. Hier sind die Klippen am höchsten und führen geradewegs ins tiefe Wasser. Ein Sturz aus dieser Höhe ist tödlich, und selbst wenn das Meer einen nicht umbringt, würde man den Aufprall zwischen den Felsen, die aus der schäumenden Gischt blitzen, nicht überleben.

Sie will zurückweichen, sobald ich sie abgesetzt habe, doch ich lasse ihr keine Chance. Stattdessen halte ich sie an den Oberarmen fest.

»Pass auf, Kitty«, schreie ich sie an. Ich bin so zornig. Vor allem auf mich, weil das hier absolut vorprogrammiert war. Aber ich wollte es nicht sehen. »Ich sage dir das jetzt genau einmal. Es gibt keine zweite Chance. Kein

Zurück. Nur dieses eine Mal. Also spann deine Lauscher auf und überlege gut, was du jetzt tust.«

Ihre unterdrückten Schluchzer bahnen sich einen Weg aus ihrer Kehle, doch sie weint keine einzige Träne. Stattdessen reckt sie das Kinn und hält meinem Blick tapfer stand.

»Das da ...« Ich drehe sie herum und halte sie an den Armen fest im Griff. Ihr Oberkörper hängt dabei bereits über den Rand der Klippe. »... ist deine einzige Chance, von dieser Insel wegzukommen. Wenn du sterben willst, dann spring. Du wirst nichts spüren. Keine Schmerzen. Keine Kälte. Du bist sofort tot.«

Ich mache einen Schritt zurück und drehe sie so, dass ich in ihre geweiteten braunen Augen sehen kann.

»Oder aber«, hole ich erneut aus und entlasse sie aus meinen Fängen, »du hörst auf mit dem Theater und akzeptierst die Lage, wie sie ist. Dann ist ab sofort Schluss mit dem Gezicke und dem Geschrei. Du gehst duschen, ziehst dir saubere Sachen an und benimmst dich nicht länger wie eine Psychoschlampe. Dafür bekommst du Essen, Trinken und ein Dach über dem Kopf. Es ist deine Entscheidung. Wähle weise, Kitty.«

Während der Wind ihre Haare in alle Richtungen zerzaust und ihre Arme vor Kälte zittern, sieht sie den Abgrund hinunter. »Willst du springen? Bitte«, ich weiche zur Seite und deute auf das offene Meer, »ich halte dich nicht auf.«

Die Sekunden, in denen sie zögert, ziehen sich in die Länge.

»Ich will leben«, zischt sie irgendwann und funkelt mich dabei wütend an.

»Dann weißt du, was zu tun ist.«

Ich drehe mich um und stecke die Hände in die Hosentaschen, während sich bei jedem meiner Schritte das Grinsen zurück in mein Gesicht schleicht. Ich bin gerne der Gewinner.

Ich fühle mich besser. Ja fast schon erleichtert. Keine Ahnung, ob Kylee mir folgt oder ob sie noch länger mit dem kurzen Rock und der nassen Bluse am Rand der Insel steht. Alles, was ich zu sagen hatte, habe ich gesagt. Die Entscheidung liegt nicht länger bei mir. Wenn sie leben will, dann werde ich sie daran genauso wenig hindern wie daran, über die Klippen zu springen. Vielleicht bin gar nicht ich derjenige, der die Entscheidung über ihr Leben treffen muss. ›*Ich will leben.*‹ Das waren ihre Worte und solange ich keinen klaren Gedanken fassen kann, hat sie damit unseren Weg festgelegt.

Es wäre gelogen zu sagen, dass mich keine Erleichterung durchströmt, als ich das Knarzen der Haustür wahrnehme. Sie hat sich wirklich für das hier entschieden ...

Ich bin gerade dabei, mit dem Pfannenwender die Eier in meiner Pfanne zu drehen, als ich ihre Gestalt im Augenwinkel erspähe.

Mit dem Kinn deute ich auf den Stapel Klamotten auf dem kleinen Esstisch, den ich jetzt schon seit zwei Tagen hinter ihr hertrage. Ich benehme mich wie eine läufige Hündin, verdammt.

»Das Bad ist unten«, knurre ich und widme mich wieder meinem Abendessen.

Erst als sie gegangen ist, schaue ich auf den Fleck, auf dem sie gerade noch gestanden hat. Kylee Hawthorn hier in meinem Haus zu haben, fühlt sich seltsam an. Seltsam gut, aber auch seltsam beschissen.

Da ich im Haus grundsätzlich nicht rauche, gibt es nur einen anderen Freund, der mich jetzt etwas beruhigen kann. Ohne hinzusehen, greife ich über mir nach der Flasche Aberfeldy, der auf dem rustikalen Regalbrett nur auf meine Hand gewartet hat.

Der Single Malt, den schon mein Grandpa vor einer Ewigkeit gerne getrunken hat, und ich sind dicke Freunde, wenn ich in Schottland bin. Ansonsten habe ich selten die Gelegenheit zu trinken. Kontrollverlust ist etwas, das in meinem Leben keinen Platz hat.

Ich schraube den Deckel mit den Zähnen ab und spucke ihn neben die Bratpfanne.

»Wenigstens wir verstehen uns«, nicke ich der Flasche zu und wiege sie schwer in meiner Hand. Mein Grandpa würde mir einen Schlag auf den Hinterkopf verpassen, wenn er Zeuge davon würde, wie ich den teuren Whisky direkt aus der Flasche trinke. Mit dem Handrücken wische ich über meine Oberlippe und halte kurz inne. Das Rauschen der Dusche hat aufgehört. »Ich glaube, heute Abend brauche ich dich mehr denn je.« Damit proste ich mir selbst zu und nehme einen weiteren großen Schluck. Das könnte noch ein verdammt langer Abend werden.

KYLEE

Ich hasse mich selbst. Oh ja. Ich hasse mich dafür, wie sehr ich die heiße Dusche genossen habe. Ich hasse mich dafür, wie ich an den flauschigen Handtüchern schnuppere, die für mich bereitlagen, und ich hasse mich noch mehr dafür, dass ich nicht mutig genug war, zu springen.

Was denke ich denn, was er jetzt mit mir macht? Brät er mir ein Spiegelei und schaltet danach alle Lampen im Haus an, damit ich mich besser fühle?

Ich bin ein elender Feigling. So, wie ich es schon mein Leben lang bin. Dafür hasse ich mich nämlich am meisten. Für die Ängste, die so tief in mir schlummern und mich schwach machen. Diese verdammte Phobie. Als ob es nicht reicht, dass sie mir mein Leben schwermacht. Sie treibt mich in das Haus meines Entführers und ich habe nichts Besseres zu tun, als an seinen Handtüchern zu schnuppern.

Mit dem weichen Frotteestoff wische ich über den beschlagenen Spiegel über dem Waschbecken und zucke kurz zusammen. Ich sehe fremd aus. Blass, ungeschminkt, die Haare wild in alle Himmelsrichtungen abstehend.

Die Dusche hat gutgetan, keine Frage, doch die letzten Tage haben ihre Spuren hinterlassen. Dunkle Schatten liegen unter meinen Augen und ich habe einen Kratzer an der Wange. Keine Ahnung, woher er stammt. Ist auch vollkommen egal. Irgendwie habe ich resigniert. Was, wenn er recht hat? Wenn ich mich nur zwischen dem Tod und einem Leben hier mit ihm entscheiden kann? Wähle ich dann wirklich das Leben?

Mein Blick fällt auf das kleine Notizbuch, das ich auf den Waschbeckenrand gelegt habe. Ich lasse mich auf den Klodeckel sinken und schlage die erste Seite auf. Meine ersten Ermittlungen in der Callen-Sache. Eine schlichte Auflistung der Hauptakteure.

Nelson Callen, der Oberboss. Isaac Callen, sein jüngster Sohn. Blade, seine rechte Hand. Bethany Callen, eine Cousine?

Und ein paar schlichte Vornamen, die ich damals noch nicht zuordnen konnte.

Ich blättere weiter durch meine Recherchen, bis ich zur letzten Seite komme und hastig schreibe, was mein Verstand mir diktiert.

Das Haus, in dem ich mich befinde, ist, soweit ich es beurteilen kann, nach Westen ausgerichtet. Es ist aus Steinen gemauert, der Giebel zeigt Richtung Strand. Der Sandstrand führt weiter, als ich laufen kann. Ich schätze die Entfernung auf mindestens fünf Meilen. Mein Entführer ist locker zwei Köpfe größer als ich. Sein Haar ist dunkel und fällt ihm in die Stirn. Er trägt einen Vollbart. Die Augen sind grün und … Scheiße …

Er hat gesagt, es gibt eine Waffe im Haus. Ich werde sie suchen. Morgen. Morgen werde ich sie finden und mich zur Wehr setzen. Ich weiß nicht mit Sicherheit, welcher Tag heute ist. Anfang September, der zweite vielleicht? Oder schon der dritte? Jedenfalls im Jahr 2020. Mein Name ist Kylee Hawthorn.

Nur zu gerne möchte ich das Chaos entwirren, das sich hinter einem stechenden Kopfschmerz versteckt. Und dafür brauche ich Antworten. Allerdings läuft mir die Zeit davon. Da die Sonne heute von dichten Regenwolken verschleiert wird, ist es bereits jetzt viel zu dämmrig für meinen Geschmack. Auf keinen Fall verbringe ich eine weitere Nacht in der Finsternis. Eher springe ich.

Allein der Gedanke daran, dass es in kurzer Zeit dunkel wird, lässt mich zittern.

So schnell ich kann, verstecke ich mein Büchlein hinter dem Spülkasten der Toilette und schlüpfe in die Leggings, die erstaunlich gut passt. Auch die schlichte schwarze Unterwäsche ist wie für mich gemacht, was das ungute Gefühl in meinem Magen nur noch verstärkt.

Ich erinnere mich viel zu gut an die Story im Magazin über verschollene Frauen, die jahrelang von Psychopathen festgehalten wurden.

Hier mit diesem riesigen Kerl zu bleiben, der mich ansieht, als warte er nur auf die passende Gelegenheit, mich in Stücke zu schneiden, ist keine Option.

Seufzend massiere ich mir die Schläfen. Wenn ich die Dunkelheit nur nicht so sehr verabscheuen würde. Ich könnte mich verstecken. Einen Plan aushecken. Irgendwas. Aber ich komme nicht über diesen riesigen Schatten. Da ist kein Platz für ein ›Reiß dich zusammen, Kylee‹. Weil ich verdammt nochmal nicht kann.

Gegen eine Phobie hilft kein Wille. Da nützt kein ›Zähne zusammenbeißen‹. Eine Phobie beherrscht dich. Sie führt dich. Treibt dich an und grenzt dich ein. Du bist machtlos gegen sie.

Man kann das nicht verstehen, wenn man es nicht selbst erlebt hat. Das habe ich Aiden viele Jahre versucht zu erklären, doch mehr als ein mitleidiges Lächeln hat er nie über sich gebracht.

Mit neunzehn habe ich einmal den Versuch einer Therapie gestartet, doch es hat zu nichts geführt. Außer dass ich geweint habe, verzweifelt war und meine Eltern mich bestärkt haben, es sein zu lassen. ›Jeder ist, wie er ist‹, hat mein Dad immer gesagt und ich habe es hingenommen. Habe mich weiter führen lassen von diesem riesigen Schatten in meinem Leben, der mich keine Sekunde aus den Augen lässt. Und schon gar nicht in einer Situation wie dieser. Meine Angst – sie lauert über mir. Zieht ihre Kreise und wartet nur darauf, dass ich scheitere, um sich dann auf mich zu stürzen.

Mein Spiegelbild sieht mir entgegen und ich lasse den Seufzer frei, der darauf wartet, die Stille zu fluten.

»Es nützt nichts«, flüstere ich mir selbst zu und streife den gelben Pullover über, der nach frischer Luft und Waschmittel riecht. Anschließend straffe ich die Schultern, halte mir in Gedanken eine Predigt darüber, wie stark ich bin, und steige mit einem riesigen Kloß im Hals die Treppe nach oben. Nicht sicher, was mich als Nächstes erwartet.

Oben angekommen, wende ich mich zu der kleinen Küche, aus der Geräusche gepaart mit einem herrlichen Duft kommen, woraufhin sich meinen Magen zusammenzieht. Doch selbst wenn ich es wollte, solange ich nicht wenigstens eine Taschenlampe in der Hand halte, bringe ich keinen Bissen herunter.

»Ähm …«, ich räuspere mich und der Herr des Hauses versteift sich. Er hat die kräftigen Arme auf die Arbeitsplatte vor sich gestützt und dreht zwischen Zeigefinger und Daumen eine Whiskyflasche, deren Glas auf der rauen Oberfläche schabt. Er starrt auf ein gebratenes Ei. Mich sieht er nicht an. »Ich bräuchte … also gibt es hier …« mein Blick streift zu der leeren Decke, »Licht?«

Sein Kopf dreht sich in meine Richtung und wenn die Situation nicht zum Heulen wäre, hätte ich vermutlich gelacht. Seine rechte Augenbraue ist so in die Höhe gezogen, dass seine Stirn in Falten liegt. Die Haare sind verstrubbelt, als hätte er sich ein Dutzend Mal hineingefasst. Ob ich es zugeben will oder nicht ... er ist ein sehr attraktiver Mann. Auf eine raue Art.

»Was soll immer dieser Scheiß mit dem Licht? Hast du irgendeinen Tick oder so, von dem ich nichts weiß?«

Ungeniert lässt er seinen Blick über meinen Körper wandern und verharrt einen Moment zu lange an meinen Beinen. Schützend schlinge ich die Arme um meinen Körper.

»Ich kann die Dunkelheit nicht ertragen. Bitte. Das ist alles, was ich will«, flehe ich. Automatisch sehe ich hinüber zu dem großen Messerblock, in dem Klingen in sämtlichen Größen stecken. Er sieht mir nach und schmunzelt.

»Wenn du versuchst, mich zu erstechen, wird's sicher so schnell nicht wieder hell für dich. Die Antwort lautet nein. Es gibt kein Licht.«

»Was meinst du mit: Es gibt kein Licht?«, frage ich und spüre, wie die Panik mit einer Hitzewelle über meinen Rücken krabbelt.

»Licht kann man meilenweit sehen. Ich bin gerne unsichtbar. Glaub mir, es ist besser so.«

Er wendet sich von mir ab, um die Flasche anzusetzen. Dabei hüpft sein ausgeprägter Adamsapfel bei jedem Schluck in seinem Hals auf und nieder.

»Aber es gibt doch den Kamin. Ein Feuer? Eine Taschenlampe?« Ich habe die Kontrolle abgegeben. Lasse mal wieder die Angst über mich und meinen Körper herrschen. Lasse zu, dass sie mir langsam, aber sicher Übelkeit und Bauchschmerzen verschafft. Dass meine Knie noch stärker zittern und mir der Schweiß ausbricht.

»Kein Feuer. Keine Taschenlampe.«

Noch einmal treffen sich kurz unsere Blicke und ich

zucke zusammen. Dabei war es nur die Flasche, die er unsanft abgestellt hat. Er stößt sich von der Arbeitsfläche ab, richtet sich in seiner ganzen Größe auf und kommt auf mich zu.

Ich weiche nicht zurück. Könnte es auch gar nicht, selbst wenn ich es wollte. Weil ich die ganze Zeit daran denken muss, dass es jede Sekunde dunkel wird und es aus dieser Situation kein Entkommen gibt. Die Tage werden wieder kürzer und es dämmert bereits jetzt. Meine Gedanken drehen sich im Kreis und lassen nichts zu außer der Tatsache, dass ich aus dieser Situation nicht herauskomme, ganz gleich, was ich tue.

»Hey!«, schüttelt er mich. Ich habe nicht einmal gemerkt, wie er mich angefasst hat, doch jetzt spüre ich seine Hände auf meinen Oberarmen ganz deutlich, denn sie sind alles, was mich noch aufrecht hält. »Kylee!«, fordert er mich auf und rüttelt meinen Körper mit Nachdruck.

Es sollte mich nicht überraschen, dass er meinen Namen kennt, doch ich weiche instinktiv in seiner Berührung zurück. Es ist zu viel. Dieser Mann, der so viel größer ist als ich. Seine Augen. Der Geruch und die Panik. Alles um mich herum beginnt sich zu drehen.

»Ich will nicht … ich …«, stottere ich, nicht sicher, was ich tun oder sagen kann. »Ich hab's mir anders überlegt«, bringe ich stockend hervor und winde mich jammernd aus seinem Arm. »Ich werde doch springen.«

Und in diesem Moment habe ich mein Ziel klarer denn je vor Augen. Ich kann nicht mehr. Mein Körper ist ausgehungert und erschöpft. Mein Verstand am Ende und mein Herz einfach nur müde. Über diese Klippe zu springen scheint mir mit einem Mal ein wunderbarer

Ausweg. Eine Möglichkeit, alles von mir zu werfen und frei zu sein.

Frei von der Tatsache, dass ich wie in einem schlechten Film mitten in London entführt wurde. Frei von diesem Kerl mit den stechend grünen Augen, der sonst etwas mit mir vorhat. Aber auch frei von allen Grenzen, die nur in meinem Kopf existieren.

»Stopp!«, raunt eine tiefe Stimme hinter mir, nachdem ich mich losgemacht habe und schon fast bei der Treppe bin. Für einen winzigen Augenblick halte ich inne. Und das nutzt er aus. Mit zwei großen Schritten ist er bei mir und fixiert mir die Handgelenke hinter meinem Körper. Er drückt mich mit dem Rücken gegen seine harte Brust und schlingt den anderen Arm um meinen Oberkörper. »Du hast dich entschieden. Ich sagte, es gibt keine zweite Chance«, brummt er mit seiner tiefen Stimme in mein Ohr. Neben einer unbändigen Angst, die sich als mein alter Bekannter schon viel zu vertraut anfühlt, ist da noch etwas anderes, das sich zu all den chaotischen Gefühlen in meinem Inneren mischt.

»Du wirst dich nicht von dieser Klippe stürzen. Nicht heute Abend, Kitty.«

Ich kann seinen Atem auf meiner Wange spüren. Genauso wie die harten Bartstoppeln, die auf meiner Haut kratzen.

»Warum nennst du mich immer so?«, frage ich das einzig Unwichtige in dieser Situation. Viel eher sollte ich Dinge in Erfahrung bringen, die mir helfen können, etwas über ihn oder diesen Ort herauszufinden. Hilfreiches! Oder ich sollte mich selbst fragen, warum mir der Geruch meines Entführers bei jedem tiefen Atemzug eine Gänsehaut bereitet. Und zwar nicht im negativen Sinn.

»Meine Tante hatte eine Katze. Kitty. Ein echt zickiges Miststück. Sie hat sich ständig an mein Bein gekuschelt, aber wenn ich sie streicheln wollte, hat sie mir die Haut aufgekratzt. Du erinnerst mich an sie.«

Je mehr ich mich gegen seinen festen Griff wehre, umso härter hält er mich. Ich habe keine Chance, mich von der Stelle zu rühren. Und ja, wenn ich es könnte, würde ich ihm die Haut aufkratzen. Genau wie Kitty. Sie war offensichtlich ein schlaues Tier.

»Bitte«, flehe ich. Ich weiß selbst nicht, worum ich bettele oder was ich will.

»Wir beide wissen, dass dir das hier besser gefällt, als du zugeben willst, nicht wahr?«

Ich schlucke, nicht fähig, etwas zu sagen. Mit zusammengepressten Lippen schüttele ich den Kopf und er ... er lacht. Rau und kratzig hallt sein lautes Lachen von den kahlen Steinwänden wider. Seine Hand drückt sich fest und bestimmend um meine Gelenke und sendet bei jedem Druck kleine Stromschläge in meinen Körper.

»Du lügst, Kitty. Ich weiß das und du auch. Aber keine Sorge, bei mir sind all deine Geheimnisse sicher.«

Mein Herz rast so schnell, dass es seinen Arm jede Sekunde von meiner Brust sprengen muss. Die Hitze steigt mir in die Wangen und meine Gegenwehr nimmt langsam ab. Ich habe ja doch keine Chance. Allerdings bin ich noch immer nicht in der Lage, wörtlich dagegenzuhalten.

»So ist's gut«, haucht er gegen mein Ohr und ich kann seine Lippen an meinem Ohrläppchen spüren. Ich will das nicht. Auf gar keinen Fall. Und dennoch lehne ich den Kopf leicht auf die Seite.

Das Schmunzeln, das daraufhin auf meinen Hals trifft, macht meine Knie weich. Dabei löst sich eine Träne aus meinem Augenwinkel. Denn ich will all das hier wirklich nicht. Ich will nach Hause und vor allem will ich, dass es hell bleibt. Doch irgendwie habe ich das Gefühl, bei keinem von beiden Wünschen eine Chance auf Erfüllung zu haben.

»Willst du, dass ich dich loslasse?« Seine Stimme vibriert dunkel in meinem Oberkörper. Wieder schüttele ich nur den Kopf. Ich vertraue mir selbst nicht mehr. Mein Körper ist offensichtlich nicht mehr in der Lage, Entscheidungen zu treffen. Und besser, er hält mich so gefangen und verteilt mit seinem weichen Bass Schauer auf meiner Haut, als dass ich in die Dunkelheit renne und den letzten Überlebenswillen in mir damit zum Schweigen bringe.

Mich fest an seine Brust gedrückt, schiebt der riesige Kerl mich über den knarzenden Holzboden, bis ich aus dem kleinen Wohnzimmerfenster auf die zartblaue Linie am Horizont blicken kann. Und so verharren wir.

Ich klammere mich an den letzten Rest des Tageslichtes, den ich von hier aus sehen kann. Er klammert sich um meinen Körper. Eine Hand fixiert nach wie vor meine Hände auf meinem Rücken, die andere liegt um meinen Körper geschlungen auf meiner Schulter.

»Wie heißt du?«, frage ich irgendwann in die Stille, weil das Adrenalin von seinem kleinen Übergriff langsam abflacht und wieder mehr Platz für meinen alten Freund macht, die Angst. Was ich brauche, ist Ablenkung. Die beste Strategie gegen aufkeimende Panikattacken.

»Brexen«, brummt er und etwas in seiner Stimmlage hat sich verändert. Sie ist ruhiger geworden. Kontrollierter. »Brexen Ward.«

»Brexen Ward«, wiederhole ich und spüre, wie meine Knie anfangen, noch stärker zu zittern. Die ersten Sterne werden sichtbar und ich weiß, dass es nicht mehr lange dauern wird, bis es stockdunkel ist.

»Meinen Namen kennst du ja wohl«, flüstere ich und presse meine Fäuste fester zusammen, um mich irgendwie in den Griff zu bekommen.

»Kylee Hawthorn«, flüstert er von hinten und drückt mit etwas mehr Nachdruck meine Handgelenke. Die Wärme seines Körpers geht auf mich über und lässt mich trotz der steigenden Temperatur frösteln. »Ich weiß mehr über dich, als du denkst. Aber offensichtlich ist mir da ein nicht unerhebliches Detail entgangen. Was ist das mit dir und der Dunkelheit?«

Allein bei dem Wort versteift sich mein gesamter Körper und Brexen drückt mich noch etwas fester. Ganz sicher werde ich morgen blaue Flecken an den Armen und Handgelenken haben. Ich wünschte, es würde mir mehr ausmachen. Doch es gibt mir die wenige Sicherheit, die ich in diesem Moment brauche, um nicht vollends durchzudrehen.

»Sch«, haucht er und ich habe Mühe, nicht laut zu heulen.

»Ich …«, das Reden fällt mir schwer, weil ich meine Kiefer fest aufeinanderpresse, »ich kann sie einfach nicht ertragen.«

»Warum?« So ein simples Wort. Und doch ist er der Erste, der mich das fragt. Ich kenne sämtliche bescheuerten Reaktionen auf meine Angst. Dann warst du nie bei einer Nachtwanderung? Wenn du die Augen schließt, ist es doch auch dunkel. Oder den Klassiker: Ach, das ist doch halb so wild. Wir haben ja Gott sei Dank Licht. Ja, das war Aidens Reaktion, nachdem ich ihm schweren Herzens davon erzählt habe. Doch nie hat irgendjemand gefragt, warum.

»Ich weiß es nicht«, bringe ich schwer atmend hervor. Das Wohnzimmer zeigt sich bereits nur noch schemenhaft und es wird nicht mehr lange dauern, ehe man auch draußen kein Licht mehr erkennt.

»Die Dunkelheit ist nicht dein Feind, Kylee. Sie kann dich beschützen. Vor so vielen Dingen auf dieser Welt.«

»Zum Beispiel vor dir?«, frage ich und bin froh über die Ablenkung, auch wenn mir bewusst ist, wie abstrus das ist.

»Nein«, lacht Brexen. Brexen. Der Name passt zu ihm. Dieser Typ, so groß und stark wie ein Baumstamm. Die Augen so grün wie das Moos auf den Hügeln. »Vor mir kann dich niemand beschützen, Kitty. Ich bin immer da. Immer«, sagt er so eindringlich, dass ich es ihm sofort abnehme. »Aber du hast durchaus schlimmere Feinde als mich.«

»Die Callens?«, frage ich. Darüber denke ich schon die ganze Zeit nach. Der Artikel über diesen kriminellen Clan scheint mir jenseits der Psychopathen-Theorie die einzig logische Erklärung für all das hier. »Bin ich deshalb hier? Wegen der Callen-Story?«

Ich kann in meinem Rücken spüren, wie Brexen sich versteift. Seine Haltung ist Antwort genug.

»Was machst du zu Hause in London, wenn es dunkel wird?«, fragt er stattdessen.

»Ich schalte die Lichter an.«

»Alle? Immer?«

»Immer.«

»Das heißt, Aiden hat das Glück, dich anzusehen, wenn er tief in dir ist? Jedes Mal?« Ich zittere. Dieses Mal liegt es nicht an der Dunkelheit, sondern an der Tatsache, dass er den Namen meines Verlobten kennt. Meine Atmung beschleunigt sich. »Ich hätte schwören können, er ist der Typ, der lieber das Licht ausschaltet.«

Seine rechte Hand bewegt sich leicht auf meiner Schulter und sein Daumen streichelt über mein Schlüsselbein. Ich weiß nicht, was ich sagen soll. Dass er recht hat? Dass Aiden es nicht gerne mag, im Hellen Sex zu haben? Das wir deswegen schon hundertmal gestritten haben? Dass ich gerade wünschte, er würde aufhören, mich zu berühren?

Die Wahrheit ist, ich habe Angst, dass er es tut. Denn ich will nicht allein sein. Nicht jetzt.

Deshalb bleibe ich stumm. Auch als Brexen Ward seine Hand in Richtung meiner Brust schiebt und meine Brustwarze sich ihm durch den dünnen Stoff des Pullovers entgegenreckt. Verräterin.

»Du musst nichts sagen. Ich kenne die Wahrheit. Nur ich und du kennen sie. Keine Sorge. Ich gehe nirgendwohin. Wir beide. Wir werden die Dunkelheit besiegen. Wir machen sie zu deinem Freund. Und wenn ich den Rest meines Lebens jeden Abend hier mit dir stehen muss, während du zitterst. Irgendwann wirst du dich zu mir umdrehen und mir lächelnd ins Gesicht sagen, dass du dich auf die Nacht mit mir freust. Genauso wird es laufen, Kitty. Ob du es willst oder nicht.«

Mit Tränen in den Augen wende ich den Kopf, um in sein Gesicht zu sehen. Es ist zu dunkel, um den Ausdruck darin zu erkennen, und ich bin überraschenderweise froh darum. Das bedeutet nämlich, er kann meinen auch nicht sehen. Ich bin selbst nicht sicher, was er darin finden könnte. Mein Verstand fürchtet sich vor dem, was er gesagt hat. Mein Herz kann es kaum erwarten, dass er es wahrmacht. Denn dann wäre ich endlich frei. Und das ganz ohne zu springen.

BREXEN

»Es nützt nichts«, bringt Kylee schlotternd über die Lippen und so langsam werde ich ebenfalls nervös.

»Was kann ich tun?«, frage ich. Meine Hände schwitzen an ihren Handgelenken, weil ich sie seit einer Ewigkeit fest umklammere. Ihr ganzer Körper bebt unter einem unkoordinierten Zittern und ich kann spüren, wie ein leichter Schweißfilm auf ihrer Haut liegt. Was mir allerdings wirklich Kummer bereitet, ist ihre Atmung. Ich bin kein Fachmann, aber auch als Laie relativ sicher, dass sie kurz davor ist, zu hyperventilieren. Die Kleine hat echte Panik. Kein mädchenhaftes Getue. Blanke Angst.

»Es muss hell werden«, fleht sie und ich beiße nur die Zähne zusammen. Nach meinem Gefühl und dem Stand des Mondes ist es nicht einmal zehn Uhr. Gestern war sie so erschöpft und ausgelaugt von der Lauferei über die Insel und den Drogen, die ich ihr verpasst habe, dass sie die Zeit nicht wahrgenommen hat. Die Möglichkeit dagegen, dass sie heute früh einschläft, ist schwindend gering.

Ich brauche also einen Plan und zwar möglichst schnell.

Mir ist klar, dass es mir egal sein müsste. Ich sollte einfach ins Bett gehen und sie ihrem Schicksal überlassen. Doch ich will nicht. Die Bürde, ihr Untergang zu sein, wird für ewig auf meinen Schultern lasten. Wenn ich mein Gewissen wenigstens ein bisschen erleichtern kann, indem ich ihr diese eine Angst nehme, will ich es gerne tun.

»Du brauchst Ablenkung«, raune ich in ihr Ohr und rutsche unter ihren Beinen weg, die mittlerweile quer über meinem Schoß liegen, weil die Sitznische schon für mich allein fast zu eng ist. »Kann ich deine Hände loslassen oder wirst du ausrasten?«

Im schwachen Licht des Mondes sehe ich, wie sie ihren Kopf hin und her schüttelt.

»Ich weiß es nicht«, jammert sie und eine Welle an Mitleid schwappt über mich, so dass mir kurz der Atem wegbleibt.

»Ich bin gleich zurück«, flüstere ich und lockere zaghaft meinen Griff. Sicher wird sie morgen weitere Spuren an ihren Handgelenken finden.

»Nein«, keift sie und ihre Finger krallen sich sofort in den Stoff auf meinen Schultern. »Geh nicht. Bitte.«

Wenn die Verzweiflung in ihrer Stimme nicht so erschlagend wäre, könnte ich diesen Moment wirklich auskosten. Aber das hier hat nichts mehr mit unserem Katz-und-Maus-Spiel zu tun. Sie leidet ernsthaft. Wie ein Hund. Und das bin ich einfach nicht bereit zu ignorieren.

»Komm«, sage ich und ziehe sie wimmernd in den Stand. Ihr Körper kann sich kaum aufrecht halten, so sehr zittert sie. »Leg deine Arme um meinen Hals und schließ die Augen.«

»Nein«, heult sie weiter und ich kann nichts dagegen tun, ich muss schmunzeln. Mein kleines kämpferisches Kätzchen.

»Kylee«, warne ich eindringlich. »Entweder du tust, was ich dir sage«, befehle ich mit herrischer Stimme, »oder ich gehe und lasse dich mit dem Scheiß hier allein. Du entscheidest auch diesmal.«

Es dauert nur noch einen winzigen Augenblick, dann schlingt sie ihre schmalen Arme um meinen Nacken und presst ihr Gesicht in meine Halsbeuge.

»Ich kann nicht allein sein«, gesteht sie sich ihre Schwäche ein und ich zögere keine Sekunde. Ziehe sie dicht zu mir heran und hebe sie am Hintern hoch. Sie schluchzt, während sich ihre Beine offensichtlich widerwillig um meinen Körper legen.

»Wir kriegen das hin«, ermutige ich sie. Mit ihr auf meinem Arm gehe ich zielsicher in die Küche und greife nach dem Aberfeldy. Sie mit einer Hand halten zu können wird schwer, daher klemme ich die Flasche Whisky zwischen uns und greife nach einer Tüte Chips. Das Ei im Dunkeln und mit einer zitternden Kylee aus der Pfanne zu holen, wäre zu kompliziert. Stattdessen nehme ich noch eine Flasche Bordeaux, den ich neben der Tüte im Vorratsschrank ertaste. Ich hatte vergessen, dass er da ist, aber sobald meine Fingerspitzen das kühle Glas berühren, erinnere ich mich wieder.

»Hier«, murmele ich, lege meine Beute ebenfalls zwischen uns und kralle meine Finger zurück in Kylees Hintern. »Und jetzt halt dich fest. Wir gehen nach oben.«

Bei jeder Stufe, die uns hinauf in mein Schlafzimmer

bringt, spüre ich das Zittern ihrer Muskeln. Wahrscheinlich hasst sie sich gerade dafür, dass sie mich braucht.

Und ja, ich bin das elende Arschloch, das diese Situation nur zu gerne ausnutzt. Viel zu lange habe ich mich danach gesehnt, dass es meine Arme sind, in die sie sich flüchtet. Viel zu oft habe ich zugesehen, wie sie wieder und wieder die falsche Wahl traf. Doch heute hat sie keine Alternative. Ihr bleibt nichts, außer sich hierauf einzulassen.

Der antike Holzdielenboden knarzt unter meinen Füßen und der Geruch der alten Mauern lockert meine Schultern. Ich bin gern hier oben. Das ist das einzige Zimmer, an dem ich etwas verändert habe, seit das Haus in meinem Besitz ist.

»Siehst du, von hier oben kannst du wenigstens die Sterne sehen«, wage ich einen leichten Versuch und gehe mit Kylee auf meinem Arm ans Fenster. Der gesamte Giebel ist verglast und gibt den Blick auf das Meer frei. Jetzt gerade breiten sich die Wellen wie ein schwarzer Teppich vor uns aus. Außer dem schmalen Mond und ein paar einzelnen Sternen, die sich an der Wolkendecke vorbeigekämpft haben, ist nichts zu sehen. Es ist eine besonders dunkle Nacht.

»Ich kann die Augen nicht öffnen«, jammert sie und ich greife zwischen uns, um den Alkohol und die Chips auf das Bett zu werfen. Ihren Körper so dicht an meinem zu spüren, ohne die Zweifel und die Angst in ihren Augen zu sehen, ist unbeschreiblich. Höchstwahrscheinlich macht mich spätestens dieser Augenblick, in dem ich ihre Hilflosigkeit derart genieße, zu einem schlechten Menschen.

»Dann lass sie geschlossen.« Meine Hand fährt ihre

Wirbelsäule hinauf, doch sie schaudert bei meiner Berührung und ich halte inne. »Komm«, ich lehne mich mit ihr auf dem Arm leicht zur Seite und kralle mir die Flasche Single Malt. Der gute Aberfeldy hat noch jeden angespannten Muskel gelöst. Wie ein Äffchen hängt sie an meinem Arm, während ich uns an der Wand entlang nach unten rutschen lasse und den weichen Teppich unter meinen Beinen spüre, der vor dem Fenster liegt. Ich sitze oft hier. Nicht, weil ich mich vor der Dunkelheit fürchte, sondern vielmehr, weil ich gerne das Licht meide, das meine schlimmsten Seiten zum Vorschein bringt. »Du musst etwas trinken, dann wird's besser.«

Neben Kylees Wimmern höre ich den Drehverschluss über das Glas schaben und im nächsten Moment krallt sie sich auch schon die Flasche aus meiner Hand, was mich zum Schmunzeln bringt. Ebenso ihr angeekeltes Geräusch, nachdem sie einen großen Schluck getrunken hat.

»Das ist widerlich«, flüstert sie, nimmt aber anschließend direkt den nächsten. Ich spüre, wie sie die Flasche anhebt und ihren Kopf in den Nacken legt.

»Lieber Wein?«, frage ich und lehne mich unter ihr zum Bett. Ich habe es absichtlich so dicht ans Fenster gestellt, damit man die Sterne sehen kann.

Ich brauche einen Moment, ehe meine Finger die Flasche ertasten. Ein Glück, dass sie nur einen Schraubverschluss hat. Ich öffne sie und halte sie ihr hin. Kylee dreht ihre Beine Richtung Fenster, bleibt aber weiterhin auf meinem Schoß hocken.

»Der ist besser«, keucht sie, nachdem ich sie einige Male hab schlucken hören.

»Du solltest etwas essen, sonst kotzt du mir den Teppich voll, noch ehe deine Beine aufhören zu zittern.«

»Ich kann nicht«, murmelt sie und setzt den Wein erneut an ihre Lippen. Nie zuvor habe ich eine Frau so schnell und viel auf einmal trinken sehen. Oder vielmehr hören.

Ihre Atmung hat sich reguliert und ich habe das Gefühl, sie wird langsam ruhiger. Der Alkohol scheint zu wirken.

»Und ob du kannst«, halte ich dagegen und öffne die Tüte mit den Kartoffelchips. »Wir machen einen Deal.« Ich nehme ihr die Flasche Wein ab und stelle sie neben mich. »Jeder Chip einen Schluck und ich beantworte dir als kleinen Bonus eine Frage.«

Ich weiß genau, wie neugierig sie ist.

»Okay«, sagt sie noch immer bibbernd und zieht die Knie eng an ihren Körper. Ihren prächtigen Hintern dadurch noch deutlicher auf meinen Oberschenkeln zu spüren, bringt mich an den Rand meiner Beherrschung.

»Also Nummer eins.« Mit meinen Worten drücke ich ihr einen Chip in die Hand. Automatisch legt sich bei dem kauenden Geräusch ein Grinsen auf mein Gesicht. »Slàinte.« Damit reiche ich ihr den Wein und nehme selbst einen Schluck Whisky.

Meine Hand schon wieder in der Tüte, spüre ich Kylees Finger auf meinem Arm.

»Warte.« Ich halte kurz inne, wünschte für den Bruchteil einer Sekunde, ich könnte sie ansehen. »Die Frage.«

»Oh, ja klar. Die Frage«, bringe ich lächelnd hervor und streiche mir über den Bart, der inzwischen ein echter Vollbart geworden ist.

»Wo sind wir?«

»Eilean Ross«, antworte ich, ohne zu zögern.

»Wo ist das?«, hakt sie nach.

»Das wäre die zweite Frage. Dafür musst du erst essen.«

Schon gestern hat sie so gut wie nichts zu sich genommen. Sicher ist es nicht die beste Idee, sie jetzt auch noch fast nüchtern abzufüllen.

»Hey«, protestiere ich, weil ich sie schlucken höre.

»Arrgh«, stöhnt sie. »Falsche Flasche.«

Und zum ersten Mal, seit ich sie in London aufgegabelt habe, muss ich in ihrem Beisein lachen. Dabei reiche ich ihr einen neuen Chip und drücke ihr die Weinflasche in die Hand.

»Schottland«, beantworte ich ihre zweite Frage mit etwas Verspätung. »Ostküste.«

Eine Zeit ist es still und ich glaube schon, der Moment des Friedens sei vorbei, da höre ich Kylee erneut trinken.

»Heilige Scheiße«, bringt sie anschließend hervor und ich bin sicher, dass ich im Schatten sehe, wie sie sich mit dem Handrücken über die Lippe wischt. »Ich bin in Schottland?«

Ich glaube, der Alkohol tut seine Dienste, denn ihre Beine zittern nur noch ganz leicht vor sich hin und ihre Stimme hat einen festeren Unterton angenommen.

»Jap. Bist du. Genau genommen knappe fünf Meilen vor Tarbat Ness.«

Immer wieder setzt sie die Flasche an, ohne zu essen oder zu fragen.

»Dann bist du ein Schotte?«

»Bin ich.« Ich drücke ihr eine Handvoll Chips in die

Finger. »Oder war ich«, korrigiere ich, während sie kaut. »Meine Mum hat mich nach London gebracht, als ich acht war. Ich weiß nicht, was ich jetzt bin.«

»Gehört dieses Haus dir?«, fragt sie und ihre Stimme wird immer kräftiger. Hinzu kommt, dass sie schon jetzt leicht lallt. Ohne etwas Vernünftiges im Bauch wird es nicht lange dauern, bis sie total breit ist.

»Hm. Mein Urgroßvater hat es gebaut. Ich kenne jeden Stein auf diesem Grundstück. Als Kind habe ich die Ferien hier verbracht und mit meinem Grandpa Schafe gehütet.«

»Hattest du dabei auch einen Kilt an? So eine niedliche Uniform mit Röckchen?«, lallt Kylee und kichert. Jep. Sie ist jetzt schon voll.

»Du bist betrunken.«

»Und du ein Idiot.«

Wieder muss ich lachen. Ich mag die besoffene Kylee.

»Warum bist du nach London gegangen? Gab's in Schottland keine gute Entführerschule?«, gluckst sie und ich schüttele grinsend den Kopf. Meiner kleinen neugierigen Journalistin hat der Alkohol die Zunge gelockert.

»Ich war auf keiner Entführerschule, sondern in Oxford«, murmele ich und spüre, dass Kylee schon wieder trinkt. So hoch, wie sie die Flasche bereits heben muss, ist diese vermutlich beinahe leer. »Du hast vergessen zu essen«, erinnere ich sie, halte ihr die ganze Tüte hin und bin erleichtert, als sie zugreift.

»Oh Gott«, stöhnt sie kauend, »ich bin wirklich hungrig. Hierfür lande ich ganz sicher in der Kalorienhölle.«

»Wo?«, lache ich und genehmige mir einen Schluck Whisky. Mit jeder Minute, in der Kylee sich zunehmend entspannt, werde ich ebenfalls ruhiger. Sie scheint die

Dunkelheit vollkommen ausgeklammert zu haben. Das ist gut. Das war der Plan.

»Weißt du, wie viel Fett diese Dinger haben?«, nuschelt sie mit vollem Mund.

»Und wenn schon?«, frage ich und wage es, meine Hand auf ihren Oberschenkel zu legen. Sie hat inzwischen die Beine entspannt von sich gestreckt. »Du kannst es vertragen. Und morgen früh wirst du über jeden Chip dankbar sein, den du gegessen hast.«

»Ich bin so schon zu fett.«

Halleluja. Sie ist wirklich komplett betrunken. Ich kenne Kylee Hawthorn gut genug, um zu wissen, dass sie so etwas niemals im Beisein eines Fremden äußern würde. Und ich bin nun einmal leider ein Fremder für sie.

»Bist du nicht.«

»Findest du?«, lallt sie und richtet sich etwas auf. »Mein BMI liegt im oberen Durchschnitt und Aiden sagt …«

»Aiden ist ein Wichser«, unterbreche ich sie und ziehe sie dichter auf meinen Schoß. Scheiß drauf. Verdammt nochmal, scheiß einfach drauf. Mit ein bisschen Glück erinnert sie sich morgen eh an nichts mehr. »Du bist perfekt, Honey. Und eines Tages werde ich dir das beweisen«, keuche ich in ihr Ohr und drücke sie auf meinen Schwanz, der hart ist, seit ich sie heute Abend zum ersten Mal berührt habe. Sie hält inne und wir rühren uns nicht.

Ich atme langsam ein und aus, doch ich war noch nie der Typ für einen Rückzieher, also sage ich, was ich zu sagen habe. »Ich werde jeden Zentimeter deines perfekten Körpers mit meiner Zunge nachfahren. Ich werde deine kratzbürstigen Hände an mein Bett fesseln und mir alles von dir nehmen, was ich will, und du wirst dabei meinen Namen schreien, nicht Aidens. Ich kann dich bereits jetzt in meinen Ohren um mehr betteln hören, Kitty.«

Sie schluckt. Diesmal ohne die Flasche anzusetzen.

»Ich weiß nicht, was ich sagen soll«, flüstert sie und ich spüre, wie sie ihren Oberkörper kaum merklich an meinen drückt.

»Sag mir, was du fühlst.«

»Ich habe Angst«, haucht sie, krallt dabei aber ihre Finger in meine Hände, die auf ihren Oberschenkeln liegen.

»Vor mir oder der Dunkelheit?« Meine Lippen liegen dicht an ihrem Ohr. Ich spüre an meiner Brust, wie sich ihre hastig hebt und senkt.

»Davor, verloren zu sein«, flüstert sie und ich kann nicht anders, ich drehe ihren Körper etwas zu mir um. Meine Lippen schweben dicht vor ihren.

Nur hauchzart berühren sie sich und ich atme dabei tief ein. Ihre Luft wird zu meiner. Ihre Angst ist meine Angst. Fuck! Mir war bis zu diesem Augenblick nicht klar, wie sehr ich sie brauche. Bevor sie anfangen kann, sich zu wehren, löse ich unsere hauchzarte Berührung und streiche ihr mit dem Daumen über die Wange.

»Solange ich lebe, wirst du niemals verloren sein.«

»Ich …«, beginnt sie zu stottern und will sich aufrichten, doch ich halte sie davon ab, zwinge sie, sich gegen mich zu legen, und halte ihren Kopf dicht an meiner Brust.

»Nicht«, bitte ich in für mich ungewöhnlich sanfter Manier. Ich habe noch nicht oft um etwas gebeten. Wenn ich etwas will, nehme ich es mir. So einfach ist das in meiner Welt. Aber nicht in ihrer. »Lass uns nicht heute Nacht darüber diskutieren.«

»Ich wollte eigentlich nicht darüber diskutieren. Ich wollte etwas ganz anderes sagen«, beschwert sie sich und schiebt meine Hand weg. Sie richtet sich gegen meinen Willen auf und ich grinse wie ein dämlicher Idiot. Auch ohne den geringsten Lichtschein erkenne ich, dass sie mich ansieht.

»Was? Was wolltest du sagen?«, frage ich und plötzlich ist es mein Herz, das schneller schlägt.

»Danke.« Meine Schultern sacken ein Stück ab. »Ich meine«, führt sie weiter aus und lässt sich wieder leicht gegen meine Brust sinken. Ich streiche ihr durch die wilden Locken, die die Farbe von Kastanien haben und die sie heute zum ersten Mal freiwillig wild und offen trägt. »Ich hasse dich immer noch, weil du ein Psychopathenfrauenentführertyp bist und diese Sachen, die du mit deiner Zunge vorhast und so«, sie räuspert sich und ich muss lachen. Ihr Kopf bebt unter meinen Bewegungen und auch sie stößt ein leises Kichern aus. »Das wird niemals passieren. Niemals. Vorher springe ich lieber von den Klippen oder steche mir die Pinzette selbst ins Herz.«

»Ja ja«, schmunzele ich und halte ihr scherzhaft den Mund zu. Nur weil sie total besoffen ist, lässt sie es zu. »Hab's kapiert.« Langsam nehme ich sie wieder herunter und ziehe ihren Oberkörper dicht an meinen. Sie wehrt sich nicht. Im Gegenteil. Ihre Kurven schmiegen sich perfekt an meinen Oberkörper. »Und was ist überhaupt ein Psychopathenfrauenentführertyp?«, lache ich.

»Na du. Mit diesem Mörderblick und den Herkulesarmen. Ich hätte wirklich springen sollen.«

»Du wärst nicht gesprungen.« Meine Stimme wird wieder ernster, einzig weil mir der Gedanke daran den Magen umdreht. »Du bist eine Kämpferin, Miss Hawthorn.«

»Nein«, flüstert sie. »Nein. Ich wäre nicht gesprungen.«

»Und ich hätte dich niemals springen lassen«, hauche ich leise vor mich hin. Denn so ist es nun mal.

Eine Zeit lang sitze ich da, halte sie auf meinem Schoß und blicke hinaus in den Himmel, zu dem kleinen Wagen, den man trotz der Schleierwolken erkennen kann. Kylees Atem geht leise und gleichmäßig. Ihre Hände liegen gefaltet auf meiner Brust unter ihrem Kopf. Ich bin mir sicher, sie hat die Augen geschlossen.

»Danke«, wiederholt sie. Noch immer lallt sie und hinzu kommt, dass ihre Stimme schlaftrunken klingt.

»Wofür eigentlich?«, hauche ich und lege mein Kinn auf ihren Kopf. Ihr so nah zu sein nach all der Zeit, fühlt sich richtig an.

»Du hast die Dunkelheit vertrieben«, flüstert sie. Ich hole tief Luft und greife über ihren Körper hinweg zum Whisky. Kylee ist wie immer blind. Ich habe die Dunkelheit nicht vertrieben. Denn auch wenn ich einen ihrer Dämonen für den Augenblick verbannt habe, hat sie sich einem anderen an den Hals geworfen. Wenn ich mit ihr fertig bin, wird sie sich wünschen, sie wäre allein in der Finsternis geblieben.

KYLEE

Ich blicke mitten in seine grünen Augen. Es zählt nichts mehr außer den goldenen Sprenkeln in seinen Pupillen, die intensiver zu leuchten beginnen, je länger ich ihn ansehe. Die Welt hat aufgehört, sich zu drehen. Alles, wirklich alles, was jetzt noch von Bedeutung ist, sind er und ich.

Brexens Hand streichelt über meine Taille, umfasst meine Brust und jagt mir damit einen Schauder über den Rücken. Seine rauen Finger gleiten über meine Haut, als seien sie einzig dafür gemacht. Jede seiner Berührungen fühlt sich an wie ein warmer Regen nach einem zu heißen Tag. Er ist ... alles.

Ich fühle mich wie im Rausch. Kann weder denken noch verstehen. Doch was mich wirklich abdriften lässt, ist sein riesiger Schwanz, der genau auf meiner Mitte liegt. Ich drücke den Rücken durch, um ihm zu zeigen, wie sehr ich ihn brauche. Denn das tue ich. Ich will ihn spüren. Überall. Auf mir, in mir, bei mir. Es soll nichts mehr zwischen uns passen.

Ich kralle die Finger in seine Hüfte, um ihn näher an

mich heranzuziehen, und mit einem fiesen Grinsen im Gesicht dringt er in mich ein. Mir stockt der Atem. Meine Augen schließen sich, doch die Dunkelheit, die dadurch über mich kommt, macht mir keine Angst. Im Gegenteil. Sie lässt das Adrenalin durch meine Adern schießen und entzündet überall dort, wo unsere Körper sich verbinden, ein Feuerwerk. Wir werden eins. Es gibt keine Grenzen, kein Ende. Nur wir.

»Oh Gott«, murmele ich und sehe ihn erneut an, weil er das Tempo, mit dem er in mich stößt, erhöht. Das hier ist so anders. Anders als jeder Sex, den ich bislang erlebt habe. Brexen ist grob. Bestimmend. Er nimmt mir die Kontrolle aus der Hand. Und er ist alles, was ich jemals wollte.

Jedes Mal, wenn er diesen besonderen Punkt in meinem Inneren erreicht, bohre ich meine Fingernägel tiefer in die starken Herkulesarme, die er inzwischen rechts und links neben meinem Kopf abgestützt hat. Nie zuvor hat ein Mann mich derart ausgefüllt. Ich spüre seine Härte tief in mir und strecke ihm mein Becken entgegen. Denn ganz gleich, wie tief er mich berührt, es ist noch immer nicht genug.

Im hellen Licht des Tages erkenne ich den Schweißfilm, der sich auf seinen Muskeln bildet, und ich wünschte, ich könnte mit der Zunge jede noch so kleinste Wölbung nachfahren. Doch ich bin viel zu sehr gefangen durch die kräftigen Stöße, mit denen er mich in die Matratze presst.

»Komm schon, Honey«, murmelt sein tiefer Bass und seine Zunge schiebt sich in meinen Mund. Seine Küsse. Oh Scheiße, diese Küsse! Er kann das gut. So verdammt gut. Voller Leidenschaft beherrscht er meinen Mund, ehe seine Lippen sich von meinen lösen und er eine Bahn sanfter Zungenschläge über mein Kinn, meinen Hals und mein Schlüsselbein verteilt.

Ich bin ganz kurz davor zu kommen, deshalb stöhne ich seinen Namen dicht an seinem Ohr und kralle mich an seinem wilden Haar fest. Dabei sauge ich seinen Geruch ein. Eine Mischung aus Natur, frischer Luft und einem unwiderstehlichen Parfum. Eines der Sorte, bei dem einem direkt das Wasser im Mund zusammenläuft.

»Brexen«, raune ich und meine Beine schlingen sich um seine Hüfte. Er ist so tief in mir wie nie ein Mann zuvor. Und doch brauche ich ihn noch tiefer. »Brexen.«

»Kylee!« Er hebt seinen Kopf und ich umfasse sein Gesicht.

Ich suche nach dem Grün in seinen Augen, doch es ist nicht da.

Sie sind braun.

Und ich erstarre!

Plötzlich ist es Aiden, der mich ansieht!

Was zur Hölle!

Ich zucke zusammen und will zurückweichen.

»Kann ich dir irgendwie helfen?«, fragt mein Verlobter, aber seine Lippen bleiben geschlossen. Seine Stimme kommt von woanders. Und sie ist viel zu tief für Aiden.

Nein!

Wie ein Blitz jagt der Schock durch meinen Körper und ich reiße die Augen auf.

Ich brauche einen Moment, um mich zu orientieren.

Ich bin wirklich hier.

In seinem Schlafzimmer. Doch ich bin angezogen und allein in diesem riesigen Holzbett mit direktem Blick auf das Meer.

Es war ein verdammter Traum!

Doch das Schlimmste an der Situation – Brexen Ward lehnt mit verschränkten Armen am Türrahmen seines Schlafzimmers und grinst mich an. Scheiße!

»Du siehst aus, als ob du Hilfe gebrauchen könntest, Kittycat.«

Erst jetzt bemerke ich meine Hand, die zwischen meinen Beinen ruht. Feuchtigkeit dringt durch den dünnen Stoff meiner Hose an meine Finger. Gott, ich bin unfassbar erregt. So erregt, dass eine einzige Berührung reichen würde, meine Nervenenden zum Explodieren zu bringen. Ich wage es nicht, mich zu bewegen. Nur meine Brust hebt und senkt sich hastig. Mein Atem geht schnell. Zu schnell. In Büchern habe ich oft von Frauen gelesen, die Sexträume haben, doch nie zuvor habe ich selbst einen erlebt. Es ist, als könne ich Brexen noch immer in mir spüren. Seinen Geschmack auf meiner Zunge schmecken. Und sein Geruch. Herrgott nochmal! Sein Duft ist überall in diesem Bett!

»Verschwinde!«, keife ich das Erste, das mir einfällt. Hastig nehme ich die Finger von meiner Mitte und ziehe die weichen Laken bis zum Kinn. Das macht das Gefühl, das sich in meinem Bauch ausgebreitet und festgesetzt hat, nicht besser.

»Sicher, Honey?« Er fährt sich mit der Zunge über die vollen Lippen und ich muss wegsehen, weil ich genau weiß, wie diese Zunge sich auf meiner Haut anfühlen könnte. Oder zumindest denke ich es. Arrgh! »Immerhin hast du meinen Namen gestöhnt. Ich habe es laut und deutlich gehört. Und du siehst aus, als wärst du ziemlich …«

»Habe ich nicht«, unterbreche ich ihn und spüre die

Hitze auf meinen Wangen. Verdammter Mist! Mein Kopf dröhnt und es ist nicht nur das Meer, das in meinen Ohren rauscht.

»Du bist eine wirklich miese Lügnerin, Kitty.« Er stößt sich vom Türrahmen ab und mit jedem Schritt, den er näherkommt, ziehe ich das Laken höher vor mein Gesicht. Seine schweren Stiefel bringen die Holzdecke zum Knarzen und ich wünschte wirklich, die breite silberne Gürtelschnalle befände sich nicht unmittelbar auf meiner Augenhöhe. Mir ist viel zu heiß. Ich muss aus diesem Bett heraus. Und zwar dringend. »Willst du, dass ich deine Träume wahr werden lasse?«

Seine Stimme lässt mich aufsehen. Jegliche Belustigung ist aus seinem Gesicht gewichen. Mit ernster Miene fährt er sich über den Bart. Das kratzende Geräusch, das entsteht, wenn er seine Finger weiter über seinen Hals gleiten lässt, bringt mich zum Schlucken. Ich fühle mich schutzlos und nackt, obwohl ich nach wie vor den gelben Pulli und die Leggings trage.

»Du hast keine Ahnung von meinen Träumen«, halte ich dagegen und recke das Kinn. »Du kannst mich mal!« Noch ehe ich es ausgesprochen habe, bemerke ich meinen Fehler und verbiete es mir, die Augen zu verdrehen.

»Nur zu gern«, knurrt Brexen und will auch die letzte Lücke zwischen uns schließen. In seinem Gesicht spiegelt sich das gleiche Verlangen, wie ich es in meinem Unterleib fühle. Niemals! Niemals lasse ich mich derart von einem Traum beeinflussen. Daher schlage ich die Decke weg und krabbele auf der anderen Bettseite hinaus.

»Du wirst mich niemals anfassen. Ich hasse dich!«, spucke ich ihm all meine Verzweiflung ins Gesicht.

Es ist die Wahrheit. Ich hasse ihn für all das hier. Für die vergangenen zwei Tage. Für die Schmerzen. Für die Angst. Doch ich bin vor allem so sauer, weil ich ihn nicht gänzlich hassen kann. Weil ich mich daran erinnere, wie er mich letzte Nacht bereits zum zweiten Mal nicht allein gelassen hat mit meiner Not. Und weil ich mich an das Gefühl erinnere, in diesem Bett neben ihm zu liegen.

Ich kann deutlich sehen, wie seine Miene sich verfinstert. Seine Augen werden dunkler, versprühen diese gefährliche Art von Respekt, so dass ich kurz davor bin, zurückzuweichen.

»Auch gut«, knurrt er und greift die Reißverschlüsse seiner dicken Teddyjacke. Er schließt sie und funkelt mich dabei so intensiv an, dass ich kurz davor bin, mich zu entschuldigen. Aber ich kann mich im letzten Moment davon abhalten. »Ich bin heute Mittag zurück.«

Damit dreht er sich herum und geht.

Und ich? Tja, ich stehe wie eine Idiotin mit feuchtem Höschen und einem entsetzten Gesichtsausdruck im Schlafzimmer meines Entführers. Und auch wenn ich es niemals zugeben würde. Alles, was ich in dieser Sekunde denke, ist: Geh nicht!

Doch meine Gedanken sind trügerisch. Sie sind vergiftet durch Träume und Sehnsüchte, die in meinem Kopf nichts zu suchen haben.

»Schön!«, lasse ich daher meinen verletzten Stolz hinter ihm her keifen und nehme mir fest vor, heute von dieser Insel wegzukommen. Sie verdirbt meinen Verstand und biegt meine Gedanken in die falsche Richtung. Es muss einen Weg geben und ich werde ihn finden.

Er will gehen? Schön, umso mehr Zeit habe ich, einen Plan auszuhecken.

Lieber Aiden,

es tut mir leid. Ich habe nicht ... also ich wollte nicht ... Es ist nur ...

Scheiße

Liebe Mum, lieber Dad,

ich hoffe, es geht euch gut. Macht euch bitte keine Sorgen um mich. Ich komme klar. Es geht mir gut. Das Haus, in dem ich festgehalten werde, steht in Schottland. Eine Insel vor Tarbat irgendwas. Der vollständige Name will mir einfach nicht mehr einfallen. Mein Entführer kümmert sich um mich. Er gibt mir Essen und Trinken und ...

Herrgott, Kylee!!!!!

Warum träume ich von ihm? Was sagt das über mich aus? Ja, ich war betrunken. Aber rechtfertigt das meine Fantasien?

Ich wollte nicht von ihm träumen. Wirklich nicht. Aber er ist ... Scheiße, er ist ein verdammter Hormonmagnet. Wie zur Hölle sollte ich mich nicht von seiner Nähe angezogen fühlen? Er war so lieb. Die ganze Nacht steht in so krassem Gegensatz zu allem anderen. Es geht hier um die Callen-Sache. Das hat er ja quasi zugegeben. Das heißt, ich muss nah dran gewesen sein. Ich muss irgendwas finden, das mich weiterbringt ...

Und aufhören, ihn mir nackt vorzustellen!!

Ich mag eine gute Journalistin sein, aber allein in einem uralten Haus mitten auf einer schottischen Insel einen Plan entwickeln? Darin bin ich eine absolute Niete. Ich habe mir weder die Uhrzeit gemerkt, wann Brexen das Haus verlassen hat, noch weiß ich, wonach ich eigentlich suchen soll.

Seit einer Ewigkeit durchforste ich seine Schränke in der Hoffnung, die ultimative Lösung für all meine Probleme zu finden.

Bei jeder Schublade, die ich im Wohnzimmer aufziehe, ärgere ich mich über mich selbst. Ich hätte ihm folgen sollen. Hätte beobachten müssen, ob und wie er die Insel verlässt. Stattdessen habe ich wie eine Idiotin in seinem Schlafzimmer gehockt und seine Socken durchwühlt.

»Wow«, nuschele ich, den Mund voller Schokolade. Sie gehört neben der Schrotflinte und einer alten Öllampe zu den Highlights meiner Ausbeute. Alles, was ich denke, gebrauchen zu können, schleppe ich mit mir weiter von Schrank zu Schrank. Und komme mir dabei vor wie der letzte Depp.

Jetzt gerade halte ich allerdings einen wahren Schatz in den Händen. Eine Erstausgabe von Moby Dick. Dieses Buch beeindruckt mich wesentlich mehr als alles andere, was ich um mich versammelt habe. Im Schneidersitz, noch immer in den Klamotten von gestern, hocke ich in Brexen Wards Wohnzimmer und streiche über das gebundene Buch. Er besitzt viele Bücher. Doch dieses hier? Das ist etwas ganz Besonderes. Etwas so Kostbares, das einfach zwischen Glasvasen und alten Zeitungen in seinem Schrank steht. Ich liebe Bücher. Sie bedeuten mir mehr, als ich erklären könnte. Schon seit ich ein kleines

Mädchen war, ist Lesen meine größte Leidenschaft. Es eröffnet mir einen Weg, so vieles zu sein, zu dem ich im wahren Leben nicht fähig bin.

»Heilige Scheiße«, flüstere ich, nachdem ich es aufgeschlagen habe und über das Deckblatt streiche. *Richard Bentley 1851*. Einer der ersten Londoner Verleger. Der absolute Wahnsinn! Das muss ein Vermögen wert sein. Von dem sentimentalen Wert mal ganz abgesehen.

Ich schiebe die Schokolade zur Schrotflinte und sehe mir den Inhalt dieses Schrankes genauer an. Es bleibt nicht bei dem einen Schatz. Hier im Haus meines Entführers verbirgt sich eine ansehnliche Sammlung wirklich wertvoller englischer Literatur.

Vollkommen beeindruckt blättere ich durch die Seiten eines anderen Buches, lese ganze Passagen und tauche kurzzeitig in andere Welten ein. Weit weg von dieser, in der gerade nichts so läuft, wie es sollte.

Fast schon traurig drücke ich Macbeth an meine Brust, ehe ich es zurück zu den anderen stelle und die Schranktüren voller Ehrfurcht schließe. Warum hat ein Krimineller solche Bücher? *Vielleicht weil er gern liest, du Schlaumeier*.

Die Ellbogen auf die Knie gestützt, atme ich tief ein und lasse den Seufzer frei, der sich in meiner Brust aufgebaut hat. In meinem Kopf herrscht das blanke Chaos. Diese Entführung. Ob all das wirklich mit meinem Job zusammenhängt? Wieso bin ich dann hier? In Schottland. So weit entfernt von der Callen-Familie?

Immer wieder macht Brexen diese Anspielungen, dass er mich kennt und weiß, wer ich bin. Das macht mir Angst. Allerdings nicht so sehr wie die Tatsache, dass ich in seiner Gegenwart nicht schlottere und heule. Denn das ist nicht der Fall. Er ist nicht der Entführer, dessen Nähe man nicht ertragen kann, ohne Ekel zu empfinden. Letzte Nacht ... Stöhnend greife ich erneut zu der Schokolade. Nein. Nein, so darf ich nicht denken.

Während sich die harte Vollmilchschokolade auf meiner Zunge auflöst und eine cremige Füllung zutage befördert, betrachte ich meine Ausbeute.

Mein Verstand schreit laut und deutlich an dem Chaos in meinem Kopf vorbei, dass ich schleunigst einen Weg hier heraus finden muss.

Wenn ich irgendwo ein Feuerzeug oder Streichhölzer finde, könnte ich vielleicht ein Feuer machen. Ich könnte mir Proviant mitnehmen, abhauen und ein großes Signalfeuer zünden. Äste und Zweige bietet die Natur mir genug. Und das ist es doch, was Schiffbrüchige machen, wenn sie auf einer einsamen Insel landen. Sie machen ein Feuer. Das wäre auf jeden Fall einen Versuch wert.

Im Sekundentakt der alten Standuhr, die an einer Wand hängt, tippe ich mit dem Zeigefinger gegen meine Lippe. Irgendwo muss es etwas geben, womit man Feuer machen kann. Der Kamin und der Gasherd. Beides Gegenstände, bei denen Feuer eigentlich nicht weit weg sein darf.

Ich schiebe mir die letzten Stücke Schokolade in die Backe, schnappe mir die Öllampe und das Schrotgewehr und wandere wieder zurück in die Küche. Ich sollte möglichst viel Proviant einpacken und anschließend in der Nähe des Herdes nach Streichhölzern suchen. Immerhin hat er hier gestern mit Gas gekocht. Während ich den Kühlschrank öffne, lasse ich meinen Blick durch die Küche wandern.

Das Haus mag alt sein, doch es ist wirklich sauber.

Die Wände in diesem Stockwerk sind verputzt und weiß gestrichen. Nur der alte Dielenboden trägt eine lange Geschichte in sich. Ob darüber schon andere Entführungsopfer geschleift wurden? Wenn ja, haben sie wahrscheinlich um Gnade gewinselt, anstatt Schokolade zu essen und von ihrem Entführer zu träumen.

Die Decken sind niedrig und die Küchenmöbel erinnern an eine Puppenstube. Shabby nennt man so etwas heutzutage. Ich nehme mir eine Flasche Wasser und schließe den Kühlschrank. Auf der Anrichte stehen außerdem Brot und Äpfel. Das wird reichen. Meine Ausbeute auf der schmalen Arbeitsfläche ausgebreitet, suche ich eine passende Tasche. Ein Rucksack wäre ...

»Wollen wir picknicken?«

»Scheiße!«, schreie ich und schnappe sofort die Schrotflinte, um Richtung Tür zu zielen. Brexen füllt mit seiner Größe den kompletten Türrahmen aus. Als sein Blick auf das Gewehr in meinen Händen fällt, zieht er lediglich eine Augenbraue in die Höhe.

»Bist du bescheuert? Du hast mich zu Tode erschreckt«, keife ich.

»Anscheinend leider nicht«, brummt er und setzt langsam einen Fuß vor den anderen.

Noch immer das Gewehr im Anschlag, pumpt mein Herz viel zu schnell und ich spüre den Schreck bis in meine Zehenspitzen.

»Wo zum Teufel hast du die her?«, fragt Brexen offensichtlich belustigt und kommt näher, um die gefundene Öllampe in die Hand zu nehmen.

»Die gehört mir«, zische ich und reiße sie ihm aus der Hand. Die Schrotflinte mit einer Hand in Position zu halten, ist nicht ganz einfach, aber die Lampe gebe ich nicht her. Sie könnte heute Nacht meine Rettung sein. Denn die Nacht wird kommen, wie sie immer kommt. Nur dieses Mal bin ich vorbereitet und brauche ihn nicht. Ich schaffe es allein. Ich werde nicht wieder so schwach sein wie vergangene Nacht.

»Hast du etwas Bestimmtes vor?« Mit einem Finger fährt er über die Wasserflasche und ich finde langsam wieder zu meiner Fassung.

»Ich gehe.«

»Das schon wieder«, sagt er augenrollend und schiebt den Lauf des Gewehrs einfach auf die Seite, um an mir vorbeizuschlendern. Er wirkt nicht im Ansatz beängstigt und das, obwohl ich ein Gewehr auf ihn richte. »Ich muss schon sagen, du bist hartnäckiger, als ich dachte, Kitty.«

Mit einem Ruck wuchtet er einen gigantisch großen Rucksack von seinem Rücken und lädt Lebensmittel aus.

»Du warst auf dem Festland?« Auch wenn ich es mir schon gedacht habe, die Gewissheit würde meine Hoffnung keimen lassen, dass es auch für mich einen Weg gibt.

»Aye«, grummelt er in schottischer Manier.

Wäre diese ganze Szenerie nicht einfach nur zum Heulen, würde ich laut loslachen. Ich, wie ich mit der Frisur des Jahrhunderts, bewaffnet mit einer Öllampe, eine Schrotflinte auf meinen Entführer richte, der wiederum mit seinen riesigen Pranken Joghurt und frisches Obst aus seinem Rucksack zaubert.

»Dann gibt es ein Boot«, schlussfolgere ich das einzig Logische, wofür ich erneut einen finsteren Blick ernte.

»Hast du gedacht, wir wären hergeschwommen?«

Anstatt zu antworten, beiße ich kurz die Zähne aufeinander, ehe ich ihm meine Pläne verrate.

»Gut. Ich werde es finden und von hier verschwinden. Und du kannst nichts dagegen tun. Eine Bewegung und ich schieße dir ins Bein.«

Sein wütender Blick klart sich auf. Seine Mundwinkel wandern nach oben, bis er schließlich schallend lacht. In der kleinen Küche und der Stille der Insel klingt es furchtbar laut.

»Honey, du hast keinen Schimmer, was eine Schrotflinte ist, oder?« Mein Blick wandert zwischen ihm und dem Gewehr hin und her. Brexen richtet sich vollständig auf und kommt so nah, dass der Lauf seinen Brustkorb berührt. »Wenn du jemanden erschießen willst, zögere nicht.« Seine Stimme hat wieder diesen besonderen Klang angenommen. Tief und rau und irgendwie ... respekteinflößend. *Oder ... sexy*?

Ich spüre, wie meine Hände an dem kalten Metall anfangen zu schwitzen. Seine Hand hebt sich und ich höre auf zu atmen, als seine Finger über meine Wange gleiten, um eine Haarsträhne zärtlich hinter mein Ohr zu schieben. Nichts ist zu hören außer meinem Herz, das unnormal laut Blut durch meinen Körper pumpt.

Ich sehe Brexen in die Augen. So lange, bis er mit einer blitzschnellen Bewegung das Gewehr greift, es in Cowboymanier einmal im Kreis dreht und den Lauf mitten auf mein bescheuertes Herz presst.

»Wenn ich dir aus dieser Entfernung mit der Schrotflinte ins Herz schieße, bleibt nichts mehr von dir übrig, Kittycat.« Mit Tränen in den Augen sehe ich dabei zu, wie er dem schweren Teil mühelos mit einer fließenden Bewegung den Lauf öffnet. Mit schief gelegtem Kopf bringt er lächelnd ein »Tz tz tz« über die Lippen.

Er zieht die Patronen heraus, nach denen ich ewig

gesucht habe, und hält sie mir vor die Nase. Ich koche vor Wut und Enttäuschung und ... Scham. »Du musst sie schon richtig herum in den Lauf legen, sonst wird das nichts. Siehst du?«, schmunzelt er. »So.« Dabei legt er die Patronen genau andersherum hinein und lässt die Flinte mit einem lauten Krachen wieder zuschnappen. »Jetzt könnte ich dich erschießen. Ich könnte deine Eingeweide auf meiner hübschen Küchenwand verteilen und anschließend meine Makkaroni mit Käse kochen. Aber das wäre recht unhygienisch, furchtbar viel Arbeit und auch nicht unbedingt das, was ich mir für den heutigen Tag vorgestellt habe. Also, wenn es dir nichts ausmacht, würde ich diesen kleinen Zwischenfall hiermit beenden. Wir hatten einen Deal, schon vergessen?«

Oh ich hasse ihn! Wie sehr ich ihn hasse. Dafür, dass seine blitzweißen Zähne aus dem dunklen Bart hervorlugen und er sich nicht einmal bemüht, seinen Sieg nicht triumphierend auszukosten. Denn wir wissen beide, mir bleibt nichts anderes, als dämlich mit dem Kopf zu nicken und zu tun, was er verlangt.

BREXEN

Mein ganzes Leben lang bin ich ein Morgenmensch gewesen. Ich brauche nicht viel Schlaf. Etwas, das mir in meinem Job zugutekommt.

Darum hat es mir Freude bereitet, die halbe Nacht neben meiner kleinen Kitty zu liegen und sie in der Dunkelheit anzustarren.

Und auch, so früh raus nach Portmahomack zu fahren, hat mich nicht gekümmert. Ich bin fit. Zu hundert Prozent. Ich schaffe es, tagelang auf Schlaf und Essen zu verzichten und für Nelson die Drecksarbeit zu erledigen. All das kriege ich hin, ohne mit der Wimper zu zucken.

Aber all das ist nichts im Vergleich zu der anstrengenden Seite von Kylee.

Ich würde sogar so weit gehen zu sagen, es fällt mir leichter, ganze Sippen auszulöschen, als einen Morgen mit der zickigen Version von Kylee Hawthorn zu verbringen.

Die Undurchschaubarkeit, mit der sie agiert, macht mich müde und zehrt an meinen Nerven.

Zwei Stunden habe ich Holz gehackt, um mich abzureagieren. Es hat nichts gebracht. Auch, dass ich bereits so lange unter der Dusche stehe, dass die Wassertemperatur langsam nachlässt, bringt keine Ordnung in meine Gedanken.

Dieses kleine undurchschaubare Biest. Ich dachte wirklich, ich wüsste alles über sie.

Einen Scheiß weiß ich.

Klar, ich kenne ihre weichen Beine, die in die kurvige Taille übergehen und in unfassbar prallen vollen Titten enden. Scheiße ja, das habe ich mir oft genug angesehen, um es zu kennen. Genauso wie die niedlichen Sommersprossen, die sich auf ihrer Stupsnase verteilen, und ihre Haare, die sie hier bei mir endlich nicht mehr in diese scheußlichen Frisuren zwängt. Ja, Kylee Hawthorn ist wunderschön. Keine Frage. Das habe ich nie angezweifelt.

Ich wusste auch, dass Seiten in ihr stecken, die sie keinem zeigt. Und doch hat sie mich in den letzten Tagen mehr überrascht, als ich mir hätte vorstellen können.

Bei dem Gedanken daran, wie sie mit der Schrotflinte in der Hand und Schokolade im Mundwinkel in meiner Küche stand, muss ich schmunzeln. Kopfschüttelnd greife ich nach dem Shampoo und lasse meine Gedanken weiter zurückwandern. Bis zu dem Zeitpunkt, an dem sie stöhnend in meinem Bett gelegen hat.

Während das Wasser aus der Dusche lauwarm auf meine verspannten Schultern prasselt und die Erinnerung mich einlullt, fasse ich nach meinem Schwanz und fange an ihn zu massieren. Stelle mir vor, wie es wäre, wenn sie die Augen aufgeschlagen und mich zu sich gebeten hätte. Wie sie es zulassen würde, dass ich es bin, der ihre weiche Haut streichelt und ihre zarten Nippel zwischen die Zähne nimmt.

»Fuck«, knurre ich und lege den Kopf in den Nacken, um das Wasser über mein Gesicht laufen zu lassen. Immer fester reibe ich über meine Eichel.

Mein Kopf ist voller Erinnerungen. Die Bilder, auf denen Kylee vor Erregung gerötete Wangen hat, sind fest in mir verankert.

Wie sie auf ihrer Couch in der Bedford Avenue sitzt und sich selbst berührt. Wie sie ihre Finger in den Bund ihrer rosa Jogginghose schiebt, die an Zuckerwatte erinnert, und den Kopf stöhnend nach hinten wirft. Genauso, wie sie es heute Morgen getan hat. In meinem verfluchten Bett. Ich kann es kaum erwarten, meine Zunge mit ihrer zu verbinden. Meinen Saft zu ihrem werden zu lassen.

Ich presse die Augen fest zusammen und komme bei dem Gedanken an ihre Pussy um meinen Schwanz.

Doch selbst nachdem ich gegen die weißen Fliesen meiner viel zu engen Dusche gespritzt habe, fühle ich mich nicht besser. Seit sie hier ist, braut sich kontinuierlich ein Gewitter in meinem Inneren zusammen, das jede Sekunde über uns loszubrechen droht.

Nie zuvor haben mich Emotionen derart in meinem Handeln beeinflusst und das macht mir Angst. Ich bin im Grunde genommen kein gewalttätiger Typ. Ich habe von meinem Ziehvater schlicht gelernt, Gefühle beiseitezuschieben und mit eiserner Maske dem Gegner entgegenzutreten. Mein Pokerface sitzt für gewöhnlich lückenlos.

Aber Scheiße nochmal, bei Kylee läuft alles anders. Ich kann nicht rational denken oder handeln und lasse mich leiten von Gefühlen, die ich nicht haben dürfte.

Keinem anderen Menschen würde ich je durchgehen lassen, eine Waffe auf mich zu richten. Mal abgesehen davon, dass es so gut wie niemand wagen würde. Aber bei Kylee gelten andere Gesetze. Sie setzt alles außer Kraft, an das ich bislang geglaubt habe.

Seufzend stelle ich das Wasser ab, steige in das mit Nebel durchzogene Bad und öffne für einen kurzen Moment die Tür einen Spalt, um zu lauschen. Doch noch immer ist nichts zu hören. Natürlich ist mir klar, dass sie keinen Spaziergang macht, um sich die Beine zu vertreten. Kylee wird keine Möglichkeit auslassen, einen Fluchtversuch zu starten. Es gibt nur einen Grund, warum ich ihr heute Mittag nicht hinterhergerannt bin – nicht mehr lange und es wird dunkel. Ganz gleich, wo sie sich die letzten Stunden herumgetrieben hat, ich möchte wetten, in spätestens einer halben Stunde ist sie wieder hier. So spielt mir ihr kleines Geheimnis, das sie so viele Jahre vor mir geheim halten konnte, nun in die Hände.

Seit gestern schon grübele ich, ob ich richtig liege mit meiner Vermutung, was diese Angst ausgelöst haben könnte.

Die Nacht, die ihr Leben für immer in eine andere Richtung lenken sollte, könnte diese tiefen Narben hinterlassen haben.

Ein traumatisches Ereignis aus der Kindheit ist oft Ursache für Phobien.

Heute früh habe ich den Einkauf genutzt, um Nelson anzurufen. Eigentlich wollte ich mich nur vergewissern, dass er nichts ahnt. Und das tut er nicht, das hat unser Telefonat gezeigt. Es ist nicht ungewöhnlich, dass ich mehrere Wochen untertauche. Er würde gar nicht erwarten, dass ich, sofort nachdem ich Kylee beseitigt habe, wieder aufkreuze.

Wir haben Handelspartner überall in Großbritannien. Ich arbeite schon seit vielen Jahren selbstständig und aus dem Hintergrund heraus. Meine Aufgabe ist es, mich darum zu kümmern, dass alle Abläufe reibungslos funktionieren, und zur Not räume ich den Dreck nach unseren Geschäften weg. Unsere Partner wissen: Wenn Nelson mich schickt, dürfen sie sich keinen Fehler erlauben, weil es sonst ihr letzter gewesen sein wird. Das ist mein Ruf und dafür fürchten mich die Menschen.

Dennoch hatte ich bei unserem Gespräch ein flaues Gefühl im Magen. Ihn anzulügen ist mir nie leichtgefallen, obgleich ich langsam Routine darin haben sollte. Doch die Geschichte mit Kylee ist für uns beide etwas Persönliches.

Es wäre so leicht gewesen, ihm ein paar Fragen zu Kylees Vergangenheit zu stellen, doch ich habe es mir verboten. Zum einen, um ihn nicht mit der Nase auf meine Lüge zu stoßen. Andererseits, weil es schon genug Probleme gibt, über die ich mir klarwerden muss. Noch mehr können wir beide, Kylee und ich, nicht ertragen.

Seufzend trockne ich mich ab und steige in eine Jogginghose sowie ein schwarzes einfaches Shirt mit langen Ärmeln. Einer der Vorteile auf der Insel. Durch das fehlende Licht komme ich früh am Tag zur Ruhe. Zu Zeiten, an denen sonst mein Tag erst richtig startet. Ich genieße das. Die vollkommene Stille, die sich auf meinen Körper überträgt. *Eigentlich* ... die Betonung sollte auf eigentlich liegen. Denn heute zucken meine Mundwinkel unwillkürlich ein Stück nach oben, da ich ein Geräusch aus der ersten Etage wahrnehme. Die Dame des Hauses ist also zurückgekehrt und so, wie es sich anhört, hantiert sie in meiner Küche. Braves Mädchen.

Als ich behauptet habe, ich kenne mein Haus blind, habe ich nicht übertrieben. Ich weiß genau, welche Dielen Geräusche erzeugen und welche nicht. Daher schaffe ich es mühelos, mich still durch die Räume zu bewegen.

Im Eingang zur Küche nehme ich mir einen Augenblick, um sie zu betrachten, ehe ich absichtlich auf die Diele trete, die mich verrät.

»Und? Bist du auf Öl dafür gestoßen?«, lache ich, weil Kylee immer noch die bescheuerte Lampe auf dem Schoß hält. Ich habe wirklich keine Ahnung, aus welcher Ecke sie die gezerrt hat.

Sie hält mit der Gabel vor ihrem Mund inne und funkelt mich böse an, was mich nur noch mehr zum Lachen bringt.

»Bitte.« Ich deute auf ihren vollgeladenen Teller, den ich als kleinen Fortschritt sehe. »Iss weiter. Dafür ist es da.«

Noch immer ohne ein Wort schiebt sie sich den nächsten Bissen Nudeln zwischen ihre sinnlichen Lippen. Ich hänge an ihnen wie ein Ertrinkender.

Während ich mir einen Stuhl unter dem kleinen runden Tisch hervorziehe und ihn umdrehe, um mich falsch herum daraufzusetzen, fällt mein Blick auf ihre Schuhe. Breit grinsend streiche ich mir die noch nassen Haare aus dem Gesicht und sehe wieder zurück in ihr Gesicht. Ihre Wangen sind vom kalten Wind gerötet.

»Du hast nicht gewonnen«, zischt sie und schiebt ihre Füße aus meinem Sichtfeld heraus weiter unter den Tisch.

Natürlich habe ich das. Das ist uns wohl hoffentlich beiden klar. Immerhin sitzt sie hier, trägt die frischen Klamotten, die ich ihr heute früh herausgelegt habe, und die Wanderschuhe, die meine kleine Shoppingtour abgeworfen hat. Sie konnte unmöglich weiter mit diesen hochhackigen Dingern über die Insel laufen.

Mir schien es sinnvoll, sie wortlos auf die Fußmatte zu stellen. Und siehe da, dieser Plan scheint zumindest aufgegangen zu sein. Mal abgesehen davon, dass sie isst. Aber ihr meinen Triumph noch deutlicher unter die Nase zu reiben, bringt uns nicht weiter.

»Hab ich nicht gesagt«, weiche ich stattdessen aus, stelle die Ellbogen auf den Tisch und beobachte sie.

Verdammt, sie ist heiß! Wichsen unter der Dusche ist ein Witz dagegen, sie live zu beobachten. Dabei zuzusehen, wie sich ihre Lippen um das Metall der Gabel legen und sie mit der Zunge darüberfährt. »Willst du mir erzählen, wo du heute warst? Hast du das Boot gefunden?« Ich lege den Kopf schief, doch sie würdigt mich keines Blickes. »Nur falls du auf die Idee kommen solltest«, flachse ich weiter, »das Festland liegt gute fünf Meilen weg. Schwimmen ist keine Alternative.«

Ihre Gabel fällt klirrend auf den noch halb vollen Teller. Es dauert einen Moment, dann hebt sie den Kopf. Ihre Nasenflügel beben und die Muskeln an ihrem Kiefer zucken.

»Ich hasse dich«, flüstert sie, sobald unsere Blicke sich treffen. Und noch bevor ich etwas sagen kann, steht sie auf und rennt davon.

Ich bleibe wie ein Idiot allein an meinem Küchentisch sitzen, falte die Hände vor der Stirn und warte geduldig darauf, dass es dunkel wird. Denn das wird es und sie wird zurückkommen. Da bin ich sicher.

»Kylee, komm schon«, rufe ich zum ungefähr hundertsten Mal. Ich will sie dazu bewegen, endlich ihren Stolz zu überwinden und zu mir zu kommen. Ganz gleich, wie intensiv meine Finger auf die Tasten von Grandpas Klavier treffen, Kylees grauenvolles Geheule ist lauter. Es schallt seit Stunden durch das Haus und verwandelt meine sonst so friedvolle Stille in ein Horrorszenario. Ich sag ja ... *eigentlich.*

Die Finger über den Tasten schwebend, halte ich kurz inne. »Es ist nur dein dämlicher Stolz, der dich so quält, und das weißt du auch! Komm runter und lass mich dir helfen«, rufe ich, den Kopf Richtung Treppenhaus. Ich bin mir sicher, sie hört jedes Wort.

Ein weiterer Vorteil auf Eilean Ross. Man hört nur die wirklich wichtigen Dinge. Wenn erst einmal Straßengeräusche, Nachbarn und jegliche Industrie wegfallen, wird es verdammt still. Vor allem nachts. Da sind nur die Wellen, die gleichmäßig gegen die Klippen schlagen. Und heute zur Abwechslung eine kleine ängstliche Engländerin, die einfach keine Hilfe annehmen will.

Dieses sture kleine Biest!

Seit sie sich heute Nachmittag in meinem Schlafzimmer auf dem Bett zusammengekugelt hat, spricht sie kein Wort. Weder als ich dort war, um die Fenster zu schließen, noch als ich mir eine andere Jacke holen wollte, die natürlich rein zufällig oben im Schrank hing. Sie würdigt mich keines Blickes.

Doch seit sich die Finsternis über das Haus gelegt hat, weint sie. Sie jammert und schluchzt so erbärmlich, dass meine Nerven kurz vor dem Zerreißen stehen. Meinen eigenen Schmerz zu ertragen, habe ich viele Jahre trainiert, doch ich bin nicht fähig, ihren hinzunehmen.

Wie von selbst gleiten meine Finger über die Klaviatur und spielen eine traurige Melodie, die zu der allgemeinen Stimmung an diesem Abend passt.

Kurz vor Ende des Refrains stoppe ich ein weiteres Mal. Es lässt mir einfach keine Ruhe, wie stur sie ist.

»Du hast gestern selbst gesehen, dass es halb so schlimm war. Wir kriegen das zusammen hin. Morgen früh darfst du mich dann weiter hassen.«

Ich weiß nicht, warum ich sie anbettele. Für sie? Damit es ihr besser geht? Oder weil ich den Gedanken nicht ertragen kann, dass sie mich wirklich hassen könnte?

Schrille Töne erklingen in der Dunkelheit, weil ich einen Ellbogen auf die Tasten stütze und mir übers Gesicht wische.

»Solltest du nicht eher Dudelsack spielen?« Ich fahre herum, denn ich habe sie tatsächlich nicht kommen gehört.

»Du wärst erstaunt, was ich alles für musikalische Fähigkeiten habe«, schmunzele ich in die Dunkelheit und mein Nacken lockert sich von ganz allein. »Komm«, sage ich ruhig und rutsche auf der unbequemen Klavierbank ein Stück zur Seite. »Ich spiel dir was vor.«

Und schon mit den letzten Worten fliegen meine Finger über die Tasten und ich spiele ein sehr altes Lied, das in meinem Kopf herumspukt. Das Klavierspiel ist schon seit ich denken kann mein Ausgleich. Nelson hat mir mit elf meinen ersten Flügel geschenkt und spätestens seit diesem Moment ist das Spielen für mich eine Notwendigkeit geworden. Ich erlöse mich damit von all den unschönen Dingen in meinem Leben. Lasse sie durch das Klingen der Tasten los und schicke sie mit traurigen Melodien weit fort von mir.

»Das klingt schön«, stottert Kylee. Ihre Stimme bebt noch immer unter Schluchzern. Ich kann nicht fassen, dass sie wirklich gekommen ist.

»Das hast du toll gemacht«, lobe ich sie darum und komme mir vor wie ein Schlappschwanz. Ich kann spüren, wie sie sich neben mich setzt, und hätte beinahe das Spiel unterbrochen, um in der Dunkelheit ihre Hand zu suchen. Doch im letzten Moment unterdrücke ich den Drang, sie zu berühren, und drücke die Tasten mit mehr Nachdruck. Ich vergesse oft, dass ich ein vollkommen Fremder für sie bin.

»Ich hätte vor Panik beinahe in den Flur gekotzt«, gesteht sie und ich kann ein leises Lachen nicht unterdrücken.

»Aber du hast es geschafft«, schiebe ich direkt ernst hinterher.

Ich spüre an der Bewegung, dass sie nickt.

Eine Zeit lang sitzen wir einfach da. Ich fühle an meinem Oberschenkel, wie ihre Beine zittern, und muss mich bemühen, meine Hand nicht doch daraufzulegen. Stattdessen habe ich aufgehört zu spielen und starre auf die Hände in meinem Schoß, die ich nicht sehen kann.

»Dafür habe ich dein Kopfkissen vollgerotzt.«

»Hm«, brumme ich und lächele wie ein Idiot in die Dunkelheit. »Darauf steh ich besonders.«

Sie schnaubt kaum hörbar unter einem winzigen Lachen.

»Es ist mir vollkommen egal, ob du mich vollrotzt oder in meinen Flur kotzt. Hauptsache, du hörst auf zu weinen und es geht dir besser.«

Sie erwidert nichts. Keine schnippische Bemerkung oder einen dummen Witz. Wir sitzen einfach nur da. Keiner sagt etwas und ich hänge meinen Gedanken nach.

»Kannst du weiterspielen?«

Ohne eine Antwort suchen meine Finger die richtigen Tasten und spielen zaghaft weiter. Eine sanfte Melodie, die irgendwo aus meinem Kopf dringt. Ich war nie der Typ, der sich gern an Noten hält.

»Brauchst du Whisky?«, frage ich zwischendurch und deute träge mit dem Kopf aufs Klavier. Sie kann weder mich sehen noch die Flasche, bei der ich mich schon mehrfach bedient habe.

Es kommt keine Antwort, aber ich nehme an, sie hat mit dem Kopf geschüttelt.

»Warum tust du das?«, fragt sie stattdessen. Noch immer klingt sie total verheult.

»Was? Dir Alkohol anbieten?«, scherze ich, denn ich weiß genau, was jetzt kommt, und wir sind noch lange nicht so weit, zu reden. Wirklich richtig zu reden und alle Karten aufzudecken.

»Mir helfen. Ich verstehe das nicht«, gesteht sie. »Du entführst mich, quälst mich und dann hilfst du mir wieder. Sollte es dir nicht Genugtuung verschaffen, wenn ich leide? Das ist total widersprüchlich.«

Wie von allein sinken meine Hände zurück auf meinen Schoß und ich bin dankbar, dass sie nicht sehen kann, wie mein Kopf nach unten kippt. Die Augen geschlossen, schüttele ich mit dem Kopf, ehe ich ihn wieder anhebe und mich fange. Ich kann ihr nicht die Wahrheit sagen. Das würde sie nicht verkraften. Noch nicht.

»So widersprüchlich, wie an mich zu denken, während du dich anfasst, und mich anschließend erschießen zu wollen?«, halte ich statt meiner wahren Beweggründe dagegen. Ich spiele nicht fair, das ist mir klar – aber auch egal. Regeln sind nichts für die Männer der Callens. Das wurde mir zwanzig Jahre lang eingetrichtert.

»Ich habe mich nicht angefasst.«

»Du lügst«, seufze ich, »schon wieder.«

Stille.

Keiner von uns rührt sich.

In der Ferne erzählen die Wellen ihre eigene Geschichte. Die alte Uhr gibt dazu den Takt vor.

Tief in mir drin, da regt sich etwas, das ich nicht beschreiben kann. Die Vorstellung, sie könnte denken, es sei mein Ziel, sie zu quälen, treibt mich an den Rand des Wahnsinns. Ich stelle die Ellbogen auf die Tasten und Kylee zuckt bei den schrillen Tönen zusammen. Vielleicht kann ich ihr nicht alles sagen, was in mir vorgeht, aber eins soll sie wissen.

»Ich wollte dich niemals quälen. Tief in deinem Inneren weißt du das längst. Und ganz sicher ist es keine Genugtuung, dich leiden zu sehen. Ich helfe dir«, ich mache eine Pause. Nicht, weil ich nicht weiterweiß, sondern weil ich es nicht sagen sollte. Aber ich kann nicht anders. »Ich helfe dir, Kylee, weil ich es nicht ertragen kann, wenn du leidest. Das konnte ich noch nie.«

Es muss der Whisky sein, der aus mir spricht. Denn der rasiermesserscharfe Verstand, der mir nachgesagt wird, wäre nicht so dumm, das zuzugeben. *Gefühle sind eine Schwäche*. Das ist die Devise, nach der Nelson seine Männer ausbildet, und ich war einer der Besten in dieser Lektion. Bis heute.

Kylee reagiert nicht. Irgendwann, nachdem ich ihr wortlos den Whisky gereicht habe und ein paar Tasten zum Klingen bringe, ist schließlich sie es, die unser Schweigen durchbricht.

»Ich habe wirklich von dir geträumt.« Sechs Wörter. Sechs so bedeutungslose Wörter und doch weiß ich, dass sie für diese Nacht alles ändern werden. Und verdammt nochmal, sie war diejenige, die diese Entscheidung getroffen hat.

KYLEE

»Erzählst du mir davon?«

Ich kenne keinen Menschen mit so vielen Klangfarben in der Stimme wie Brexen Ward. In einem Moment raubt mir sein tiefer Bass den Atem, im nächsten habe ich das Gefühl, jedes seiner Worte legt sich wie ein schützender Kokon warm und weich um meine strapazierten Nerven.

Er reagiert nicht auf mein Kopfschütteln, was mir nur wieder bewusst macht, dass wir in kompletter Finsternis sitzen.

»Ich kann nicht«, flüstere ich daher.

Ich habe heute einiges gelernt. Über mich. Die Insel. Und über ihn.

Der ganze Tag war wie eine nicht enden wollende Katastrophe und nach meiner stundenlangen Analyse denke ich, es gibt drei Kernprobleme.

Erstens – meine nach wie vor erdrückende Angst vor der Dunkelheit.

Zweitens – ganz gleich, wie weit ich laufe, ich finde keinen Weg herunter von dieser Insel.

Und drittens – ich fühle mich zu meinem Entführer hingezogen, ob ich es nun will oder nicht.

»Du kannst schon. Du willst nicht. Das sind zwei verschiedene Paar Schuhe, Kitty.«

»Denkst du, das ist das Stockholm-Syndrom?«, spreche ich aus, worüber ich heute Nachmittag nachgedacht habe. Ihn danach zu fragen, ergibt im Grunde keinen Sinn, aber ich brauche darauf eine Antwort. Vielleicht, damit ich reinen Gewissens in den Spiegel schauen kann. Denn anders kann ich es nicht rechtfertigen, dass mich jeder Ton, den er auf dem alten Klavier spielt, direkt ins Herz trifft.

Ich hasse ihn immer noch. Keine Frage. Er hält mich hier fest, nimmt mir mein Leben weg und liefert mich meinen schlimmsten Ängsten aus. Und doch sitze ich wieder hier neben ihm. Okay, zu meiner Verteidigung könnte die Phobie mein dämliches Verhalten eventuell entschuldigen. Ich schaffe es einfach nicht allein. Und ich habe es heute wirklich versucht. Alles in mir hat dafür gekämpft, die Nacht allein zu überstehen, aber ich habe versagt. Das ist mir mit jeder meiner Fasern bewusst.

Ich habe aufgegeben und mich in seine Nähe geflüchtet. Denn auch wenn er selbst zu meinen Albträumen zählt, schafft er es, die Dunkelheit erträglicher zu machen.

Brexens tiefes Grummeln bringt die Bank, auf der wir sitzen, zum Vibrieren.

»Mir scheißegal. Nenn es Stockholm-Syndrom oder was dir sonst noch als gelungene Ausrede einfällt. Erzähl mir einfach von dem Traum.« Die Unterlippe fest zwischen die Zähne gezogen, erinnere ich mich an jedes noch so kleine Detail, als wäre es wirklich passiert.

»Komm schon, Honey«, flüstert seine Stimme plötzlich dicht neben meinem Ohr und ich zucke leicht zusammen. Ihn so nah zu spüren, ihn zu riechen ... »Es wird niemals jemand erfahren. Hier gibt es nur dich und mich. Im Schutz der Dunkelheit.«

Bei seinen letzten Worten schnaube ich. Schutz der Dunkelheit. Dass ich nicht lache. Allein sie ist schuld an meiner Lage.

Ich kann immer noch nicht glauben, dass ich schon drei Nächte in kompletter Finsternis überstanden habe. Auch etwas von den Dingen, die mir heute klargeworden sind. Die Angst vor der Angst ist viel erdrückender als der Zustand selbst. Das wird einem erst klar, wenn der Weg zur Vermeidung versperrt ist.

Ich stütze die Ellbogen auf die Knie und vergrabe mein Gesicht in meinen Händen.

Schließlich ist es Brexens Hand, die meine Gedanken wieder zu meinem Traum führt. Als ob sie nicht auch von allein immer und immer wieder dort landen würden.

Seine Finger fahren über den dünnen Baumwollstoff meines Shirts und streichen meinen Rücken entlang. Angefangen bei meinem Steiß, hinauf bis in meinen Nacken.

Tausend Blitze jagen durch mich hindurch. Lassen mich im Ansatz etwas von dem wahrnehmen, was ich vergangene Nacht gefühlt habe.

»Spielst du schon lange Klavier?«, frage ich mit aufgesetzter Stimme und zitternden Knien, weil Brexen in diesem Moment eine Taste anschlägt.

»Oh nein nein nein, Kitty«, lacht er. »So leicht kommst du nicht drumherum. Ich will wissen, was du geträumt hast. Und wir wissen beide, dass du es mir am Ende doch …«

»Du hast es mir besorgt, okay? Ist es das, was du hören willst?«, platze ich dazwischen und richte mich auf. »Bist du jetzt zufrieden?«

Zum ersten Mal in meinem Leben bin ich fast froh, dass es dunkel ist, denn so kann er die Tränen in meinen Augen nicht erkennen. Ich schäme mich. Zutiefst.

»Oh nein«, raunt er und zieht mich, eine Hand fest in meinem Nacken, dicht vor sein Gesicht. »Noch lange nicht.«

Ihn nicht sehen zu können, macht mich nervös. Noch nervöser, als ich sowieso schon bin. Meine Augen brennen von den Tränen, die ich schon den ganzen Abend über vergossen habe. Ich werde die Dunkelheit niemals als Schutz sehen können. Niemals. Doch seinen Atem so dicht vor meinen Lippen zu spüren und die Möglichkeit, ihn unbemerkt vom Rest der Welt zu küssen, liegt so verlockend und simpel vor mir, dass ich kurz davor bin, einzuknicken und meinem Körper seinen Willen zu geben.

Er löst sich von mir und an den Schatten erkenne ich, dass er aufsteht. Alles in mir versteift sich. Weil ich nicht allein sein kann. Und weil ich es nicht will. In diesem Fall ist es dasselbe.

»Komm«, sagt er, und ohne es zu wissen, greife ich ins Dunkel, sicher, auf seine Hand zu treffen. Und ja, sofort verschränken sich seine warmen rauen Finger mit meinen und er zieht mich grob in den Stand. »Gehen wir nach oben.«

Ich erwidere nichts, doch sträube mich auch nicht.

Ich kann nicht mehr kämpfen. Weder gegen ihn noch gegen mein Verlangen, etwas zu fühlen außer Angst.

Wortlos folge ich ihm durch das Wohnzimmer, die schmale Treppe hinauf und bin erleichtert, den Mond durch die große Fensterfront zu sehen. Er lässt das Zimmer in dunklem Grau leuchten und hilft mir dabei, ruhiger zu atmen. Trotz all der Ablenkung rast mein Puls von dem Gang durch das finstere Treppenhaus.

Brexen führt mich bestimmend um das große Holzbett herum und ich lasse mich auf die Kante sinken. Sein großer Körper hebt sich schwarz von dem schwachen Licht ab, das durch die Fenster dringt. Der Mond nimmt mit jeder Nacht zu und gibt mir Hoffnung.

Seine Hand löst sich von meiner und ich erkenne, wie er dicht vor die Scheibe tritt und hinaus aufs Meer sieht. Ich empfinde es als beruhigend, es die ganze Zeit über zu hören. Tags wie nachts schlagen die Wellen gleichmäßig weiter gegen die unnachgiebigen Felsen. Es ist immer da, lässt einen nie allein. Etwas, worauf man sich verlassen kann.

Schemenhaft sehe ich, dass er die Hände in die Hosentaschen seiner Jogginghose vergraben hat und den Kopf starr geradeaus hält. Seine Schultern sind so breit. Ganz sicher verbirgt sich ein Wahnsinnssixpack unter dem schwarzen Shirt. Brexen Ward ist der Typ Mann, mit dem sich niemand freiwillig anlegt. Er überragt alle Männer, mit denen ich jemals zusammen war.

Von meinen Gefühlen übermannt, rutsche ich auf der Matratze ein Stück nach hinten, als ob ich so davor fliehen könnte. Das macht die Sache allerdings nicht besser. Denn da ist sein Geruch. Dieser Duft, der überall in diesem Bett hängt und mich in den Wahnsinn treibt.

Hinzu kommt das Adrenalin, das seit Tagen durch meinen Körper rauscht. Ich bin … hungrig. Und er weiß das. Dass er mich dennoch nicht drängt, reißt den letzten Rest meiner Beherrschung nieder, als sei sie ein Kartenhaus, das nur einen Windhauch benötigt, um zu zerfallen. Hier auf dieser einsamen Insel mitten in der Nacht vertraue ich ihm. Weil wir in der Nacht zu jemand anderem werden. So wie meine Dämonen in der Dämmerung zum Vorschein kommen, scheinen seine eigenen zu schlafen und er wirkt wie ein anderer Mensch.

»In meinem Traum hast du mir unter anderem die Hände gefesselt«, gestehe ich und schlucke eine Träne hinunter, die sich vor Scham gebildet hat.

Ich dränge sie zurück in die Tiefen meiner Seele. Niemand kommt gegen das an, was er fühlt. So ist das nun einmal mit geheimen Fantasien. Sie sind nicht ohne Grund geheim. Allerdings spielen Geheimnisse hier draußen, weit weg von der Realität und dem wahren Leben, plötzlich keine Rolle mehr. Ich teile meine schlimmsten Ängste mit ihm, warum also nicht auch meine verborgensten Träume, selbst wenn es mich Überwindung kostet.

Brexen sagt kein Wort. Doch ich bilde mir ein, an seinem Rücken erkennen zu können, dass er sich versteift.

»Du hast sie an die Pfosten deines Bettes gebunden«, rede ich weiter. Meine Stimme ist so leise, vielleicht habe ich Glück und er hört mich nicht einmal. Andererseits will ich, dass er es weiß. Noch nie wollte ich jemandem solche Dinge sagen. Niemals. Bis heute Abend. Das Tor zu meinen intimsten Gedanken steht endlich offen und nun will ich, dass alles herauskommt und mich nicht länger von innen quält. Vielleicht ist die Dunkelheit in diesem Fall ja doch ein Schutz. Denn das, was ich jetzt ausspreche, erreicht niemanden außer uns beide. »Ich war nackt. Du nicht.«

Ganz langsam dreht er sich um. Ich sehe sein Gesicht nicht. Kann nicht erkennen, ob sich der Ausdruck darin verändert hat. Ob er mir diesen kalten leeren Blick schenkt oder die Augen zusammenkneift, wie er es in den vergangenen Tagen so oft getan hat, wenn ich rede.

Wahrscheinlich weil ich all das nicht sehen kann, bin ich mutig genug, um weiterzusprechen.

»Ich konnte dabei zusehen, wie du auch meine Beine mit Seilen fixiert hast. Weit gespreizt hast du sie festgebunden.« Ich kann das kratzende Geräusch hören, das entsteht, wenn er sich über den Bart streicht. »Ich war bereits so feucht wie nie zuvor.«

»Kylee!« Brexen stöhnt meinen Namen zwischen zusammengepressten Zähnen hervor.

»Du hast dein Shirt mit einem Griff über den Rücken gezogen und deine Arme haben im Schein der Sonne golden geglänzt. Es war so hell im Zimmer, dass ich blinzeln musste.« Ich kann förmlich spüren, wie er die Kontrolle verliert, und das wiederum verleiht mir eine Menge Mut. »Du hast dich ans Fußende gestellt, deine Hosen ausgezogen und mich damit gequält, wie du dich selbst anfasst. Mir blieb nichts übrig, als zuzusehen, und dabei wollte ich dich unbedingt berühren.«

Ganz langsam, fast schon in Zeitlupe, kommt Brexen näher zum Bett. Mein Körper explodiert jede Sekunde in Millionen Teile, so sehr stehe ich unter Spannung. Sein schwarzer großer Schatten ragt vor mir auf und ich kann ... ihn riechen.

»Ich denke nicht, dass ich in deinem Traum so hart war, wie ich es jetzt gerade bin«, flüstert er und ein ganz neuer Klang in seiner Stimme lässt mich frösteln.

Ich blicke hinunter auf seinen Schritt, doch die Nacht lässt mich die Wahrheit hinter seinen Worten nicht erkennen. Schluckend sehe ich zurück in sein Gesicht, das ebenfalls vor mir verborgen bleibt. »Sprich weiter. Was habe ich dann getan? Habe ich dich gefickt, Kitty? Wie du es dir schon so lange wünschst?«

»Ja«, hauche ich. »Aber zuerst hast du …« Meine Stimme ist dünn und kraftlos, weil ich alle Mühe habe, meine Hand nicht in meinen Schritt zu schieben. Es wäre so leicht. Er würde es nicht sehen. »Du hast mich geküsst. Angefangen bei meinen Füßen. Hast deine Zunge über mein Schienbein wandern lassen, hinauf über meinen Oberschenkel, und sie anschließend so tief in mir versenkt, dass mir schwindelig wurde.«

Unser beider Atem ist deutlich zu hören. Wir klingen gehetzt.

»Das ist es, was du willst?«, fragt er mit kratziger Stimme. »Dass ich dich lecke, bis du an nichts anderes mehr denken kannst? Bis in deinem hübschen Köpfchen nichts mehr existiert außer dem Drang, an meinem Mund zu kommen?«

Er beugt sich vor und stützt seine Oberarme links und rechts neben mir ab. Sein Gesicht dicht über meinem. Ich spüre seinen Atem auf meinen erhitzten Lippen. Ich könnte lügen. Ich sollte lügen. Das hier überschreitet eine Grenze, die nur in eine Richtung führt. Danach gibt es kein Zurück mehr. Das ist mir klar.

»Ja«, hauche ich dennoch die Wahrheit, denn ich zerspringe wie Glas, wenn er mich nicht sofort berührt. »Ja«, wiederhole ich mit festerer Stimme und kann es selbst nicht glauben.

Ohne zu zögern, legt Brexen seine Lippen auf meine und öffnet mit seiner Zunge meinen Mund. Ihn zu küssen, seine Wärme so dicht zu spüren, bricht alle Dämme.

Ich heiße ihn willkommen. Lasse ihn meinen Mund erobern und mich besitzen. Nur für diesen Augenblick gehört mein Körper ihm. Meine Arme fest um seinen Nacken geschlungen, dränge ich mich ihm entgegen, in der Hoffnung, mir so Erleichterung zu verschaffen. Denn das ist es, worum es hier gerade geht. Ich muss mich leichter fühlen. Zumindest einen Teil des Drucks abbauen, der auf mir lastet.

»Ich wusste es«, stöhnt er zwischen zwei Küssen und seine Hand fährt unter mein Shirt. Ich hindere ihn nicht. Auch nicht, als er meinen Körper mit einem Ruck anhebt und mich flach unter sich legt. Mein Verstand hat sich spätestens auf dem Weg ins Schlafzimmer verabschiedet.

Seine Finger finden meine Brustwarze und ich keuche in seinen Mund, weil er sie ohne Vorwarnung durch den dünnen Spitzen-BH zwirbelt. Dass es die Unterwäsche ist, die er für mich gekauft hat, steigert das Verbotene, das diese Situation mit sich bringt, nur noch mehr.

»Ich werde dir all das geben, wovon du träumst, Honey«, raunt er und bringt mich mit einer Hand zum Sitzen. In dem Moment, in dem er sein eigenes Shirt in einer fließenden Bewegung über den Rücken streift wie in meinem Traum, glaube ich ihm das sogar.

Alles, was ich sehen kann, ist schwarz. Darum strecke ich blind meine Finger aus und berühre seine Brust. Er hält inne, gibt mir einen Moment, mich an das Gefühl seiner Haut an meiner Hand zu gewöhnen. Oder vielleicht ist auch er es, der sich daran gewöhnen muss. Ich kann sein Herz heftig schlagen spüren und fahre weiter über die straffen Muskeln, die sich unter meinen Fingerspitzen wölben. Ich ertaste kleine Härchen rund um seine Brust und erstarre, als ich auf etwas Kaltes stoße. Brexen gibt einen grunzend lachenden Ton von sich und ich erkunde voller Neugier das Piercing, das in seiner linken Brustwarze steckt. Noch nie habe ich ein Piercing berührt, es mir aber oft genug vorgestellt.

Ich beuge mich vor und fahre mit den Lippen über die kleinen Metallkugeln. Es bereitet mir Freude, dabei das tiefe Stöhnen aus seiner Kehle brummen zu hören.

Es ist so anders, jemanden nur mit dem Tastsinn kennenzulernen. Bislang waren meine Augen alles, worauf ich mich verlassen habe. Ihn nicht sehen zu können, schärft all meine anderen Sinne. Lässt mich ihn so intensiv spüren und riechen, dass ich zum ersten Mal in meinem Leben die Augen schließe und die Dunkelheit ihre Aufgabe vollends erfüllen lasse.

Seine Fingerknöchel streifen meine Taille und bereiten mir eine Gänsehaut, während er mir mein Shirt ebenfalls über den Kopf zieht. Ich will mich schon wieder hinlegen, da greift er bestimmend in meine Haare und zieht meinen Kopf in den Nacken.

»Ich werde dich ans Bett fesseln.« Seine Lippen streifen stürmisch über meine. »Irgendwann. Aber nicht heute.« Er zerrt so fest an meinen Locken, dass meine Kopfhaut brennt, doch es macht mir nichts aus. Im Gegenteil. Es macht mich ganz kribbelig. »Denn heute will ich, dass du deine Titten berührst, während ich dich lecke. Ich will, dass du sie knetest und deine Nippel kneifst, als wären es meine Hände. Kapiert?« In seinem festen Griff schaffe ich es gerade so, zu nicken. »Außerdem sollst du deine Fingernägel in meine Schultern bohren können, wenn ich dich anschließend so tief ficke wie nie ein Kerl zuvor.«

Seine Worte schießen mir direkt in den Unterleib. Vor allem, weil er parallel dazu meine Hose von den Beinen streift und ich ihm nackt ausgeliefert bin.

»Ja«, stöhne ich. Weil ich es brauche. Und weil ich es nicht erwarten kann. Keine einzige Minute länger kann ich atmen ohne seine Zunge zwischen meinen Beinen.

Und das muss ich auch nicht. Brexen schubst mich zurück auf die Matratze und ehe ich mich versehe oder auch nur eine einzige Sekunde lang darüber nachdenken kann, fährt seine Zunge zwischen meine Schamlippen.

»Verdammt, ich wusste es«, knurrt er immer wieder, doch für seine Worte ist kein Platz in meinem Kopf. Ich befinde mich im Rausch. Die Augen geschlossen, was mir noch immer zitternde Beine beschert, verlasse ich mich ganz auf meine anderen Sinne. Kralle die Hände um meine Brüste, wie er es befohlen hat. Ich kneife hinein und massiere sie, während sein Mund meine gesamte Mitte einnimmt. Seine Zunge fährt fest über meinen Kitzler. Immer weiter hinab, bis er sie schließlich genauso weit in mich eintauchen lässt wie in meinem Traum.

Ich lege den Kopf in den Nacken und stöhne laut. Nie zuvor bin ich so geleckt worden. So tief, so intensiv. Als sei meine Feuchtigkeit das Kostbarste, das er je geschmeckt hat. Seine Zähne schaben über meine Perle und ich sehe sein schiefes Grinsen vor meinem inneren Auge.

»Verdammt, Kylee«, knurrt er und ich erschaudere unter der Kälte, als er sich ein Stück von mir entfernt.

Sein Zeigefinger fährt kurz über meinen Kitzler und dringt anschließend tief in mich ein.

»Oh mein Gott«, keuche ich, weil er ihn dreht und mich dehnt und dabei einen Punkt berührt, der zusammen mit all meinen Fantasien tief verborgen lag.

»Oh ja, Honey. Das ist er, nicht wahr? Genau dort werde ich dich jetzt vögeln.«

Ich höre, wie er seine Hose von den Beinen streift, nachdem er sich wieder von mir gelöst hat. Ich kann nichts sehen, außer, dass er auf den Knien vor mir thront.

»Sag mir, dass du es willst.« Bei seinen Worten knetet seine Hand die Innenseite meines Schenkels, während die andere um seinen Schwanz liegt. Das glaube ich zumindest. Allein diese Fantasie würde meine Antwort rechtfertigen.

»Ja«, stöhne ich und schiebe ihm mein Becken entgegen.

»Was ja?«, presst er hervor. Er klingt genauso erregt, wie ich mich fühle.

»Fick mich, Brexen.«

Das muss ich ihm nicht zweimal sagen. Er stützt sich über mir ab und schon im nächsten Moment schreie ich auf, weil er so unerwartet hart in mich hineinstößt.

»Das werde ich, Kitty.« Damit zieht er sich zurück, nur um ein weiteres Mal in mich zu stoßen. Dabei stöhnen wir synchron in die Dunkelheit. Tief in mir hält er inne und küsst mich stürmisch. »Spürst du das?«, fragt er und kreist mit seinem Becken. Es fühlt sich unglaublich an. Anders. Mein Kitzler wird auf eine Weise stimuliert, die ich nie zuvor erlebt habe. Etwas fühlt sich komisch an. Gut komisch. Zudem füllt seine Größe mich dermaßen aus, dass mir die Luft wegbleibt. Seinen

Schwanz in mir zu spüren, noch bevor ich ihn gesehen habe, ist genauso neu wie alles an dieser Situation.

Neu!

Verboten!

Gut!

Unbeschreiblich!

Wie er es gesagt hat, kralle ich bei jedem weiteren Stoß meine Fingernägel tief in seine Schultern. Doch das hätte ich vermutlich auch ohne seinen Befehl getan. Die Grenze zwischen Schmerz und Lust verschwimmt. Ich spreize meine Beine noch weiter. Lasse ihn mich nehmen, wie nie zuvor ein Kerl mich genommen hat. Sex ist nicht gleich Sex. Das wird mir ausgerechnet jetzt schmerzhaft bewusst.

»Du. Gehörst. Mir.« Bei jedem Wort spießt er mich auf und drückt mich in die Matratze. Doch seine Stöße sind trotz allem nicht genug. Unsere Münder finden sich und Brexen küsst mich, leckt meinen Hals, beißt in meine Ohrläppchen und meine Nippel. Schmerz und Lust bilden eine Einheit und wollen jede Sekunde vereint meinen Körper sprengen.

Ganz kurz davor zu kommen, rollt er uns gemeinsam herum, so dass ich auf ihm liege. Er krallt meine Beine, schlingt sie sich um die Hüfte und setzt sich auf, so dass ich rittlings auf ihm sitze. In dieser Position gelangt er noch tiefer in mich, ich werfe den Kopf in den Nacken und beginne, ihn langsam zu reiten. Mit einer Hand an meiner Schulter zieht er mich immer fester auf seinen Schwanz, mit der anderen schiebt er meinen Oberkörper weit nach hinten und hält mich an der Kehle umfasst in Position.

Diese Dominanz, mit der er mich dirigiert, entfacht

ein Feuer in mir, das bisher nur als kleine Flamme verborgen in der Finsternis gebrannt hat. Jetzt leuchtet es hell und klar und vertreibt alles Finstere.

Ich stöhne und kralle meine Hände hinter mir in seine Knie, bis ich schließlich explodiere.

Ich komme und schreie dabei. Es klingt nicht wie meine eigene Stimme, die von den kalten Steinwänden widerhallt.

Brexen entlässt mich aus seinem Griff und packt meine Hüften, um den Takt anzugeben. Von unten stößt er immer und immer wieder in mich, bis er mit einem fast schon animalischen Knurren kommt und meinen Unterleib so fest auf seinen Schwanz drückt, dass ich kurz davor bin, noch ein zweites Mal mit ihm zu kommen. Unsere Oberkörper finden sich und er schlingt seine Arme um mich. Beinahe so, als hätte er Angst, ich könnte erneut flüchten. Als ich die Augen zum ersten Mal wieder öffne, ist es noch immer dunkel. Doch viel erschreckender trifft mich eiskalt die Tatsache, dass es diesmal kein Traum war.

BREXEN

Die Kaffeemaschine gluckert leise vor sich hin, während sich das erste Licht des Tages über die Hügel schleicht und die Insel in einen zarten Orangeton taucht.

Die Hände in den Hosentaschen vergraben, sehe ich aus dem Fenster und lasse mich von den Wellen einlullen, die beharrlich gegen die Klippen brechen und die Flut ankündigen.

Ich liebe die Morgenstunden auf Eilean Ross. Besonders, wenn das Wetter wie heute vielversprechend zu werden scheint. Die Farben der Wiesen und des Meeres kommen im Sonnenschein noch deutlicher zur Geltung.

Doch was diesen Morgen einzigartig macht, ist die Nacht, die hinter mir liegt.

Heilige Scheiße.

Nie zuvor habe ich eine Frau mit auf die Insel genommen oder mir gar ausgemalt, eine hier zu haben. Dieses Stück Land war mein Ort. Meine Rückzugsmöglichkeit, wenn die Realität mir zu viel wurde. Wenn ich wieder einmal nicht wusste, wer ich wirklich bin. Hier auf Eilean Ross war ich immer schon einfach nur Brexen. Der Kerl, der das Meer liebt und die Stille genießt.

Hier war nie Platz für eine Frau.

Und jetzt ist es ausgerechnet sie.

Kylee Hawthorn.

Scheiße, ausgerechnet sie habe ich die ganze Nacht lang gefickt. Ich habe ihr alles gegeben, was ich zu geben hatte. Sie auf jede erdenkliche Weise genommen, bis sie erschöpft in meinen Armen eingeschlafen ist. Wie ein Engel hat sie sich in meine Umarmung fallen lassen und ich habe sie gehalten.

Die Frau, auf die ich schon seit Jahren warte. Die einzige, bei der ich je das Bedürfnis hatte, sie zu besitzen. Sie für mich zu beanspruchen und es ihr so zu besorgen, dass sie nie wieder auch nur an einen anderen Kerl denken will. Das ist, als erfülle sich ein Traum, der schon vor langer Zeit geplatzt zu sein schien.

Genau genommen seit dem Tag, an dem ich sie das erste Mal berührt habe. Der 19.12.2016.

Ein Abend, der mir für alle Zeit im Gedächtnis bleiben wird. Kylee war auf einer Feier ihres Collegejahrganges. Sie hatte sich gerade von diesem bescheuerten Patrick getrennt. Einem schmierigen Penner, der sie bei einem Termin in der Bank angesprochen hatte. Scheiße nochmal, er war ein richtiger Bank-Heini mit Anzug und Krawatte.

Gott sei Dank hat mein Mädchen schon nach wenigen Wochen begriffen, dass der Wichser ihr nicht im Ansatz das Wasser reichen konnte.

Ich weiß noch genau, wie verloren sie an diesem

Abend wirkte. Nicht, weil sie traurig über die Trennung war. Ich war mir sicher, sie fühlte sich einfach fehl am Platz. Das war nicht das erste Mal, dass mir das auffiel, und es brach mir das Herz. Immer und immer wieder, wenn ich untätig dabei zusehen musste.

Mir war das Gefühl nicht fremd. Wer hätte das besser verstehen können als ein Mann, der ziellos durchs Leben schwamm, seit seine Mutter ihn Jahre zuvor in die Arme eines Mafiabosses getrieben hatte? Außerdem kannte ich im Gegensatz zu ihr ihre ganze Geschichte. Ich wusste, warum sie sich nirgends zugehörig fühlte.

Kylee war blind. Sie glaubte, was man sie glauben ließ. Doch tief in ihrem Inneren spürte sie, dass sie nicht dort war, wo sie sein sollte. Ich konnte das sehen. Tag für Tag. Monat für Monat. Jahr für Jahr.

Natürlich hatte ich sie nicht den ganzen Abend lang im Blick, immerhin hatte ich mehr als nur einen Job zu erledigen. Doch als sie mit ihrem Handy nach einem Club googelte und sich anschließend ein Taxi bestellte, ließ ich sie nicht mehr aus den Augen.

Ich folgte ihr nach Soho. Hinein in eine Gegend, in der sie nie zuvor gewesen war.

Das Cab hielt unmittelbar zwischen einem Sexclub und dem Walk up – einem Haus, in dem Frauen zwangsprostituiert werden. Diese Läden sind nicht wirklich unser Einsatzgebiet. Nelson mag skrupellos und geldgierig sein, doch mit Menschenhandel und Hurerei will er nichts zu tun haben. Nur ab und an schicken wir ein paar Jungs, wenn es hart auf hart kommt und jemand für Ordnung sorgen muss. Aber das sind Jobs für die Männer der unteren Ränge. Ich mache immer schon einen Bogen um solche Gegenden. Wenn ich was zum Ficken brauche, muss ich nicht dafür bezahlen. Die Frauen, die um die Callens kreisen wie die Geier, werfen sich mir allesamt an den Hals.

Damals habe ich mich gewundert, warum der Taxifahrer Kylee bis zu einer Eingangstür begleitete, die offensichtlich ihr Ziel war. Heute ist es mir vollkommen klar. Die helle Neonbeleuchtung der Brewer Street reichte nicht, um ihr die Angst vor der Nacht zu nehmen. Vor vier Jahren hatte ich noch keinen Schimmer von ihrer Phobie. Ich weiß nicht, ob es irgendetwas geändert hätte.

Bis zu diesem Zeitpunkt hielt ich alles, womit sich meine neugierige Studentin beschäftigte, für Recherche. Also hielt ich mich im Hintergrund und beobachtete. Etwas, worin ich inzwischen ein Meister war.

Ich sah ihr zu, wie sie ihre Bluse auszog, sich nur in ihrem weißen Spitzen-Top auf einen Barhocker setzte und sich nervös umsah.

Das war der Wendepunkt. In diesem Moment fiel es mir wie Schuppen von den Augen.

Meine Kleine war auf der Suche nach einem Abenteuer. Es konnte keinen anderen Grund für eine Zwanzigjährige geben, in einem Underground Club mit Sexliveshows abzusteigen. Allein.

Die schummrige Beleuchtung und der Geruch nach Parfum und Sex vermischten sich mit dem Bild, das sie mir bot, und ich konnte nicht widerstehen. Bevor es irgendein anderer Idiot tat, ließ ich ihr einen Drink bringen und sagte der Kellnerin, sie solle sie auf eine der Sitznischen verweisen.

Scheiße, ich wollte es sein. Ich wollte derjenige sein,

der ihr die andere Seite zeigte. Die dunkle, die verbotene, auf die sie sich bislang nur in ihren Gedanken und auf dem Papier einließ.

Niemals hätte ich damit gerechnet, dass sie anbiss. Doch das tat sie. Mutig exte sie ihren Cosmo und trat in die Nische. Und dort nahm ich mir, was ich so tief in mir drin schon die ganze Zeit gewollt hatte.

Sie nach all den Jahren des Zusehens das erste Mal zu berühren, war, wie den Sinn des Lebens endlich gefunden zu haben. Es war unglaublich.

Ich hielt sie mit dem Rücken zu mir. Ihre Augen waren auf die Bühne vor uns gerichtet. Dort trieb es ein athletischer Typ mit Riesenschwanz mit einer kleinen Asiatin, die ihre Beine bis hinter die Ohren biegen konnte. Mir war das scheißegal. All meine Sinne konzentrierten sich auf Kylee. Auf das Gefühl ihrer Haut unter meinen Fingerspitzen. Auf ihren Geruch und die Töne, die sie von sich gab, während meine Hand unter ihren glatt gebügelten Rock fuhr und ihre Perle massierte.

Sie war alles für mich. Ich wollte sie vor dem Rest der Welt verstecken und ihr zeigen, wer sie wirklich war. Meine Zähne schlugen sich in ihren Nacken und ich schloss die Augen, während sie mit dem besten Geräusch der Welt kam. Es war nur für mich bestimmt. Die Musik übertönte es für die anderen. Das Stöhnen des Bühnenpärchens durch die Lautsprecher klang unschön laut.

Ich spürte, wie ihre Nerven unter meinen Fingern zuckten. Mit jeder einzelnen Faser meines Körpers wollte ich sie herumdrehen und meine Lippen auf ihre legen.

Doch noch ehe sie mich ansehen oder sich gar revanchieren konnte, schaltete sich mein Verstand wieder ein und ich verschwand in der Dunkelheit. Sie folgte mir nicht.

Natürlich nicht. Bei dem Gedanken daran muss ich schnauben. Heute ist mir klar, dass sie mir niemals in die Finsternis der Nacht gefolgt wäre.

Mein Blick fällt Richtung Treppenhaus. Mir ist die Tragik dessen, dass sie nun in meinem Bett liegt, mehr als bewusst. Ich hätte mich ihr nie wieder auf diese Weise genähert, aber sie musste ja unbedingt eine Story über die Callens schreiben. Ich hatte keine Wahl. Ich hätte sie niemals blind in ihr Verderben laufen lassen. Das war keine Option. Nur deshalb habe ich Isaac den Job abgeschwatzt.

Und dann? Dann ist passiert, was längst hätte passieren sollen. Wie hätte ich mich auch beherrschen können? Sie wollte es mindestens genauso sehr wie ich. Und ich will es noch immer.

Zu gerne hätte ich ihr beim ersten Aufwachen ins Gesicht gesehen. Hätte ihr die Haare aus dem Gesicht gestrichen und sie geküsst. Doch schon vor einigen Stunden ist die Heizung ausgefallen und es wird langsam kalt. Ich muss raus in den Schuppen und die Gasflasche umklemmen, sonst wird das Haus nicht mehr warm.

Heute ist der erste Tag, an dem ich mir wünsche, ich könnte einfach den alten Kamin anfeuern und darauf scheißen, dass Rauchwolken über der Insel zu sehen sind. Die Vorstellung, den ganzen Tag mit Kylee im Bett zu verbringen, während vor uns ein Feuer knistert, gefällt mir. Immerhin habe ich noch ein Versprechen einzulösen. Allein bei dem Gedanken an ihren gefesselten Körper in meinem Bett werde ich wieder hart.

Doch ich kann es nicht riskieren, dass uns jemand findet, und meine Kleine soll nicht frieren. Darum schlendere ich wie ein Idiot grinsend die Treppe hinunter und nehme mir vor, mich zu beeilen. Vielleicht habe ich Glück und sie schläft noch, wenn ich zurück bin. Und dann will ich unbedingt ihr Gesicht im Tageslicht sehen, wenn ich in ihr bin.

KYLEE

Ich weiß nicht, was es ist, das mich weckt, aber wie nach einem schlechten Traum reiße ich erschrocken die Augen auf.

Wie so oft in den vergangenen Tagen ist die Erleichterung darüber, dass die Nacht vorbei ist, schnell überschattet. Mit klopfendem Herzen liege ich da und kann meine Empfindungen nicht deuten. Das Chaos in meinem Kopf wird mit jeder Stunde, die ich bei Brexen bin, größer und hat seit vergangener Nacht apokalyptische Ausmaße angenommen.

Mein Körper versucht mir weiszumachen, dass ich die beste Nacht meines Lebens hatte. Mein Kopf hält dagegen und stellt wilde Theorien auf, wie es möglich sein kann, auch nur darüber nachzudenken, dass mir etwas davon gefallen haben könnte. Immerhin habe ich, ohne auch nur einen Gedanken an Aiden zu verschwenden, mit einem anderen Mann geschlafen. Mehrmals. Etwas, das nicht hätte passieren sollen und das ich nie und nimmer gutheißen könnte. Doch mein Herz, das dumme

Ding, weiß es besser. Es flüstert mir leise ins Ohr, was die vergangenen Stunden mit mir gemacht haben.

»Oh Mann«, flüstere ich vor mich hin und setze mich auf die Bettkante. Noch immer bin ich nackt. Nackt und wund. Mir tut alles weh. Jeder noch so kleine Muskel. Wenn ich nicht so emotional aufgewühlt wäre, würde ich meinem Körper erlauben, laut zu lachen. Die Ereignisse der letzten Nacht wären das perfekte Futter für einen Roman. Das ist es doch, wovon Frauen träumen. Starke Männer, die sie dominieren und ihnen multiple Orgasmen verpassen, bis sie nur noch Sternchen sehen. Und heilige Scheiße, Brexen Ward braucht dafür kein teuer eingerichtetes Spielzimmer.

Ich lasse meinen Blick durch den Raum wandern. Es ist wirklich wunderschön hier. Die alten Mauern wurden erhalten und rahmen einen offenen Kamin ein. Der Boden ist geschliffen und versiegelt, die Fenster zeigen die schönste Kulisse, die man sich vorstellen kann.

Von hier oben scheint es beinahe, als könne man über das Meer fliegen.

Eine verlockende Vorstellung. Einfach nach Hause fliegen. Die Frage ist, ob es das ist, was ich will.

In Büchern ist das immer so einfach. Da stellt niemand infrage, wenn sich das Mädchen in den bösen Typ verliebt. Unwillkürlich schüttele ich meinen Kopf.

Ich bin nicht verliebt in Brexen. Es wird höchste Zeit, dass mein Verstand wieder übernimmt und Herz und Körper die Klappe halten. Denn das hier ist kein dämlicher Liebesroman, in dem alles gut ausgeht. Es ist die Realität. Egal, wie gut der Sex auch gewesen sein mag. Der Mann, dem ich mich hingegeben habe, hält mich gegen meinen Willen gefangen. Egal, was er mir weismacht. Das hier geht nicht gut für mich aus.

Ich will mich gerade nach vorne lehnen, um seufzend meinen Slip vom Fußboden zu angeln, da fällt mein Blick auf das rustikale Nachtschränkchen. Doch ist es nicht der kleine schicke Holzschrank, der meine Aufmerksamkeit erregt, sondern es ist die Zigarettenschachtel, die darauf liegt. Oder vielmehr das Feuerzeug, das mich anstarrt, als wolle es sagen: Nun mach schon, du dumme Nuss.

Mein Verstand unterstützt diese Empfehlung und schon im nächsten Moment liegt es in meiner Hand. Ich stehe auf und schleiche zur Tür. Es ist still. Lediglich Kaffeeduft weht durch das steile Treppenhaus.

Noch ehe ich darüber nachdenken kann, ob ich das Richtige tue, schlüpfe ich in den gelben Pullover, der von vorgestern neben dem Bett liegt, und in den Slip sowie die Leggings, an die ich mich schon gewöhnt habe.

Bei jedem Schritt, den ich die Treppe hinabsteige, schreit mein Herz, ich solle es lassen. Aber ich kann nicht. Auf Zehenspitzen schleiche ich durch den Flur und husche ins Bad. Dort stehen meine Schuhe und ich brauche mein Notizbuch. Meine schwitzigen Finger klammern sich um das Feuerzeug. Weil es meine Fahrkarte von dieser Insel ist. Oder weil es das Einzige ist, was ich von ihm mitnehme.

Gerade als ich meinen zweiten Schuh binde, höre ich ihn. Pfeifend schließt er die Haustür. Ich warte, bis ich seine Schritte auf den Stufen höre, und renne. Renne so schnell ich kann hinaus über den Hügel Richtung Wald. Denn ich brauche für meinen Plan Holz. Eine Menge Holz.

Ich bin gegangen. Und diesmal kehre ich nicht zurück. Das Bizarre daran ist, ich fürchte mich nicht mehr vor Brexen. Ich habe Angst vor dem, was er in mir weckt. Er lockt etwas aus mir heraus, das ich bisher versteckt gehalten habe. Eine Sehnsucht, von der ich nicht dachte, dass jemals jemand sie stillen könnte. Ich hatte Sex mit ihm. Eine Art Sex, von der ich bislang nur geschrieben habe und von der ich dachte, es gäbe sie in der Realität nicht.

Wenn ich von dieser Insel herunterkomme, ist das etwas, mit dem ich den Rest meines Lebens klarkommen muss. Ich habe meinen Verlobten betrogen und ich habe es … genossen. Scheiße, ich habe es so sehr genossen, dass mich allein die Vorstellung, das nie wieder zu spüren, fast um den Verstand bringt. Seine Finger auf meiner Haut. Seine Zunge zwischen meinen Beinen. Es war wie eine Explosion. Bei allen Orgasmen, die ich in meinem Leben hatte, fehlte etwas. Das ist mir jetzt klar. Der Rausch. Die Mischung aus Lust, Macht und etwas Verbotenem.

Vielleicht ist es wirklich das Stockholm-Syndrom. Oder ich drehe einfach durch. Ich meine, es soll doch vorkommen, dass Entführungsopfer nach einer Zeit in Gefangenschaft nicht mehr ganz sauber sind, oder?

Ich werde nicht hierher zurückkehren. Die Story über die Callens ist Geschichte. Wenn ich alle Ideen fallenlasse und etwas anderes schreibe, werden sie mich in Ruhe lassen. Ich werde nie wieder etwas von ihnen hören und … ihn nie wiedersehen.

Ich muss nach Hause. Ich will in meine Wohnung, zu meinen Eltern. Ich sehne mich danach, zur Arbeit zu gehen, die wenigen Freunde zu treffen, die ich habe. Shanon aus der Lokalabteilung. Warum bin ich nicht öfter mal mit ihr ausgegangen? Seit ich denken kann, bin ich eine Einzelgängerin. Warum eigentlich?

Ich erinnere mich genau, wie die wenigen Freundinnen, die ich hatte, mich für seltsam gehalten haben, wenn wir uns darüber ausgetauscht haben, welche Art von Jungs wir uns wünschten. Damals dachte ich, mit mir stimmt etwas nicht. Ich habe mich ihnen angepasst. Das hielt ich für das Beste. Allein meinen Eltern zuliebe. Ich empfand es nie als störend, dass sie so konservativ waren. Wäre es anders gekommen, hätten sie mit mir über Sex geredet, anstatt mich jede Woche in die Kirche zu schleifen? Irgendwann habe ich geglaubt, dass meine Gedanken Sünde sind. Und so unterdrückte ich sie. Lange Zeit war ich zufrieden als katholische Musterschülerin. Bis ich mein erstes Notizbuch bekam. Es war größer als das hier. Ich hatte gerade einen Sommerkurs für kreatives Schreiben belegt und mein Kopf war voller Geschichten und Fantasien, die ich zu Papier bringen wollte. Das Schreiben und das Lesen waren immer schon die

Konstanten in meinem Leben. Sie machen mich glücklich. Dabei konnte ich sein, wie ich wirklich war.

Nie hätte ich daran geglaubt, so etwas abseits der beschriebenen Seiten zu erleben.

Es gab bisher nur diesen einen schwachen Moment. Doch jetzt ist nicht der richtige Augenblick, daran zu denken. Gerade ist es nur wichtig, nach Hause zu kommen. Ich muss meinen Verstand einsetzen und das hier hinter mir lassen. Alles. Jede noch so kleinste Emotion.

Aber mein Herz. Dieses blöde, völlig deplatziert romantische Ding. Es denkt immerzu an die vergangene Nacht. An die erste Nacht, die mir keine Angst gemacht hat. An die erste Nacht, in der ich mich lebendig gefühlt habe.

Doch Herzen können trügen. Ich muss von dieser Insel herunterkommen und meine Sünden für alle Zeit hierlassen.

Viel schneller als erwartet schlagen die Flammen kurze Zeit später aus dem riesigen Haufen Reisig, den ich am Strand aufgetürmt habe. Trotz der Hitze, die das Feuer ausstrahlt, friere ich innerlich.

Es könnte an den Temperaturen liegen, die an diesem Mittag herrschen, oder aber an der Tatsache, dass dunkle Rauchwolken in den Himmel steigen und der Welt meinen Standort präsentieren.

Ich stehe daneben, meine Füße versinken im Sand

und ich habe die Arme um meinen Körper geschlungen. Das Feuerzeug wie einen Schatz fest zwischen meinen Fingern, meine dunkelsten Geheimnisse in einem goldenen Einband hinten in meinen Hosenbund geschoben. Ich habe es nicht fertiggebracht, das kleine Büchlein in die Flammen zu werfen. Die Endgültigkeit dahinter hat mir Angst gemacht.

»Bist du verdammt nochmal wahnsinnig?« Brexens Stimme donnert von Weitem über den Strand und ich merke erst jetzt, da ich hastig über meine Wangen wische, wie sehr ich geweint habe.

»Ich kann nicht hierbleiben«, antworte ich leise, doch das Feuer und die Wellen verschlucken meine Worte. »Ganz gleich, ob ich es will.«

Nur noch wenige Schritte und er ist bei mir. Anstatt mich wie erwartet zu packen, worauf ich doch insgeheim gehofft hatte, streift er nur meine Schulter und beginnt damit, die Äste aus dem Feuer zu ziehen.

»Nicht«, schluchze ich und vergrabe mein Gesicht in den Händen.

»Du bist noch viel dümmer, als ich angenommen habe«, schreit er. Durch die Finger vor meinen Augen sehe ich, wie er mich wütend anfunkelt, während er Sand auf die brennenden Äste schiebt. Ich habe aufgehört, mein Heulen zu unterdrücken. Es bringt ja doch nichts.

Schluchzend sehe ich also dabei zu, wie Brexen mein Feuer bis auf den letzten Funken löscht. Dabei brüllt er wüste Beschimpfungen über den Strand und ich lasse mich auf die Knie sinken. Es ist einfach zu viel. Die Emotionen, die seit Tagen mit mir Achterbahn fahren. Ich bin müde.

»Steh auf!«, brüllt er und zerrt mich zurück auf die

Beine. Unsere Blicke treffen sich und er hält inne. Seine Finger liegen auf meinem Oberarm und er blickt mir wortlos ins Gesicht. Tränen verschleiern mir die Sicht und ich blinzele. »Wenn du denkst, du hättest jetzt schon Grund zu heulen, hast du keine Ahnung«, spuckt er mir entgegen und schubst mich von sich. Durch seine Worte und die Kälte in seinem Blick weine ich nur noch mehr. Ein kleiner Teil hatte gehofft, er würde mich schlicht anflehen, bei ihm zu bleiben. Das tut er nicht. Stattdessen kehrt er mir den Rücken zu und marschiert davon. Doch nur wenige Schritte entfernt hält er inne und dreht sich zu mir um. Sein Blick trifft mich wie eine Kanonenkugel und mir stockt der Atem, als hätte er meine Lunge getroffen.

»War das der Grund dafür, dass du mit mir ins Bett gestiegen bist? Bist du so eine miese Schlampe, Kitty?«

Mit dem Handrücken wische ich mir die Nase trocken und straffe die Schultern. Nicht ich bin hier das Arschloch in der Geschichte. Das sollten wir beide nicht vergessen.

»Ich bin keine Schlampe«, halte ich halbherzig dagegen und rappele mich auf.

»Nicht?«, fragt er und kommt langsam wieder näher. Wie ein Tiger, der mit glänzendem Fell und Anmut im Gang wunderschön anzusehen ist. Aber eben auch jederzeit bereit, seine Zähne zu zeigen und seine Beute in Einzelteile zu reißen.

Instinktiv weiche ich ein paar Schritte zurück.

»Denkst du, dein Verlobter sieht das genauso? Vielleicht sollte ich ihn anrufen und fragen, ob du seinen Rücken genauso zerkratzt hast wie meinen?«

Er zückt ein Handy aus seiner Hosentasche.

»Nein«, rufe ich und versuche, ihm das Smartphone aus der Hand zu nehmen. Der Schock darüber, dass er ein Handy hat, gerät in den Hintergrund. Doch ganz gleich, wie sehr ich mich bemühe, an das Telefon zu kommen, er hält mich mit einer Hand auf Abstand.

»Du bist so blind, Kylee. Machst du dir ernsthaft Sorgen, was er von dir hält? Hast du noch nicht begriffen, dass du niemals zu ihm zurückkehren wirst?«

»Nein«, keife ich ihm mitten ins Gesicht. Denn ich gebe niemals auf. »Lass mich gehen!«

»Und dann?«, donnert er und sein Blick lässt mich nicht eine Sekunde aus den Augen. »Glaubst du wirklich, du gehst nach allem zu diesem langweiligen Hemdenträger zurück und machst da weiter, wo ihr beide aufgehört habt? Du belügst dich selbst, wenn du das glaubst.«

Die Flut treibt die Wellen immer höher und ich spüre, wie das kalte Wasser um meine Knöchel spült, doch wir bewegen uns kein Stück. Stehen einfach da, während die letzten Rauchschwaden sich mit den Wolken am Himmel vereinen und meine einzige Chance davontragen. Brexens Brust hebt und senkt sich hastig unter seiner Atmung.

Ich weiß nicht, was mich mehr trifft, der eisige Blick, mit dem er mich anstarrt, oder dass er sich von mir abwendet und auf das Meer hinausblickt.

»Weißt du was? Vielleicht bin ich der Dumme hier.« Er sieht mich kurz an, ehe er sich wieder abwendet. »Ich habe ernsthaft gedacht, es hätte was verändert.«

Und mit diesen Worten lässt er nicht nur meinen Arm los, sondern ich habe das Gefühl, gänzlich den Halt zu verlieren. Während er sich mit schnellen Schritten entfernt, sinke ich auf die Knie. Selbst die eisigen Wellen sind nicht so kalt wie das Innere meines Herzens. Weil es zerreißt. Weil ich Angst habe. Aber vor allem ... weil er recht hat.

BREXEN

»Ich nehme noch einen«, knurre ich, und die Alte hinter der Theke hebt missbilligend die Augenbraue. Schon klar. Sich nachmittags in einem ranzigen Pub am Hafen die Kante zu geben, ist in den meisten Fällen keine gute Idee. Was kümmert es sie? Soll sie froh sein, dass überhaupt jemand für Umsatz sorgt.

Außer mir sitzen nur ein paar alte Fischer an einem der Tische und spielen Karten, die Musik ist grauenvoll und es stinkt nach altem Frittierfett. Das Tarbat Inn scheint nicht gerade eine Goldgrube. Um ehrlich zu sein, der ganze Laden geht mir richtig auf die Eier. Es ist eine dieser typischen Kneipen, in denen sich die Jungs aus dem Hafen besaufen oder die übrig gebliebenen Tussis aus Portmahomack versuchen, einen Kerl abzukriegen. Ich hasse solche Läden.

Aber um sich die Erinnerungen aus dem Kopf zu saufen, ist er perfekt. Hier beschwert sich ganz sicher keiner, wenn ich den Whisky anschließend auf den Parkplatz kotze.

Die runde Frau hinter der Theke wischt sich die

Finger an ihrer roten Schürze ab, nachdem sie mir den nächsten Single Malt auf die klebrige Theke gestellt hat. Eine nervige Klingel über der alten Holztür ertönt und ich sehe aus dem Augenwinkel, wie sich ein junger Kerl ans andere Ende der Theke setzt. Es interessiert mich einen Scheiß. Ich habe mich nicht grundlos in die letzte Ecke gesetzt. Mein Bedarf an Gesellschaft ist für diesen Monat gedeckt.

Zwischen Daumen und Zeigefinger drehe ich das Glas auf dem siffigen Holz hin und her und versuche, den Gedanken an Kylees Finger auf meiner Haut zu verdrängen. Ich beiße die Zähne zusammen, weil ich sie förmlich noch auf mir spüre, und das Gefühl, das damit einhergeht, macht mich wütend. So richtig ätzend wütend.

Der Schnösel, der mittlerweile ebenfalls einen dieser billigen Whiskys bestellt hat, diskutiert mit der Kellnerin und ich versuche, mich auf ihn zu konzentrieren, damit in meinem Kopf kein Platz mehr für die kleine abgefuckte Miss Hawthorn ist.

»Bist du nicht einer von den Lions?«, fragt die Alte ihn und ich werde hellhörig.

Das Glas schon wieder an den Lippen, sehe ich ihn mir genauer an und kann mir ein Grinsen nicht verkneifen. Der kleine Scheißer hat gestern noch in die Windeln gekackt, so viel ist sicher. Da nützen auch der schwarze Look und die Richkid-Frisur nichts. Die Lions sind eine Bruderschaft an einem schottischen College. Den Burschen vom Cluaran-College aus Broallan sagt man nach, sie seien harte Jungs. Er hier wirkt eher, als wolle er seine Calvin-Klein-Unterwäsche nicht zerknittern.

»Ich bin nicht hier, um Ärger zu machen«, beharrt er und ich kann mein Schnauben nicht unterdrücken.

Unsere Blicke treffen sich und selbst durch die schummrige Beleuchtung erkenne ich die Wut in seinen Augen. Es ist, als schaute ich diesbezüglich in den Spiegel.

»Und welchem Film bist du entsprungen? Brokeback Mountain?«, fragt er doch allen Ernstes und mir fallen fast die Augen aus dem Kopf. »Geh mir nicht auf den Sack mit deinem Geglotze.«

Jede Sekunde zerspringt das Glas mit meinem Whisky, der wie Pisse schmeckt, weil ich so fest zupacke.

»Pass auf, was du sagst, Grünschnabel«, knurre ich über die Kellnerin hinweg, die mich fast schon flehend anstarrt.

Ich kenne alle Geschichten um das Cluaran-College. Ich selbst wollte als kleiner Junge immer dorthin. Aber heute sind die Lions nur noch verzogene Bengel, die meinen, ihnen gehöre die Welt. Er ist der beste Beweis dafür. Doch dieser kleine Penner hat Mumm, das muss ich ihm lassen. Er funkelt mich wütend an, ohne mit der Wimper zu zucken, und zischt über den Tresen: »Pass auf, was du sagst, schwuler Cowboy.«

Wäre ich nicht schon den ganzen Tag kurz vorm Ausrasten gewesen, hätte ich gelächelt und ihm den Mittelfinger gezeigt. Ich bin kein leicht reizbarer Typ. Nie gewesen. Aber der kleine Wichser kommt mir und meiner Laune gerade recht.

»Schon klar«, sage ich und lehne mich auf meinem Barhocker zurück. Meine Geste und das breite Lächeln auf meinem Mund sind eine klare Einladung. »Ihr Jungs vom Cluaran denkt, ihr könnt euch alles erlauben, dabei hast du weder die Eier in der Hose noch den Grips im Kopf, um mit den großen Jungs zu spielen, also empfehle ich dir, kleiner Löwe, dich möglichst schnell zurück zu Mama zu verpissen, ehe ich dir zeige, wie es hier draußen bei uns läuft.«

Wider Erwarten rennt der kleine Scheißer nicht davon, sondern springt auf und kommt mit schnellen Schritten auf mich zu. Soll mir recht sein. Ein bisschen Abreagieren kann sicher nicht schaden. Wollen wir mal sehen, ob ein echter Lion in ihm steckt.

»Zeig es mir, wenn du mit einer Niederlage umgehen kannst, Cowboy«, wagt er doch tatsächlich zu drohen und mir platzt endgültig der Kragen.

»Ich werd dir ganz was anderes zeigen«, raune ich und springe so schnell von meinem Hocker, dass er nach hinten umfällt. Dabei ignoriere ich die alte Kuh hinter dem Tresen, die zwischen uns hin und her sieht, als sei das hier ein verfluchtes Tennismatch.

Ich lasse meinen Kopf einmal auf beide Seiten fallen und dehne meine Nackenmuskulatur. Sein Schlag kommt genau wie erwartet gegen mein Kinn und ich schüttele den Schmerz einfach ab. Dabei schmunzele ich nur und nicke anerkennend. Für seine schmale Statur hat er eine kräftige Rechte.

»Nicht schlecht, Kleiner«, grinse ich und schmecke das Blut auf meiner Lippe. »Für einen Schuljungen«, knurre ich und ramme ihm meine Faust ins Gesicht.

Ich höre seine Nase unter meinem Schlag knacken und doch überrascht er mich, indem er nicht in sich zusammensackt. Mit ausgestreckten Armen steht er da, ohne zurückzuweichen.

»Ist das alles, was du draufhast?«, fragt er provozierend und ich muss schon wieder lächeln. Der Typ gefällt mir.

»Hier«, sage ich und deute auf die andere Seite meines Kinns. *Wenn man sich auf einen Schlag vorbereiten kann, tut er nur halb so weh.* Das hat Nelson mir schon als Junge eingetrichtert. »Hier darfst du mich als nächstes kitzeln, Kleiner.« Er sieht mir mit durchdringendem Blick ins Gesicht, bis ein Schmerz mich durchfährt. »Fuck«, keuche ich, weil der kleine Wichser mir als Antwort das Knie in den Magen gerammt hat. *Wie ein Mädchen*, denke ich, und will gerade ausholen, da trifft mich der eingeforderte Schlag doch noch am Kinn. Trotz des Schmerzes, der meine Eingeweide zu zerreißen droht, lache ich diesmal richtig. Endlich fühle ich etwas anderes als Kylee. *Der Schmerz erinnert dich daran, dass du lebst.* Nie hatte Nelson Callen so recht wie in diesem Moment.

Das hier fängt an, mir Spaß zu machen. »Du willst also wirklich spielen?«, frage ich und packe den Kerl am Kragen. Ich ziehe ihn dicht zu mir heran, fast so hoch, dass seine Füße den Boden verlassen, und kneife mit der freien Hand in seine gebrochene Nase. Es bereitet mir wahre Freude, die Tränen zu sehen, die der Schmerz in seine Augenwinkel treibt. »Da hast du dich mit dem Falschen angelegt«, drohe ich.

Gerade als ich ihm meine Faust ins Auge donnern will, werden wir abgelenkt.

»Also Jungs«, unterbricht mich die Kellnerin, indem sie mit der flachen Hand auf den Tresen schlägt. »Ihr habt jetzt genau zwei Möglichkeiten.« Sie muss auf den Zehenspitzen stehen, um sich mit der Brust auf den Tresen zu legen und mit ihrem speckigen Zeigefinger auf uns zu zeigen. »Entweder, ihr setzt euch hin, ich schenk euch einen Drink ein und ihr klärt das wie erwachsene Männer …« Während ihres Monologs halte ich den

Kleinen nach wie vor am Kragen und lasse ihn nicht aus den Augen. »... oder aber ihr verschwindet und kommt nie wieder. Draußen könnt ihr euch die Rübe einschlagen, bis einer nicht mehr aufsteht.«

Mein Blick wandert kurz zu ihr und sie wedelt, ein nervöses Grinsen auf dem Gesicht, mit der Whiskyflasche. Wahrscheinlich hat sie Angst, wir schlagen ihren schäbigen Laden zu Kleinholz.

Eine schwere Entscheidung. Einerseits hätte ich nichts dagegen, noch ein paar Schmerzen mehr zu spüren. Sie überdecken das lästige Gefühl, das der Tag in mir hinterlassen hat. Andererseits habe ich nichts davon, den kleinen Cluaran-Penner zu Brei zu schlagen.

Ich sehe zurück zu ihm. Blut läuft über seinen Mund und tropft auf den Boden zwischen uns.

»Was denkst du, Lion?«, lache ich und lockere meinen Griff. »Willst du noch einen oder soll ich dir einen Drink ausgeben, kleiner Scheißer?«

Er sieht genauso unentschlossen aus wie ich.

»Deine Kohle kannst du behalten, den Drink nehme ich trotzdem«, spuckt er mir ins Gesicht. Seine Hände schlagen meine weg und ich bin fast ein bisschen erleichtert, dass er mein Friedensangebot annimmt. Eine öffentliche Schlägerei, die womöglich bei den Bullen endet, ist nicht gerade das, was es braucht, um unsichtbar zu bleiben.

Also klopfe ich ihm auf die Schulter und halte der Kellnerin Zeige- und Mittelfinger hoch, damit sie uns zwei Drinks einschenkt. Ich beobachte meinen neuen Freund, der sich auf einen Barhocker fallen lässt, und bin sicher, er sieht nicht meinetwegen so erschöpft aus.

»Ein Lion also, hm? Was machst du hier draußen?

Das ist nicht gerade euer Revier, oder?«, frage ich. Wenn schon seit Blut an meinen Händen klebt, können wir uns ebenso gut unterhalten.

Ich weiß alles über die Bruderschaft. Die Mitglieder sind so etwas wie die Robin Hoods der Neuzeit. Früher hat mein Grandpa mir Geschichten über sie erzählt. Er selbst gehörte einst zu dieser Verbindung. Solange ich denken kann, wollte ich einmal ein Lion werden. Der sicherste Weg war es, in die Verbindung hineingeboren zu werden. Wem dieses Glück nicht zuteilwurde, musste schon ganz besondere Fähigkeiten mitbringen und zur richtigen Zeit am richtigen Ort sein, um in die Bruderschaft aufgenommen zu werden.

Ein mieses Spiel des Schicksals, mich stattdessen an die Seite von Nelson Callen zu stellen.

Denn Nelson ist ganz sicher kein Robin Hood. Er ist eher der skrupellose Mistkerl, der den Armen noch mehr wegnimmt, um sich selbst in Geld zu baden.

»Hm«, brummt er. »Nicht wirklich. Ich bin einfach losgefahren, ohne genau zu wissen, wohin. Und was macht einer wie du in diesem ranzigen Pub?«

»Ich brauche ein bisschen Ruhe und den hier«, deute ich auf mein inzwischen wieder volles Glas.

Ich hebe den Blick und versuche, die hochgezogene Augenbraue der Kellnerin zu ignorieren.

»Es ist immer das Gleiche. Ihr Kerle habt Frauenprobleme, kommt her und lasst es an meinem Laden aus. Werdet endlich erwachsen«, meckert sie in schrillem Ton und ich wische mir zur Antwort lediglich mit dem Handrücken über die Oberlippe, damit sie mein Grinsen nicht erkennt. Die Alte hat ja keine Ahnung, wie richtig sie liegt. Zumindest in meinem Fall.

»Cailan«, brummt der Kerl neben mir und sein Gesichtsausdruck spricht Bände. Unsere Alte hier hat anscheinend bei uns beiden voll ins Schwarze getroffen.

»Brexen«, murmele ich zurück und anstatt ihm die Hand zu reichen, halte ich mein Glas hin. »Slàinte.«

Vielleicht kann ein bisschen männliche Gesellschaft doch nicht schaden.

»Fuck«, stöhne ich. Die kalte Nachtluft trifft mich wie ein Schlag mitten ins Gesicht und ich muss lachen. »Es war mir ein Vergnügen, Cailan«, lalle ich leicht und lege einen Arm um meinen neuen besten Freund. »Ich habe mich selten so gerne mit jemandem geprügelt wie mit dir.«

»Scheiße«, seufzt der Kleine, während ich ihn von oben herab angrinse. »Du bist total besoffen. Soll ich dich irgendwo hinfahren?«

Er deutet hinter sich und ich pruste los. Im Schein der Straßenlaterne blinken die Lichter eines nagelneuen Grand Cherokee, als er auf den Schlüssel drückt. Richkid mit Richkid-Karre. Das war sowas von klar. Cailan bemerkt meinen Blick und streicht sich durch die Haare.

»Scheiße nein«, lache ich. »Ich penne am Boot, ehe ich …« Ich bin längst nicht betrunken genug, ihm etwas über Eilean Ross zu erzählen. »Also«, hole ich stattdessen aus und schiebe die Hände in die Hosentaschen. Es ist arschkalt. »Wenn du mal wieder über kleine deutsche Mädchen reden willst oder eins auf die Nase brauchst, ruf mich an, Kleiner. Dann kommst du nach London und spielst zur Abwechslung mal mit den richtigen Jungs.«

Cailan nestelt am Autoschlüssel in seiner Hand und sieht mich mit schief gelegtem Kopf an. Ich kann es förmlich darin rattern hören.

»Irgendwas …«, beginnt er und ich weiß, dass er mich durchschaut hat. »… sagt mir, dass du und ich uns eigentlich gar nicht auf diese Art und Weise unterhalten dürften, Brexen.«

Ich muss unwillkürlich lachen. Der Junge gefällt mir wirklich. Sein Verstand ist messerscharf und sein Haken hat es in sich. »Aye«, lache ich. Zu schade, dass wir nicht auf der gleichen Seite kämpfen. »Hast mich durchschaut, kleiner Löwe.«

Es gibt keinen Grund, ihm nicht zu sagen, wer ich bin. Er wird einen Teufel tun, mich zu verraten. Die Callens stehen über den Cluaran-Jungs. Das wissen wir beide. Denn die Callens stehen verdammt nochmal über allen. »Du hattest heute das Vergnügen mit Nelson Callens rechter Hand.«

Wie erwartet erwischt ihn diese Information eiskalt. Jeder, der sich mit Gut oder Böse beschäftigt, kennt den Callen-Clan.

»Hast du ein Glück, dass du mein neuer Freund geworden bist«, pokert er, doch ich erkenne zum ersten Mal an diesem Abend Unsicherheit in seinem Gesicht.

»The Blade persönlich werde ich ganz bestimmt nicht durch die Gegend kutschieren. Tut mir leid. Du kannst froh sein, dass ich mich jetzt in den Wagen setze, zurück zum College fahre und nicht erwähnen werde, dich getroffen zu haben. Deal?«

»Deal«, sage ich und nehme die Hand, die er mir reicht. Mir ist klar, dass er die Gewissheit braucht, dass auch ich niemandem von dieser Begegnung erzähle. Die

Lions haben strenge Regeln und hier mit mir zu sitzen, würde sicher einige verletzen. »Und jetzt verpiss dich, ehe ich es mir anders überlege«, lache ich und gehe erst, nachdem die roten Rücklichter seiner Karre in der Finsternis verschwunden sind.

Lachend schüttele ich den Kopf. Was für ein dämlicher Zufall. Einer der Lions und Blade himself haben zur gleichen Zeit am gleichen Ort Frauenprobleme.

Die Anlegeplätze liegen direkt hinter dem Tarbat Inn und es sind nur wenige Schritte, bis ich von dem alten Holzsteg in mein Motorboot springen kann.

»Tja, Brex. Nicht ganz so gelaufen wie geplant, der Tag, hm?«, murmele ich zu mir selbst und streiche mir über das Gesicht. Die frische Luft macht mich nüchterner, als mir lieb ist, und mit der Stille, die das allein liegende Boot im Hafen umgibt, kehren auch die Erinnerungen zurück. Kylee. Ihr Fluchtversuch. Der Ausdruck, mit dem sie mich angesehen hat. Ich lehne mich im Sitz zurück und lasse den Kopf in den Nacken fallen. Die Wolken verstecken die Sterne hinter einer dichten grauen Schicht. Es ist eine verdammt dunkle Nacht. Wer weiß, was die kleine kratzbürstige Kitty jetzt gerade macht, wenn es keine Arme gibt, in die sie sich flüchten kann.

KYLEE

Lieber Aiden,

ich habe dich betrogen. Ich finde, du solltest das wissen, oder?

In den letzten Stunden habe ich mir sehr viele Gedanken über unsere Beziehung gemacht. Denkst du, es ~~war~~ ist wirklich Liebe? Steht das, was du für mich empfindest, über allem, was du fühlst? Ich frage mich, warum ich dich nie so sehr vermisst habe, dass es wehtat. Ich meine so richtig körperlich wehtat. Lag es daran, dass ich wusste, du würdest zurückkehren? Erinnerst du dich an unseren Streit vor einem Jahr? Der heftige, nachdem du zwei Tage im Hotel gewohnt hast. Weißt du, was mir erst heute klargeworden ist? Ich habe damals nicht geweint. Warum nicht? Warum habe ich keine einzige Träne vergossen, als du mit deinem Koffer in der Hand durch unsere Wohnungstür gegangen bist? Ich stand da in meinem Seidenbademantel und habe dir hinterhergesehen. Aber ich habe nicht geweint.

Ich habe dich betrogen, Aiden, und ich weiß nicht, ob ich mir das selbst jemals verzeihen kann. Wirst du um mich weinen, Darling?

Die Flamme des Feuerzeugs erlischt. Obwohl ich wieder und wieder auf den kleinen schwarzen Knopf drücke, erscheint keine Flamme mehr.

Es wird dunkel. Und ich bin allein. Allein auf dieser Insel, von der ich ohne seine Hilfe nie wieder nach Hause finde. Was, wenn er nicht wiederkommt? Ich habe keine Vorräte und keine Ahnung davon, wie man dieses Haus heizt. Ich werde verhungern und erfrieren, wenn mein Herz nicht vorher vor Kummer aufhört zu schlagen.

Ich schiebe mein Büchlein unter die Matratze und ziehe die Decke bis unters Kinn. Dabei halte ich das kalte Metall des Feuerzeugs fest in meinen Fingern. Mit aller Kraft versuche ich, mich auf den Mond zu konzentrieren, der ein schwaches Licht ins Zimmer wirft und mich daran erinnert, wie ich die letzten Nächte überstanden habe.

Ich lege den Kopf schief und fixiere die helle Sichel, die aussieht, als wolle sie sich über mich lustig machen. Wir wissen beide, dass nichts so ist wie in den vergangenen Nächten.

Denn er ist nicht da!

Ich hatte ja keine Ahnung, wie es sich anfühlen würde, allein hier zurückzubleiben. Nicht eine einzige

Sekunde habe ich darüber nachgedacht, das Feuer erneut zu zünden. Dafür hat sein Gesichtsausdruck mich viel zu sehr verletzt. Denn er war es. Er war wirklich verletzt und ich habe Schuld daran. Die ganzen Tage über habe ich mir gewünscht, er würde gehen, doch jetzt fühlt es sich einfach nur schrecklich an. Jetzt, da er nicht mehr hier ist, möchte ich ihn so viel fragen. Ihm so viel sagen und … mich öffnen.

Zusammengekauert liege ich da und weine. Mal wieder. Konnte ich noch vor wenigen Tagen behaupten, ich sei eine starke Frau, die niemals aufgibt, habe ich mittlerweile den Eindruck, der schwächste Mensch der Welt zu sein.

Brexen ist weg und ich habe keine Ahnung, ob oder wann er zurückkommt. Keine tiefe Stimme, die mir beruhigend ins Ohr flüstert, oder starke Arme, die mich halten. Ich bin allein. Das Gefühl, allein zu sein, ist mir nicht neu, doch ich habe mich nie zuvor so einsam gefühlt. So einsam, dass ich bei jedem Atemzug befürchte, es könnte mein letzter sein. Es fühlt sich an, als zerbreche mein Herz in tausend Scherben.

Auch der Geruch seiner Laken kann den Schmerz nicht lindern. Ich umklammere das Feuerzeug noch fester. Ja, vielleicht hätte ich das Feuer nicht legen sollen. Jenes Feuer, das mich aus einer hoffnungslosen Situation in die schlimmste Nacht aller Zeiten gebracht hat.

Wahrscheinlich wäre ich dann jetzt nicht gezwungen, mich ganz allein einem Feind zu stellen, für den ich noch viel weniger bereit bin: der Nacht.

Ein Knarzen der Dielen lässt mich hochfahren.

»Brexen?«, flüstere ich, doch einzig der Wind, der über die Wiesen streicht, antwortet mir. Auf Eilean Ross ist es permanent windig, seit ich hier bin. Bislang fand ich es befreiend. Als würde der Wind meine Sorgen mit sich wegtragen. Doch heute Nacht habe ich den Eindruck, er bläst alles, was mich je erschüttert hat, mit geballter Kraft zurück zu mir.

Schluchzend lasse ich mich zurück in die Kissen fallen und kralle meine Finger in die weiche Baumwolle.

Ich schaffe es nicht. Ich werde die kommenden Stunden nicht überleben. Das sind die Gedanken, die sich immer und immer wieder zwischen meinen Herzschmerz drängen und meinen Brustkorb beinahe unter dem Druck zerbersten lassen.

Jegliches Zeitgefühl habe ich verloren, seit ich hier liege und der alten Standuhr lausche. Ihr Sekundenzeiger hallt durch die Dunkelheit bis zu mir nach oben, da alles andere zum Stillstand gekommen ist. Es gibt nur mich. Mich allein in der Finsternis. Auf einer Insel, die mich gleichermaßen gefangen und befreit hat. Denn ob ich es zugeben will oder nicht – letzte Nacht hat Brexen meine Fesseln zerspringen lassen, statt mir welche anzulegen.

Mir das jetzt einzugestehen, bringt auch nichts mehr. Es ist zu spät.

Dichte Wolken haben sich inzwischen vor den Mond geschoben und helfen der Nacht dabei, mich in die Knie zu zwingen. Tief versunken in meine Gedanken, nehme ich ein Geräusch draußen vor dem Haus wahr und wage es nicht, auch nur zu atmen. Was, wenn nicht er es ist? Wenn es ein Wolf ist? Ich weiß, sie gelten offiziell seit Jahrhunderten ausgestorben in Schottland, aber man weiß so etwas doch nie mit Sicherheit, oder? Was, wenn es jemand ist, der mir etwas antun will?

Das mir mittlerweile so vertraute Quietschen reißt

mich aus dem Gedankenstrudel und ich setze mich auf. Dachte ich bis gerade, mein Herz wäre irreparabel geschädigt, schlägt es jetzt in Rekordgeschwindigkeit. Das Geräusch kommt eindeutig von der Türklinke der Haustür, die dringend geölt werden müsste. Ich sitze stumm da, lausche in die Dunkelheit, nicht sicher, ob ich ein erneutes Geräusch erhoffe oder fürchte.

Plötzlich habe ich nicht mehr nur das Problem, nichts sehen zu können. Ich habe Todesangst. Ganz gleich, was für einen Unsinn ich geredet habe – ich will leben! Ich will morgen früh aufstehen und der Sonne dabei zusehen, wie sie über die Insel schleicht und alles in sanfte Töne färbt. Ich will das Salz schmecken, das die Wellen in die Luft wirbelt, und den Wind fühlen, der meine Haare durchkämmt. Und ich will Brexen wiedersehen. Ich will noch so viel erleben und sehen, wofür ich bislang nicht mutig genug war.

Die Haustür kracht mit einem lauten Scheppern ins Schloss und ich zucke zusammen. Mein Körper befindet sich in absoluter Schockstarre. Bis ein stöhnendes Geräusch nach oben dringt. Ein Bass, den ich inzwischen aus Tausenden von Stimmen erkennen würde.

»Brexen?«, wiederhole ich leise.

»Hm«, knurrt er aus der untersten Etage zurück und ich kann mich keine Sekunde länger halten. Ich schlage die Decke zurück, hechte blind durch das Schlafzimmer und die schmale Treppe hinab. Ich ignoriere die dunklen Wände, die schemenhaft grauen Monster, die bei Tageslicht nur Möbel sind, und den Drang meiner Muskeln, zu erstarren.

Wie ein Magnet zieht es mich zu ihm und ich bin nicht bereit, mich noch länger dagegen zu wehren. Ich kann weder sehen, wohin ich laufe, noch wo er ist, doch noch bevor ich die unterste Stufe des Treppenhauses erreicht habe, spüre ich seine Hand auf meinem Unterarm und falle ihm schluchzend in die Arme.

»Geh nicht weg«, winsele ich gegen seine Halsbeuge und mein Verstand verpasst mir innerlich eine Ohrfeige. Doch der hat hier und jetzt ausgespielt. Es ist einzig mein Herz, das aus mir spricht. Und ich meine jedes Wort todernst, ganz gleich, ob es Sinn ergibt oder sich gegen alles stellt, was ich eigentlich empfinden sollte. »Bitte lass mich nicht wieder allein.«

Statt einer Antwort drückt er mich noch dichter an seine Brust und ich atme zum ersten Mal seit Stunden tief durch, da mich seine Hände auf meinem Rücken in seine kleine Welt ziehen. An einen Ort, an dem ich sicher bin. Sicher vor meinen eigenen Dämonen.

»Du bist diejenige, die seit Tagen versucht zu flüchten, vergiss das nicht, Kitty«, knurrt er.

Trotz der emotionalen Katastrophe, in der ich mich befinde, muss ich lächeln. Gerade zählt nur, dass er wieder da ist. Alles andere rückt in weite Ferne und wirkt mit einem Mal so nichtig. Ich verstehe nicht, was in mir vorgeht. Es ist die Hölle und der Himmel zugleich.

»Können wir das morgen besprechen?«, brummt er und erst jetzt fällt mir die Alkoholfahne auf, die mir entgegenweht. »Ich muss wirklich dringend ins Bett.«

»Bist du betrunken?«, frage ich und will mich von ihm lösen, doch Brexen presst meinen Körper an seine Seite und stützt sich mit seinem ganzen Gewicht auf mich.

»Nüchtern bin ich jedenfalls nicht«, lacht er und versucht, uns nebeneinander die schmale Treppe hinaufzuschieben.

»Komm!« Ich ducke mich aus seiner Umarmung und treibe ihn eine Stufe nach der anderen voran. Die Dunkelheit des Treppenhauses ist nicht mehr halb so beängstigend wie noch vor wenigen Minuten. Seine Nähe gibt mir Kraft. Und das, obwohl genau genommen er derjenige ist, der mir meine Freiheit nimmt. »Ich bring dich ins Bett.«

»Und dann? Stichst du mir einen Dolch ins Herz und fackelst mein Haus ab, sobald ich schlafe?«

Sein amüsiertes Schnauben bringt mich zum Lächeln.

»Nein, ich habe eher daran gedacht, dir die Beine wegzupusten und dich ins Meer zu werfen.«

»Du bist lustig, Kittycat«, lallt er und ich bin froh, dass wir die zweite Etage fast erreicht haben. Brexen läuft schwerfällig und lässt sich immer wieder gegen das Treppengeländer sinken. Ich atme erst wieder erleichtert aus, als wir oben ankommen.

Ohne zu zögern geht er um das Bett herum und lässt sich komplett angezogen fallen. Sein Atem geht schwer und ich wünschte so sehr, ich könnte ihn sehen. Es würde mir helfen, in seinem Gesichtsausdruck zu lesen. Seine strahlend grünen Augen auf meinem Körper zu spüren, die mir ein Gefühl von Sicherheit geben.

In einem Zeitungsartikel habe ich mal gelesen, selbstbewusste Frauen benötigen die Bestätigung eines Mannes nicht. Diese jetzige Situation sagt dann wohl eine Menge über meine Selbstsicherheit aus.

Mit einem Mal legt sich die Finsternis wie eine Schlinge zurück um meinen Hals und zieht zu. Unschlüssig stehe ich mitten im Raum und weiß nicht, was ich tun soll.

»Ich habe heute einen neuen Freund kennengelernt«, nuschelt Brexen und ich höre die Decken rascheln. Noch immer versteckt sich der Mond. Beinahe als fürchte er, dass unser Krieg noch nicht beendet ist.

»Ich dachte nicht, dass jemand wie du Freunde hat«, pokere ich und trete mit schwitzigen Händen näher ans Bett. Erst jetzt fällt mir auf, dass ich das Feuerzeug nicht mehr in der Hand halte.

»Hab ich auch nicht. Aber der kleine Löwe gefällt mir.«

Natürlich kann er nicht sehen, wie ich die Augenbraue in die Höhe ziehe. »Willst du wissen, was er mir geraten hat, Kitty?«

Mittlerweile stehe ich dicht neben dem Bett und zucke zusammen, weil seine Finger sich um mein Handgelenk schließen.

»Was?«, flüstere ich und schlucke, obwohl mein Mund staubtrocken ist. Er zieht mich zu sich herunter und legt seine Hand schwer in meinen Nacken.

»Er hat gesagt, ich solle versuchen, dich zu verstehen«, er schnaubt ein weiteres Mal.

»Hm, scheint klug zu sein, dein neuer Freund.«

»Er ist ein reicher Schnösel«, lallt er. Die Worte kommen nur noch murmelnd über seine Lippen. »Außerdem hat er keine Ahnung. Genau wie du.«

»Was meinst du damit?«, frage ich und bin mir bewusst darüber, dass ich es nicht genießen sollte, wie seine Finger meinen Haaransatz streicheln.

»Du bist so blind, Kylee«, knurrt er und zieht mich

noch dichter vor seinen Mund. »Die ganze Zeit versuchst du zu entkommen. Wo willst du denn hin, hm?«

Inzwischen ist mein Hintern auf der Matratze gelandet und ich stütze mich mit beiden Armen auf Brexens Brust ab. Seine Hand zieht mich immer dichter zu sich. Unser Atem vermischt sich. Mein Herz rast. »Egal, wo du hingehst, Kitty. Ich bin der einzige Mensch, der dich so sieht, wie du wirklich bist. Nicht einmal du selbst erkennst es.«

Meine Lippen wollen sich einfach nicht öffnen, um zu widersprechen. Ganz zaghaft lasse ich meine Hände stattdessen über seine Brust wandern.

»Wehr dich ruhig weiter dagegen«, lallt er und ich erschrecke, weil er plötzlich laut auflacht. »Du hast ja keine Ahnung, wie geduldig ich bin.«

Er packt meine Arme und zieht mich ruckartig an seine Seite. Ohne es zu wollen, genieße ich, wie mein Körper sich an seinen schmiegt und den nötigen Schutz sucht, den er braucht.

Irgendwann wird Brexens Atem flacher und schließlich übertönt ein leises Schnarchen die Wellen draußen. Auch Stunden später liege ich noch da, ohne mich zu rühren, und starre in die Dunkelheit.

Meine Knie zittern leicht vor sich hin, während meine Gedanken mit den brechenden Wellen hin und her treiben, als wüssten sie nicht, in welche Richtung sie wollen.

Mein ganzes Leben zieht vor meinem inneren Auge vorüber und ich grübele über Brexens Worte nach. Die Frage ist doch nicht, wer mich so kennt, wie ich wirklich bin, sondern vielmehr, wer ich wirklich bin.

Bei allem, was in meinem Kopf vor sich geht, frage

ich mich, wem ich morgen früh im Spiegel gegenübertreten werde. Denn ich werde das Gefühl einfach nicht los, dass die alte Kylee nicht nur auf eine schottische Insel verschleppt wurde, sondern auch für immer verschollen bleiben wird.

BREXEN

»Hi«, flüstert sie und ihre Lider blinzeln noch gegen die Helligkeit an. Sie liegt da wie ein Engel. Die hellbraunen Locken breiten sich auf meinen Laken aus und ihre Arme sind um mein Kissen geklammert. Ich wende den Blick ab und sehe zurück auf das Meer. Denn ein Engel ist Kylee ganz sicher nicht.

Mit dem Aufwachen ist meine gesamte Wut auf einen Schlag zurückgekehrt. Seit einer gefühlten Ewigkeit sitze ich auf der Bettkante wie ein Idiot und starre sie an. Doch jetzt, da sie ihre Augen geöffnet hat, kann ich es nicht mehr ertragen.

»Ich brauche eine Dusche. Ich werde dich ans Bett binden, solange ich unten bin«, brumme ich und versuche, die Kopfschmerzen zu verdrängen, die der billige Whisky hinterlassen hat.

»Was?« Kylees schrilles Gekeife ist viel zu laut für meine aktuelle Verfassung. »Das ist nicht dein Ernst.«

Ich drehe mich zu ihr um und funkele sie wütend an. Dass ich sie gestern nach der Aktion habe frei herumlaufen lassen, war nicht besonders clever und ich schiebe es einer Kurzschlussreaktion zu. Heute bin ich klar bei Verstand und habe nicht vor, diesen Fehler zu wiederholen.

»Das war nicht meine Entscheidung. Du lässt mir keine Wahl.«

»Ich lasse dir keine Wahl?«, brüllt sie. »Du hast mir mein Leben weggenommen. Du hast mir alles genommen.«

Voller Zorn schlägt sie die Decke zurück. Dabei fallen unsere Blicke gleichzeitig auf das Feuerzeug, das sie mir geklaut hat, und meine Wut steigt auf ein ganz neues Level.

»Du hattest kein Leben«, knurre ich und stehe auf. Ich kann es gerade nicht ertragen, mit ihr in einem Bett zu sein.

»Willst du mich verarschen? Ich habe einen Verlobten. Einen Job. Eine Familie.«

Die Hände in den Hosentaschen, um keinen Blödsinn zu machen, trete ich dicht vor das bodentiefe Fenster und konzentriere mich auf die Wellen. Das Meer hat mich immer beruhigt, aber heute will es ihm einfach nicht gelingen.

»Du belügst dich. Jeden einzelnen Tag.« Ganz langsam drehe ich mich um und lege ein fieses Grinsen auf meinen Mund. Die nächsten Worte kommen mir spielend leicht über die Lippen. »Du denkst, du hattest ein Leben? Dann wird es Zeit, dass du dich davon verabschiedest, Kitty. Ich habe es auf die nette Art versucht, aber du hast keine Ahnung, mit wem du dich angelegt hast.« Ihre Augen weiten sich, weil ich einen Fuß vor den anderen setze und sie rücklings auf die Matratze schubse.

»Ich dachte, du kapierst es, aber offensichtlich brauchst du eine Extralektion.«

Sie zappelt und strampelt, doch auch mit einem widerlichen Kater bin ich noch schneller als sie. Ich ziehe ihr die Leggings von den Beinen und setze mich rittlings auf ihren Körper.

»Hm«, murmele ich nach wie vor grinsend, während ich ihre Hände mit dem Baumwollstoff am Kopfteil fixiere, »das wäre die perfekte Position, um deine freche Klappe mit meinem Schwanz zu füllen.« Es ist doch so, dass er auf nichts anderes wartet. Wut hin oder her. Alles an mir will diese Frau.

»Mach doch, dann beiße ich ihn dir ab«, zischt sie und bringt mich damit erst recht zum Lachen.

»So, wie du gestern darum gebettelt hast, Kitty, schwöre ich, du hast allein bei dem Gedanken daran gerade ein feuchtes Höschen bekommen.« Nachdem ich ihre Handgelenke fixiert habe, richte ich mich auf und lasse meine Finger in ihren Slip wandern. So wütend ich bin, ich genieße das hier in vollen Zügen. Denn ich hatte verdammt nochmal recht. »Sieh an, sieh an«, grinse ich und halte ihren Oberschenkel fest. Sie wehrt sich gegen meine Berührung. Natürlich tut sie das. Alles andere wäre ja auch langweilig. »Du möchtest das vor mir verstecken, richtig?« Mein Finger gleitet nahezu perfekt in sie hinein und glänzt vor Feuchtigkeit, als ich ihn wieder hervorziehe und über ihren Mund streiche. »Willst du es schmecken, wenn du es schon selbst nicht glaubst?«, hauche ich, dicht an ihr Ohr gebeugt.

Kylee hat aufgehört zu zappeln. Sie macht keinen Mucks. Ich kann ihr Herz unter dem Pullover heftig schlagen sehen. Das hier turnt sie verdammt nochmal an. Und sie ist nicht die Einzige, der es so geht.

Vollkommen entspannt stehe ich auf und genieße es, ihr einen Moment den Rücken zuzudrehen, ohne die Angst, sie könnte mir jeden Augenblick ein Messer zwischen die Rippen rammen.

Apropos Messer. Tief durchatmend trete ich an die Kommode und zücke das Jagdmesser, das ich mit Klebeband unter der Schublade versteckt halte. Vielleicht sollte sie meine andere Seite kennenlernen. Mal sehen, ob sie dann immer noch eine große Klappe riskiert.

Mit dem Rücken zu ihr gewandt, genieße ich es, sie nach Luft schnappen zu hören.

»Du willst spielen?«, frage ich und drehe mich langsam zu ihr. Die Spitze der Klinge bohrt sich sanft in meinen Daumen und ich lasse das Messer hin und her drehen. »Hast du Angst?«, frage ich überflüssigerweise, denn ihr Puls rast so wild, dass ich es bis hierher sehen kann. Ihre Wangen sind gerötet und die Beine winden sich. Doch sie sagt kein Wort. Macht keinen Mucks. Liegt nur da und starrt mich an. Ich höre das Adrenalin förmlich durch ihre Venen rauschen. Natürlich hat sie Angst. Nur bin nicht ich es, vor dem sie sich fürchtet. »Die Welt wird nicht zu einem schlechteren Ort, wenn du das hier genießt. Das ist dir klar, oder?« Hätte ich ihre Mimik und Gestik nicht jahrelang studiert, wäre mir das zaghafte Nicken vermutlich entgangen. »Wovor du dich wirklich fürchtest, ist hier oben.« Bei meinen Worten deute ich mit der Klinge auf meine Schläfe. Ein Messer in meinen Händen zu halten, fühlt sich natürlich an. Es gehört dort hinein.

Mit andächtigen Schritten gehe ich um das Bett

herum und lasse die Spitze dabei hauchzart über Kylees nackten Schenkel gleiten. Sie hält ganz still, nur die kleinen Härchen auf ihrer Haut stellen sich auf.

»Wirst du mir wehtun?«, flüstert sie und zerrt leicht an ihren fixierten Armen.

»Tut es dir weh, zu erkennen, was wirklich in dir schlummert?«, werfe ich die Frage zurück zu ihr.

Die echte Angst in ihren Augen lässt mich nur für den Bruchteil einer Sekunde zögern. Sie muss nicht einmal antworten. Ich erkenne es auch so. »Dann wirst du um Schmerzen nicht herumkommen.« Ganz langsam lasse ich die Messerspitze ihren Schenkel hinaufwandern, ehe ich die Spitze unter den Saum ihres Slips schiebe. Ich weiß genau, welchen Druck es benötigt, um Haut zu durchdringen. Ich könnte die Klinge blind über ihren Körper ziehen, ohne ihr auch nur einen einzigen Kratzer zu verpassen. Aber das muss die kleine Kitty ja nicht wissen.

»Was sollte die Sache mit dem Feuer, hm?« Mühelos durchtrennt die Klinge den Stoff ihres Slips. Mein Blick ist auf ihre feucht glänzende Mitte gerichtet. Ich habe schon eine Menge netter Pussys gesehen, doch Kylees ist ein besonders hübsches Exemplar. Ihre äußeren Lippen verstecken ihre kleine Perle, deren süßer Geschmack sich für alle Zeit auf meiner Zunge festgesetzt hat. »Ist das der Dank dafür, dass ich dich nachts trösten muss wie eine Mutter ihr Baby?«

»Ich kann nicht hierbleiben. Ich bin verlobt und …«

Ich lasse die Messerspitze mit etwas mehr Druck über die zarten Härchen auf ihrem Venushügel fahren und bringe sie so zum Schweigen. Sie zieht scharf die Luft ein und ihr Körper spannt sich an, als ich die

Klinge genau zwischen ihren Schamlippen hinaufgleiten lasse.

»Er ist nicht der Richtige für dich und du weißt das.« Ich lege den Kopf schief, um den Anblick zu genießen, wie ihre Haut sich in der blanken Oberfläche meines Messers spiegelt.

»Selbst wenn«, fängt sie an und ich muss schmunzeln. Sie weiß es längst. Ich sehe in ihr Gesicht, doch sie spricht nicht weiter.

Daher tue ich es. »Es ist nicht nur dein nichtsnutziger Verlobter. Deinen Job hasst du ebenfalls. Wir wissen beide, dass du eigentlich viel lieber etwas anderes tun möchtest, nicht wahr?«, frage ich und bahne mir mit der Klinge einen Weg hinauf und unter ihren Pullover. Mit einem Ruck schneide ich den Stoff durch und mein Schwanz zuckt gierig, als ihre prallen Titten mir entgegenspringen. Bevor sie mit einer weiteren Lüge antworten kann, drücke ich die Messerspitze gerade so fest gegen ihren Nippel, dass es nicht blutet. Kylee keucht und wirft den Kopf in den Nacken. Ich beuge mich über sie und lege meinen Mund dicht an ihr Ohr. »Sag es«, flüstere ich. »Gib zu, dass ich recht habe.«

Während die Klinge noch immer ihre Brustwarze reizt, lasse ich meinen Finger zwischen ihre unteren Lippen gleiten. Sie ist so! Verdammt! Feucht!

»Sag es«, wiederhole ich, doch Kylee bleibt stumm. Ich trete vom Bett zurück und funkele sie wütend an. Stumm fechten wir einen Kampf aus, den ich nicht bereit bin, zu verlieren. »Dann bis später.«

Ich lege das Messer auf die Kommode und bin schon beinahe durch die Tür, da ertönt ihre Stimme hauchdünn hinter mir.

»Brexen«, fleht sie und ich halte mit dem Rücken zu ihr inne. Da sie nicht direkt etwas sagt, drehe ich mich um und sehe in ihre wunderschönen braunen Augen. Gerade findet darin ein ganz eigener Kampf statt, bei dem ich ihr nicht helfen kann. »Bitte geh nicht«, flüstert sie so leise, dass ich es beinahe überhört hätte.

»Dann sag es. Sag, dass ich recht habe. Gesteh dir ein, dass es die Wahrheit ist, ob du sie nun hören willst oder nicht.«

Sie presst die Lippen fest aufeinander, aber es dauert nur noch einen winzigen Augenblick, bis sie schließlich nickt.

»Soll das ein Ja sein?«, schnaube ich und deute mit dem Kinn auf sie. Verdammt! Sie nackt und gefesselt vor mir liegen zu sehen, ist ein Traum. Der verdammt beste Traum, den ich je hatte.

»Ja«, gesteht sie und reckt das Kinn.

»Sag mir, was du von mir willst«, fordere ich und mache einen Schritt auf sie zu.

Kylee schluckt. Sie senkt die Lider und es sind vier dämliche Buchstaben, die meine Welt in eine andere Richtung drehen. »Dich«, flüstert sie und schon bei den ersten Schritten auf sie zu beginne ich, meine Jeans aufzuknöpfen.

Noch ehe ich bei ihr bin, weiten sich ihre Augen und ich folge ihrem Blick auf meinen nackten Schwanz.

»Und wieder einmal haben deine Augen dich getäuscht, Hawthorn, hm?«, lache ich und streiche mit meinen Fingern über das Piercing, das in der Wand meiner Eichel steckt. Meiner kleinen neugierigen Journalistin hat es die Sprache verschlagen. »Aber du erinnerst dich, wie es sich angefühlt hat, oder muss ich deine Erinnerung auffrischen?«

Ich zerre ihren Arsch zu mir heran und platziere sie genau an der Bettkante.

Mühelos lasse ich meinen Schwanz in sie hineingleiten.

»Spürst du das?«, keuche ich. »Es trifft immer den richtigen Punkt«, stoße ich zwischen zusammengebissenen Zähnen aus. In ihr zu sein ist, wie endlich den richtigen Ort auf der Welt gefunden zu haben. »Und der hier …«, ich lasse mein Becken kreisen, damit das Pubic Piercing am Ansatz meines Schwanzes ihre Klit reizt, »… kümmert sich um deine süße Perle.«

Kylee wirft den Kopf in den Nacken und lässt ein liebliches Stöhnen frei. Die Erregung in ihrem hübschen Gesicht zu sehen, stimmt mich milde. »Siehst du, Kitty?«, bringe ich stockend hervor und spreize ihre Beine noch weiter, um tiefer in sie einzudringen als jemals ein Kerl zuvor. »Jetzt spürst du es. Das, was du wirklich willst. Nicht das, was dich alle glauben lassen, zu wollen.«

Meine Stöße werden immer drängender. Irgendwann greife ich nach oben und binde Kylees Hände los, damit sie mich anfassen kann, denn ich brauche diese Berührung noch mehr als sie.

Ohne zu zögern schlingt sie ihre Arme um meinen Hals und ich richte mich, mit ihr auf meinem Schwanz, auf. Stürmisch suchen ihre Lippen meine und wir küssen uns voller Leidenschaft, während ich uns herumdrehe und sie mit dem Rücken gegen die Fensterfront presse. Noch immer hängt der zerschnittene Pullover an ihren Armen, doch das spielt keine Rolle.

Nichts außer unserer Verbindung ist in diesem Moment von Bedeutung. Es gibt nur sie und mich und den Drang, sie immer fester gegen die Fenster zu nageln. Fieberhaft krallen sich ihre Hände durch mein Shirt in meine Schultern und mit jedem stöhnenden und flehenden Ton, den sie von sich gibt, werde ich schneller, bis sie schreiend zum Höhepunkt kommt. Mit meinem Schwanz tief in Kylee Hawthorn versunken, dem Meer im Hintergrund und der Hoffnung, die still und leise in meinem Herz schlummert, komme auch ich. Und es ist perfekt. Denn obwohl wir beide die Augen fest zusammengepresst haben, bin ich sicher, wir sehen uns zum ersten Mal wirklich.

»Ich will dich sehen«, haucht sie, noch ehe der Wahnsinnsorgasmus verklungen ist. Ich spüre ihre Wände um meinen Schwanz noch immer zucken. »Ganz«, lächelt sie an meinem Mund.

»Ganz?«, frage ich ebenfalls grinsend und lehne mich zurück, um ihr ins Gesicht zu sehen.

»Ganz«, beharrt sie und ich kann nicht anders. Ich küsse sie. Denn Scheiße nochmal, ganz gleich, wie sie ihre Krallen ausfährt, da ist etwas, das mich zu ihr zieht. Die Macht der Gewohnheit? Oder das unbändige Verlangen, ihr nah zu sein?

Noch während unseres Kusses, den sie fieberhaft erwidert, ziehe ich mich aus ihr zurück und stelle sie auf die Füße.

»Du willst sehen, wer ich wirklich bin?«, frage ich und trete einen Schritt zurück.

Wie erwartet schnappt Kylee nach Luft, als ich mein Shirt im Rücken greife und es mir über den Kopf ziehe. Ihre Augen werden so groß wie Planeten, was mich erneut zum Lächeln bringt.

Vor vielen Jahren habe ich angefangen, in Tattoos und Piercings eine Möglichkeit zu finden, mich lebendig zu fühlen. Der Schmerz hat mich daran erinnert, wer ich bin. Dass hinter all den Fassaden, die ich den Menschen in meiner Umgebung zeige, ein anderer Mensch steckt. Inzwischen gibt es kaum noch eine freie Stelle auf meinem Oberkörper.

»Verrückt, dass ich das nicht gemerkt habe.« Ihre Stimme ist so dünn wie der seidene Faden, an dem all das hier hängt.

Langsam kommt sie auf mich zu. Sie lässt ihren zerschnittenen Pulli von den Armen gleiten und ich halte die Luft an, als ihre Fingerspitzen meine Brust berühren.

»Du verlässt dich viel zu sehr auf deine Augen, Kleines.«

Ich greife in ihr Haar und ziehe daran, um ihr ins Gesicht zu blicken. »Du musst aufhören, dich immer nur auf deinen Blick zu verlassen.«

»Ich verlass mich gern auf meine Augen. Stell dir vor, ich könnte das hier nicht sehen«, beharrt sie und ein Schauder durchfährt mich, als ihr Zeigefinger die Neunmillimeter berührt, die meine Hüfte ziert. Rosenranken schlängeln sich um den Griff. Sie war eines meiner ersten Tattoos. Eine ständige Erinnerung an das, was mein Leben geprägt hat. Gewalt.

»Man sieht einen Menschen nicht mit den Augen.« Ich lockere meinen festen Griff und streiche ihr die Haare aus dem Gesicht. »Schau dich zum Beispiel an. Du bist selbst in der absoluten Finsternis wunderschön.«

»Brexen«, flüstert sie und zieht ihre Unterlippe zwischen die Zähne. Mein Daumen fährt darüber und meine Hand legt sich wie von selbst in ihren Nacken.

»Sagt er dir das oft genug?« Meine Nasenflügel beben bei dem Gedanken an Kylee mit einem anderen Mann. »Sagt er dir jeden Morgen, wie wunderschön du bist? Auch mit verheulten Augen und wirren Haaren?« Meine Zähne sind fest aufeinandergebissen, wodurch es die Worte nur stockend über meine Lippen schaffen. »Zeigt er dir, dass du das Schönste auf der Welt bist? Wirst du ihn deswegen heiraten, weil er dir das verdammt nochmal jeden Tag aufs Neue sagt?« Ich kann nichts dagegen tun, dass mein Griff in ihrem Nacken fester und meine Stimme zorniger wird. »Weil er immer für dich da ist? Weil er deine Nächte heller macht und deine schlimmsten Albträume mit seiner Faust zerschmettert?«

Wir sehen uns an. Ich lasse sie direkt in mein Herz blicken, denn das ist der einzige Weg, ihr zu zeigen, wie falsch sie mit allem liegt, an das sie bisher geglaubt hat. Wie wenig sie sich auf das verlassen sollte, was sich vor ihren Augen abspielt. »Du siehst mich noch immer nicht, Kylee. Dein ganzes Leben hast du mich übersehen. Es ist egal, ob ich Tattoos habe oder nicht. Ob ich dich entführe oder dich zurück in seine Arme bringe. Denn hier«, ich nehme ihre Hand und drücke sie zurück auf mein Herz. »kannst du nicht hineinsehen, solange du die Augen vor der Wahrheit verschließt.«

Ihre Finger fahren hauchzart über meine Haut und ich schließe kurz die Augen, ehe mich die Emotionen noch weicher kochen können.

»Ich kann nicht einfach so mein ganzes Leben hinter mir lassen, ohne zurückzublicken.«

Ich öffne die Augen und sehe sie an.

»Beantworte mir eins.« Ich halte ihre Handgelenke

vor meiner Brust fest. Viel zu sehr lasse ich mich von ihrer Haut auf meiner beeinflussen.

»Macht er dich glücklich? Ich bringe dich noch heute zurück zu ihm, wenn es so ist. Sieh mir einfach ins Gesicht und sag mir aus der Tiefe deines Herzens, dass er dich sieht. Dass du bei ihm du selbst sein kannst. Dass deine Welt sich mit ihm schneller dreht. Sag mir all das voller Überzeugung und wir fahren sofort.«

Statt einer Antwort sammeln sich Tränen in ihren Augenwinkeln und sie schüttelt ihren Kopf kaum merklich. Ich nehme ihr Gesicht in meine Hände und fange die Tränen auf, die sich einen Weg über ihre weichen Wangen suchen wollen.

Ihre Finger gleiten hinauf zu meinen Schultern und ich habe das Gefühl, dass wir endlich einen Schritt weiter sind. Wir erkennen beide, was tiefer liegt als die Maskeraden, die wir der Welt um uns herum präsentieren.

»Ich sehe dich«, flüstere ich und schließlich ist sie es, die mich am Nacken zu sich zieht und ihre Lippen auf meine legt. Das hier ist ihr Kuss und ich lasse ihn ihr. Rühre mich keinen Millimeter. Ihre Fingerspitzen streichen über meinen Nacken. Lösen jede Anspannung und bringen mich dazu, genießerisch zu stöhnen. Denn verflucht nochmal – sie will mich. Das hier ist keine Beseitigung aufgestauter Lust. In diesem Augenblick hat sie sich bewusst entschieden. So sehr das unsere Situation auch verkompliziert – nie zuvor hat mich etwas so glücklich gemacht.

Ihre Zunge sucht zögerlich den Weg über meine Lippen und ich bin nur allzu gern bereit, sie für Kylee zu öffnen und sie in meinen Mund zu lassen. Mit jeder Berührung, die unsere Münder erleben, wird sie mutiger und lässt ihre Zunge mit meiner tanzen. Meine Beherrschung steht kurz vor dem Zerreißen, doch die Nummer ist ihre Show. Daher unterdrücke ich das gierige Knurren, das in mir lauert, als sie sich von mir löst.

»Ich will das hier genauso«, flüstert sie in meinen Mund hinein. Meine Hände können es keine Sekunde länger abwarten, sich in ihr Fleisch zu graben.

Noch immer könnte ich kotzen, wenn ich daran denke, dass dieser Wichser ihr eingebläut hat, sie sei fett. Kylee ist perfekt. Sie hat Kurven, wo sie hingehören, und ist keiner dieser klassischen Hungerhaken, die uns das Fernsehen als Schönheiten präsentiert.

»Dann nimm es dir«, spiele ich den Ball zurück zu ihr und überlasse ihr für diesen Moment die Kontrolle. Doch tief in mir drin bleibt ein letzter Zweifel. Sie wird nicht aufhören, einen Weg von der Insel zu suchen. Denn am Ende, wenn der Vorhang gefallen ist, werde nicht ich es sein, für den sie sich entscheidet.

KYLEE

»Wenn man es weiß, kann man sie fühlen.«

Ich lasse meinen Finger gemächlich über die Ränder eines Strauches fahren, der auf Brexens Bauch tätowiert ist. Die dünnen Zweige reichen weit über seine Flanke, Blätter fliegen davon und vermischen sich mit anderen Bildern.

»Das ist ein Weißdorn«, brummt er mit geschlossenen Augen vor sich hin und ich versteife mich.

»Wie Hawthorn?«, flüstere ich und meine Finger verharren auf den Zweigen.

»Ein Weißdorn, ganz recht«, bestätigt er quasi meine Befürchtung, diese Tätowierung könne etwas mit mir zu tun haben.

»Du lässt dich von deinen Augen täuschen«, murmelt er. Vollkommen entspannt liegt er ausgestreckt neben mir und streichelt meine Taille, während ich in seinem Arm liege und ihn studiere. Sein ganzer Körper ist ein Kunstwerk. Von den Handgelenken bis zu den Oberschenkeln zieren die unterschiedlichsten Werke seine Haut.

»Wie meinst du das?«, flüstere ich und so sehr ich aufstehen und mich anziehen will, weil mein Verstand sämtliche Alarmglocken schrillen lässt, wandern meine Finger unbeirrt weiter. Es ist faszinierend. Seit Stunden inspiziere ich jedes einzelne Tattoo und finde immer mehr Schriften oder kleine Zeichnungen, die ich vorher nicht gesehen habe.

Brexen Ward ist kein gewöhnlicher Mann. Er ist eine Mischung aus Eleganz, die sein markantes Kinn und die stechenden Augen ausmachen, und einer wilden Seite, die erst zum Vorschein kommt, wenn er die Hüllen fallen lässt. Wenn er wahrhaft nackt ist.

»Die Menschen lassen sich viel zu oft täuschen von dem, was sie sehen. Doch oft verwehrt ihnen das den Blick auf die Wirklichkeit.«

»Wie bei dir und mir?«, flüstere ich und küsse den wütenden Bärenkopf, der auf seinem Brustmuskel prangt.

Das tiefe Lachen, das er daraufhin von sich gibt, vibriert bis in meine Lendengegend.

»Hm«, brummt er und zieht mich noch dichter an sich.

Die letzten Stunden haben alles verändert.

Mich.

Meine Denkweise.

Uns.

Ich lege mein Gesicht auf seine Brust und spiele mit dem Piercing in seiner Brustwarze. Das gleichmäßige Pochen seines Herzens beruhigt mich. Und doch schlummert in der hintersten Ecke meines Gehirnes die alles entscheidende Frage: Was jetzt?

Zu akzeptieren, dass ich mich zu ihm hingezogen fühle, und die schwerwiegende Tatsache, dass ich meinen Verlobten schon wieder betrogen habe, liegen auf der Hand. Aber was ist mit all dem Unausgesprochenen?

»Wir werden nicht ewig hier liegen können, oder?«, flüstere ich meine Gedanken und hasse mich selbst dafür, diesen Augenblick zu zerstören.

»Ist es mit ihm auch so?«

Sofort versteife ich mich. Alles, was bis eben noch still in hinterster Ecke lauerte, drängt sich nun in den Vordergrund und erschlägt mich beinahe.

»Nein«, flüstere ich kaum hörbar. Ich kann nicht lügen. Mal abgesehen davon, dass ich es überhaupt nicht will.

»War es jemals so für dich mit einem Mann?« Die Verletzlichkeit in seiner Stimme lässt mich zögern. Doch hier in diesem Bett ist gerade kein Platz für Lügen.

»Einmal«, gestehe ich und spüre, wie sein Herz an meiner Wange schneller schlägt.

»Erzählst du mir davon?« Diese Stimme. Dieser warme Ton, der durch mein Ohr direkt in mein Herz schießt und sich dort als romantisches Märchen festsetzt, das mich auf ein Wunder hoffen lässt. Denn ohne ein Wunder wird es kein Happy End für diese Geschichte geben.

»Nein«, lache ich, denn das könnte ich unmöglich. Einmal. Nur ein einziges Mal bin ich meinem Drang gefolgt, auf der Suche nach einem Abenteuer. Damals vor vier Jahren hat ein Mann mich angefasst, seitdem träume ich immer und immer wieder von ihm. Und das, ohne sein Gesicht zu kennen. Eine vollkommen verquere Geschichte, die ich niemals jemandem erzählt habe und es auch in Zukunft nicht plane.

Brexen öffnet seine Augen und wir sehen uns an. Allerdings kann ich seinem Blick nicht lange standhalten und knicke ein, weil ich das Gefühl habe, er bringt alles in mir zum Vorschein, was ich nicht ertrage.

»Zieh dich an«, knurrt er und setzt sich auf die Bettkante. Von seinem Rücken starrt mich ein riesiger Dämon an. Ich muss wegsehen, weil auch er direkt in meine Seele zu blicken scheint. Ich fürchte mich vor ihm. Vor seiner anderen Seite.

»Wozu?«, wage ich leise zu fragen. Er steht auf und geht hinüber zu seinem Kleiderschrank. Ohne mich anzusehen, zerrt er Klamotten hervor und wirft mir eine Jacke aufs Bett.

»Ich will eine Runde drehen und ich werde es nicht noch einmal riskieren, dich hierzulassen. Du kannst also mitkommen und den Tag genießen oder ich binde dich ans Bett und du wartest, bis ich zurück bin. Deine Entscheidung.«

Sein Blick zuckt über seine Schulter zu mir und ich nicke lediglich.

»Ich geh duschen.« Ohne mich anzusehen greift er nach dem Messer auf der Kommode. Mit einem Mal legt sich die Stille des Schafzimmers drückend auf mein Gemüt.

Warum kränkt es mich so schrecklich, dass er mir nicht traut? Immerhin tue ich es ja selbst nicht. Ich verstehe so vieles nicht. Warum lasse ich all das zu? Warum erfüllt es meine dunkelsten Träume, wenn ein Mann mich mit einem Messer berührt? Sein Körper ist ... wow. Heilige Scheiße. Diese Piercings und ...

Fast von allein greift meine Hand unter die Matratze und zieht das kleine Büchlein hervor.

Mum, Dad, solltet ihr das jemals lesen, bitte verzeiht mir. Ich weiß nicht, was in mich gefahren ist. Aber ich befürchte, ich kann Aiden nicht heiraten. Es fühlt sich einfach … nicht richtig an. Es tut mir leid. Wahrscheinlich habe ich euch enttäuscht und ihr schämt euch für mich. Es tut mir leid.

Aiden, es tut mir leid.

Ich weiß nicht einmal, wofür ich mich eigentlich entschuldige. Alles, was ich fühle, was ich denke, fühlt sich falsch an. Aber es ist nun mal da. Vielleicht sollte ich mich an sein Bett fesseln lassen und nachdenken, wie ich all diese Sünden wieder loswerden kann. Das Problem ist nur: Ich will nicht. Ich will das hier nicht loswerden, denn dafür genieße ich es viel zu sehr. Es tut mir leid …

Trotz der Kälte des Fahrtwindes glühen meine Wangen vor Aufregung. Brexen bringt die Crossmaschine so abrupt zum Stehen, dass der hintere Reifen auf dem unebenen Boden leicht ausbricht.

Der ganze Tag ist vollkommen surreal. Surreal deshalb, weil er einfach zu schön ist, um wahr zu sein. Dieser knurrige Typ mit der Teddyjacke und der Strickmütze auf dem Kopf schafft es, mich für kurze Zeit alles andere vergessen zu lassen. Es kommt mir vor, als sei ich in einem Paralleluniversum gelandet und meine alte Welt existiere gar nicht mehr.

»Du hast nicht nur, was mich angeht, nicht richtig hingesehen, hm?«, fragt er und ich sehe über seine Schulter gebeugt auf das Meer, das bis zum Himmel zu reichen scheint. Ich kann seinen grimmigen Gesichtsausdruck nur mit einem dummen Grinsen erwidern.

»Die Insel ist wunderschön«, gestehe ich, denn er hat recht. Seit wir das Haus verlassen haben, prasseln die vielen Eindrücke nur so auf mich ein und das Adrenalin schießt durch meinen Körper. Ich sehe alles in einem anderen Licht. Diese Insel scheint heute eine andere zu sein. Sie ist kein Gefängnis mehr. Heute zeigt sie sich mir in all ihrer Schönheit, mit ihrer Artenvielfalt und ihrer atemberaubenden Natur.

Eng an seinen Oberkörper geschlungen bin ich mit ihm auf einer Crossmaschine über die grünen Hügel in den tiefen Wald gefahren. Wir haben Wasserfälle aus wilden Felsvorsprüngen gesehen und Tiere beobachtet, die sich auf Lichtungen tummeln.

Hier spielen die unterschiedlichsten Elemente zusammen und bilden gemeinsam eine Einzigartigkeit, die ich nie zuvor gesehen habe.

Ich war vollkommen überrascht, die wahren Ausmaße zu sehen. Eilean Ross ist größer, als ich es mir vorgestellt habe. Ohne das Motorrad wäre es unmöglich gewesen, die andere Seite des Strandes in wenigen Stunden zu erreichen. Kein Wunder, dass ich mir zu Fuß keinen richtigen Überblick verschaffen konnte.

»Komm«, fordert Brexen mich auf, abzusteigen, und

ich lege meine Hände auf seine Schultern, um ein Bein über die Sitzfläche zu heben. »Lass uns ein Stück gehen.« Er wuchtet die rote Maschine auf ihren Ständer, nachdem auch er abgestiegen ist, und lässt den Schlüssel stecken.

Wir gehen nebeneinander bis an die hügelige Grenze, an der die Wiesen langsam in Sand übergehen und weiter unten in einem von Felsen durchzogenen Strand enden. Auf der Ostseite der Insel sind die Klippen nicht halb so hoch wie dort, wo Brexen mich noch vor wenigen Tagen über die Klippen gehalten hat. Dennoch lugen Felsen aus dem Boden, so weit das Auge reicht.

Mein Verstand versucht, mir immer wieder ins Gedächtnis zu rufen, dass ich nicht hier bin, weil er mich dabeihaben wollte, sondern weil er Angst hat, ich könne Blödsinn anstellen. Mein Herz allerdings hält dem Verstand den Mund zu und lässt mich die Situation voll auskosten.

»Warum ist die Insel eigentlich nicht bewohnt?«, frage ich und drehe mich einmal im Kreis. »Immerhin wäre sie groß genug für eine ganze Stadt.«

Einmal um meine Achse gedreht, komme ich wieder bei den stechend grünen Augen an, die der rauen Natur in nichts nachstehen.

Er deutet mir, ihm zu folgen, und wir streifen durch das naturbelassene Gras über die sanften Hügel.

»Eilean Ross ist einfach nicht für Bewohner gemacht. Die Menschen sagen, es läge ein Fluch auf der Insel.«

»Ein Fluch?«, hake ich nach und spüre das altbekannte Kribbeln in meinen Fingern, wenn ich eine gute Story wittere. Brexen wirft mir sein typisch schiefes

Grinsen zu und reicht mir eine Hand, damit ich über den Felsen steigen kann, der aus dem grünen Teppich ragt.

»Der Name Ross kommt aus dem späten Mittelalter«, erklärt er und ich bin mir bewusst darüber, dass ich seine Hand, auch nachdem das Gelände ebener wird, nicht wieder loslasse. »Damals haben die Clans die Highlands regiert. Der Ross-Clan bewohnte Tarbat Ness. Irgendwann im fünfzehnten Jahrhundert gab es eine Schlacht – die Schlacht von Tarbat Ness. Dabei sperrte die Ross-Familie ihre Feinde, den Clan MacKay, in eine Kirche und zündete sie an.«

Ich hänge bei jedem Wort an seinen Lippen. Meiner Gewohnheit folgend, möchte ich am liebsten das goldene Notizbuch aus meinem Hosenbund ziehen und mir Stichpunkte aufschreiben.

»Wie grausam«, flüstere ich.

»Ein Jahr später haben sich die MacKays gerächt. Hamish MacKay, ein grausamer Mann, rächte seine Verluste, in dem er das Oberhaupt der Ross-Familie kaltblütig ermordete und anschließend den Clan vollständig auslöschten. Es gab keine Überlebenden. Doch die Legende sagt, die Frau des Lairds, Morena, sei geflüchtet und hierhergeschwommen.«

»Du hast gesagt, es ist nicht möglich, so weit zu schwimmen.«

Wir heben beide den Blick und sehen aufs Meer. Ich habe keine Ahnung, in welcher Richtung das Festland sich befindet, und irgendwie ist diese Information auch unwichtig geworden.

»Na ja. Es sind fast fünf Meilen. Keine Ahnung, ob eine Clan-Frau aus dem Mittelalter so weit schwimmen konnte. Dieses kleine Hindernis hat die Erfinder der Geschichte wahrscheinlich nicht besonders gestört.«

Sein tiefes Lachen zu hören, lässt mich erneut an ihm hinaufsehen. Seine Wangen sind von der Kälte gerötet und das Tageslicht lässt die goldenen Sprenkel in seinen Augen noch klarer leuchten. Meine Hand fest in seiner, lehne ich mich bei jedem Schritt etwas dichter an ihn, um dem kalten Wind zu entkommen.

»Was ist aus der Frau geworden?« Mich lassen solche Geschichten nicht los. »Ist die Insel ihretwegen verflucht?«

Ein Märchen. Ja, es erinnert mich ebenfalls an ein Märchen, wie der Wind meine Haare durchpustet und ich das Salz auf den Lippen schmecke, während seine warmen Finger sich um meine kalten schließen.

»So neugierig, Miss Hawthorn?«, brummt Brexen und ich spüre, wie sein Körper sich versteift, noch ehe ich den Grund dafür erkenne.

Seine Hand drückt meine immer fester, als ein kleines Boot dicht vor der Küste an uns vorbeischippert. Es ist nah genug, um die Menschen, die an Bord stehen, genau erkennen zu können.

»Wenn du irgendetwas versuchst, schwöre ich dir, du wirst es bereuen«, raunt Brexen dicht an mein Ohr und drückt meine Hand so fest, dass es wehtut.

Die ganze trügerische Unbeschwertheit ist mit einem Mal vorbei. In meiner freien Hand zuckt es, den Touristen, die uns zuwinken, ein Zeichen zu geben.

Stattdessen bleibe ich stehen und blicke Brexen in die Augen. In das helle Grün, vor dem ich mich noch vor Tagen so sehr gefürchtet habe. Meine kalte Hand an seiner Wange, bitte ich ihn, mich anzusehen.

Mich so zu sehen, wie ich bin.

Er senkt den Kopf und die Zweifel in seinem Blick machen mich traurig. Auch wenn ich sie verstehe.

»Erzähl mir die Geschichte zu Ende«, bitte ich leise und hoffe, er versteht die Bedeutung hinter meinen Worten. Ich will die Geschichte hören. Aber vor allem will ich nicht von den Touristen gefunden werden. Ich habe mich binnen Sekunden entschieden. Und ich stehe zu meiner Entscheidung.

Ich kann dabei zusehen, wie seine Schultern ein Stück absacken.

Er holt zum Sprechen aus, schließt aber seinen Mund wieder, ohne etwas zu sagen. Über meinen Kopf hinweg sieht er zu dem Boot, das langsam an uns vorbeischippert. An seinem Hals erkenne ich, wie er schluckt, bevor er seinen Blick zurück in mein Gesicht lenkt und seine Mundwinkel minimal zucken.

»Ja, sie ist ihretwegen verflucht«, redet er schließlich weiter und ich atme erleichtert aus. »Man erzählt sich, die Frau des Lairds sei so voller Trauer und Hass auf dieser Insel gestrandet, dass sie jedes Schiff, das sich der Insel genähert hat, zum Kentern brachte und die Menschen, die herkamen, zum Tode verurteilt waren.«

Ich bin froh darüber, dass seine Hand noch immer in meiner liegt und er sie nicht mehr drückt, als wolle er mir die Finger zerquetschen. Mir ist klar, dass die einzige Chance zu fliehen gerade an mir vorbeizieht, doch ich kann und will mich jetzt gerade nicht damit beschäftigen. Nicht jetzt, da er sich das erste Mal etwas öffnet. Dummes, dummes Herz.

»Und deswegen baut niemand ein Haus hier?«, frage ich und sehe mich in der verlassenen Natur um. Das

Schiff rückt in weite Ferne, auch wenn es nach wie vor dicht am Ufer entlangfährt.

»Nein«, lacht er und ich knuffe ihn leicht in die Seite, weil er mich nicht ernst nimmt. In Wahrheit genieße ich dieses Geräusch wie schon lange nichts mehr zuvor. »Das Haus meines Urgroßvaters diente früher als Handelsposten für die Schiffe, die nicht in Portmahomack anlegen wollten oder konnten. Erst war es die Entfernung, die die Menschen von hier fernhielt. Heute liegt es unter anderem an denen.«

Er deutet den Strand entlang und ich entdecke eine Gruppe Seehunde, die sich Richtung Wasser robben. »Es ist ein Naturschutzgebiet. Außer ein paar Ausflugsbooten, die vorbeifahren, um Wale und die Seehunde zu fotografieren, kommt niemand mehr her. Und mittlerweile hat auch der letzte Fischer verstanden, dass es an den Strömungen liegt und nicht an der alten Morena, dass das Meer vor Tarbat Ness so wild ist.«

»Oh mein Gott, Seehunde«, quieke ich und recke den Hals, um noch mehr von ihnen auszumachen. »Wusstest du, dass sie es hassen, sich zu berühren? Das habe ich mal in einem Artikel gelesen und fand es furchtbar.«

Überall liegen Seehunde in Gruppen zusammen und genießen die letzten Sonnenstrahlen des Jahres.

»Die meisten der Weibchen müssten um diese Zeit trächtig sein«, erklärt Brexen.

»Wie zur Hölle paaren sie sich, wenn sie sich nicht berühren wollen?«

»Die Paarung findet im Wasser statt. Mehrere Männchen versammeln sich um die Weibchen, die sich mit aller Kraft dagegen wehren.«

»Oh«, bringe ich nur stockend über die Lippen.

»Kommt dir das irgendwie bekannt vor?«, schmunzelt er und meine Lippen verziehen sich, ohne dass ich es beeinflussen könnte. Er ist hübsch, wenn er lächelt. Obwohl das Grinsen, das er mir gezeigt hat, meist fies und nicht ehrlich war. Das hier ist es aber. »Das stärkste Männchen schafft es irgendwann, das Weibchen durch einen Biss in den Nacken ruhigzustellen.«

»Und dann?«

»Dann erkennt das Weibchen, welches Vergnügen es ihm bereitet, und sie haben jeden Tag Sex bis an den Rest ihres Lebens.«

Ich bleibe abrupt stehen und starre ihn an.

»Blödmann«, lache ich irgendwann, nachdem ich den Bluff durchschaut habe.

»Ach komm«, lacht auch Brexen und schlingt seine Arme um meinen Körper. Meinen Rücken an seinen starken Oberkörper gepresst, wirbelt er mich einmal im Kreis. Ich kreische auf, weil er mir anschließend in den Nacken beißt. »Lass uns fahren. Ich zeig dir, wer das stärkste Männchen in deiner Welt ist.«

Ich kreische, weil er uns so schnell im Kreis dreht.

Diese Leichtigkeit, die wir einander zeigen, ist neu. Neu und doch so vertraut. Und ich genieße sie. Herumalbern am Strand. Alte Sagen der Insel erzählen und Händchen halten wie Teenager. Das fühlt sich einfach viel zu gut an.

Auf dem Weg zurück zum Motorrad schlendern wir still nebeneinanderher. Mit Brexen lässt es sich gut schweigen. Es ist keine bedrückende Stille, die uns umgibt, sondern eine wohlig warme. Eine, in der man sich entspannt zurücklehnen und genießen will.

Meine Gedanken kreisen um die Geschichte der

Frau aus dem Mittelalter, die, wie es scheint, kein Happy End hatte. Außerdem landen sie immer wieder bei dem Mann, an dessen Seite ich mich schmiege. Dessen Geruch sich mit dem Duft der Natur vermischt und mich einhüllt in mein ganz eigenes Märchen, an das ich zu gerne glauben möchte.

»Woher weißt du all diese Dinge über die Tiere und die Insel?«, hake ich nach und spüre sofort, wie Brexen tief seufzt.

»Du bist voll im Journalistenmodus, hm?«, fragt er und seine Mundwinkel zucken nur noch minimal zu einem schiefen Grinsen.

Über uns kreischt ein Vogel in der Ferne und ich lege den Kopf in den Nacken, um seinen Flug zu verfolgen.

»Ich möchte einfach mehr über dich wissen. Aber wir müssen nicht reden«, resigniere ich und senke den Kopf wieder zu Boden.

»Du willst über mich reden? Gut. Reden wir.« Mein Blick zuckt kurz in seine Richtung und ich kann nicht erkennen, ob er es ernst meint oder mich wieder nur hochnimmt. »Du solltest dir nur überlegen, ob du mich anders sehen wirst, wenn ich dir erzähle, dass ich in Oxford war und einen Master in Betriebswirtschaft habe.« Er zieht eine Augenbraue in die Höhe und klettert dabei ein paar Felsen hinauf, damit wir zurück zur Wiese gelangen, auf der die Maschine parkt. Ich bin erleichtert, als er mir eine Hand reicht und mir hinaufhilft. »Oder würde es etwas an deiner Sichtweise ändern, wenn ich dir erzähle, dass ich mehr Menschen getötet als geliebt habe?« Bei seiner Frage zieht er mich so dicht vor sein Gesicht, dass ich die Wärme seiner Haut auf meiner spüren kann.

»Hast du?«, frage ich leise und sehe zwischen seinem Mund und seinen Augen hin und her.

»Siehst du?«, brummt er noch immer dicht vor meinem Gesicht. Seine Lippen legen sich eine Millisekunde auf meine, ehe sie sich wieder lösen. »Lassen wir das mit dem Über-mich-reden lieber.«

»Und wenn ich dennoch gerne etwas über dein Leben hören will?«

Ich bin kurz davor, ihn noch einmal zu küssen, aber Brexen wendet sich ab. Ich habe schon nicht mehr damit gerechnet, da fängt er plötzlich an zu erzählen.

»Als kleiner Junge war ich oft hier draußen bei meinem Grandpa.« Sein Blick schweift über die Wiesen, die von hier endlos weit erscheinen. Er sieht zurück zu mir und hält mir seine Hand hin. Ich ergreife sie und wir gehen gemeinsam die letzten Schritte. »Von ihm weiß ich alles, was man fürs Leben wissen muss. Er hat mir gezeigt, wie man Feuer macht und wie man einen Lachs ausnimmt. Nächtelang haben wir gezeltet. Er hat mir am Lagerfeuer alte Legenden erzählt. Am Tag haben wir Spuren gelesen und die Tiere beobachtet.«

»Klingt, als hättest du ihn sehr gemocht.« Beim Motorrad angekommen, löst er sich von mir und sein Blick ist auf den Boden gerichtet.

»Ja.« Seufzend und ohne mich anzusehen steigt er auf die Maschine, während ich vor ihm stehen bleibe.

»Was ist dann passiert?«

Er spricht nicht weiter. Stattdessen blickt er hinaus auf den Horizont und schüttelt sich kurz. »Lass uns fahren, Honey, ja?«

»Ja, fahren wir«, hauche ich. Doch bevor ich auf das Motorrad steige, stelle ich mich auf die Zehenspitzen und wage es, sein Gesicht in meine Hände zu nehmen. »Danke«, lege ich gemeinsam mit meinen Lippen auf seinen Mund.

Kurz schließt er die Augen. Als er sie wieder öffnet, habe ich den Eindruck, er hat das Tor zu seinem wahren Ich wieder fest verschlossen.

BREXEN

In meinem ganzen Leben musste ich auf die harte Tour lernen, dass es keine Phasen gibt, in denen man sich entspannt zurücklehnen kann, weil einfach alles gut ist.

Jede Mutter, die ihrem Kind den klassischen Satz ins Ohr flüstert ›Bald ist alles wieder gut‹, ist eine elende Lügnerin. Denn es ist niemals alles gut.

Ja, Kylee hat das Boot vorüberfahren lassen. Und ich bin glücklich darüber. Doch was bleibt, ist das Danach. Wie soll es jetzt weitergehen? Bleiben wir für den Rest unseres Lebens auf Eilean Ross und sterben glücklich Arm in Arm?

Ich bin nicht naiv genug, daran zu glauben.

Märchen sind für Träumer. Und ich bin kein Träumer. Dazu hatte ich nie die Möglichkeit. Nelson Callen war es, der mir beigebracht hat, stattdessen lieber meine Sinne zu schärfen. Ich habe früh gelernt, meine Instinkte zu nutzen, um Situationen einschätzen zu können. Er hat mich jahrelang ausgebildet und heute bin ich ein Meister darin. Ich erkenne ein Problem, lange bevor es für andere sichtbar ist.

Allein deshalb fallen mir sofort die Fußspuren im Kies auf, die noch nicht da waren, bevor Kylee und ich heute Mittag auf die Enduro gestiegen sind.

Ich fahre bis dicht vor die Haustür und noch ehe sie etwas sagen kann oder ich den Motor abstelle, lege ich meinen Zeigefinger auf meine Lippen. Bei laufendem Motor deute ich ihr an, abzusteigen, und ziehe ihren Körper dicht an meinen.

»Da sind Spuren im Kies«, flüstere ich an ihr Ohr. Sofort wendet sie ihr Gesicht dem Weg zu. Das kurze Aufkeimen von Euphorie in ihrem Gesichtsausdruck sticht mir wie ein Messer mitten in die Brust. Doch jetzt ist nicht die Zeit für Gefühlsausbrüche. »Du musst mir vertrauen«, flüstere ich weiter und drücke ihren Oberarm mit Nachdruck. »Kein Wort, verstanden?«

Mit Angst in den Augen sieht sie mich an und es dauert quälend lange Sekunden, bis sie endlich nickt.

Ich schalte den Motor der alten Enduro ab und gehe mit leisen Schritten zum Vordach, unter dem ich eine geladene Beretta versteckt habe. Wie von allein schließen sich meine Finger um den vertrauten Griff und ich entsichere, während ich Kylee noch einmal andeute, sie solle ja die Klappe halten.

Die Waffe im Anschlag, öffne ich zaghaft die Haustür und luge hinein. Soweit ich sehen kann, ist der Flur sauber, und ich dränge Kylees verängstigten Körper hinter mich. Ohne die Tür hinter uns zu schließen, schleichen wir durch den Gang, bis ich von oben ein Geräusch wahrnehme. Sofort schiebe ich sie in das einzig leere Zimmer im Haus direkt neben der Haustür. Früher wurde es als Lagerraum benutzt. Heute lasse ich es leer stehen, damit Touristen, die durch Zufall vorbeikommen, das Haus für unbewohnt halten.

Unsere Blicke treffen sich.

Sie schüttelt mit zusammengepressten Lippen den Kopf, doch ich funkele sie wütend an und ehe wir diese stumme Diskussion ausfechten können, knarzt die oberste Stufe. Blitzschnell lege ich ihr noch einmal die flache Hand auf die Brust, damit sie bleibt, wo sie ist, und schließe die Tür vor ihrer Nase, jedoch ohne sie ins Schloss zu ziehen. Das Geräusch würde demjenigen, der auf uns wartet, sicher nicht entgehen.

All meine Sinne sind geschärft.

Jederzeit zum Schießen bereit, zähle ich die Stufen mit und empfange den Eindringling mit dem Lauf meiner Neunmillimeter.

»Wow, Brex. Was soll der Scheiß?«

Mit bebenden Nasenflügeln starre ich ihn an und versuche, die Situation zu deuten.

»Isaac!«, knurre ich.

»So empfängst du deinen Bruder?«, murmelt er kauend, weil er gerade in aller Seelenruhe eine meiner Teigtaschen verdrückt, die vom Einkauf auf dem Festland übrig geblieben sind.

»So empfange ich jeden, der uneingeladen in mein Haus kommt. Und du bist nicht einmal mein Bruder.«

Ich kenne Isaac seit seiner Geburt. Wir vertrauen uns im Grunde genommen blind. Doch ich habe gelernt, dass auch Vertrauen etwas ist, auf das man nicht vertrauen sollte. Am Ende kämpft doch jeder für sich selbst.

»Dein Haus? Ach komm«, nuschelt er und breitet die Arme aus. »Wieso hast du mich nie hierher eingeladen?

Das ist wie in dieser kitschigen Serie, auf die die Weiber so abfahren. Und du passt voll hier rein mit deinem Holzfällerlook, Alter.«

»Warum bist du hier?«, komme ich zum Punkt. Denn ich weiß, dass Isaac nicht aus London herfliegt, um mit mir Teigtaschen zu essen und über Outlander zu sprechen.

Der kleine Scheißer sieht eher aus, als käme er frisch von irgendeinem Laufsteg aus New York. Die blonden Locken verbirgt er unter einer Cap, die er wie so oft verkehrt herum trägt, und sein schmaler Körper steckt in schwarzen engen Klamotten.

»Nelson wird nervös.«

»Bullshit«, zische ich und bin mir der ungesicherten Waffe in meiner Hand durchaus bewusst. Die Frage ist nur, könnte ich sie tatsächlich gegen Isaac einsetzen? »Ich habe vor zwei Tagen mit ihm gesprochen. Es ist alles im grünen Bereich.«

»Dann ist sie tot?«, fragt er kauend und wischt sich mit dem Ärmel über den Mund.

»Jap«, lüge ich und bete darum, dass Kylee schlau genug ist, sich nicht zu rühren.

»Du hast sie erledigt? Hier?«

Bevor ich darüber nachdenken kann, stürme ich zwei Schritte vor, presse ihm meinen Unterarm gegen den Hals und drücke ihm die Waffe in die Flanke.

»Was soll der Scheiß, Isaac?« Ich bin kurz davor, einen der mir am nächsten stehenden Menschen zu erschießen – für eine Frau, die ich nur mit Gewalt an mich binden kann. »Seit wann spielst du dich wie mein Wachhund auf, hm? Wenn ich sage, ich habe es erledigt, dann hast du kleiner Wichser es nicht zu hinterfragen, kapiert?«

»Lass den Scheiß, Mann!«, brüllt er und stößt mich von sich. Ich lasse es zu und raufe mir mit der Neunmillimeter in der Hand die Mütze vom Kopf. »Verdammt, Brex. Halt mich doch nicht für bescheuert. Ich weiß, wie viel die Kleine dir bedeutet hat.«

»Einen Scheiß hat sie«, knurre ich und am liebsten würde ich ihn töten, einfach damit er die Klappe hält und Kylee das nicht mit anhören muss.

»Erzähl keinen Mist, Alter. Das waren keine normalen Stalker-Fantasien oder so. Euch verbindet mehr. Das wissen wir beide. Ich wollte nur sehen, ob du es hinkriegst.«

Einen Scheiß weiß er. Einen Scheiß weiß irgendjemand.

»Halt die Fresse, Isaac. Sie ist tot, okay? Das Thema ist abgehakt. In ein paar Tagen bin ich zurück, um dir wieder deinen verwöhnten Arsch zu pudern. Also verpiss dich von hier. Sicher gibt es Wichtigeres zu tun.«

»Du kannst auch direkt mitkommen. Scheiße, Nelson wird erfreut sein, uns beide wohlauf nach erfüllter Tat zu sehen. Der Heli steht auf dem Festland.«

»Ich bleibe noch. Wie zur Hölle hast du mich eigentlich gefunden?«

Mein Handy ist permanent ausgeschaltet.

»Mann, es hat Tage gedauert.« Er nimmt einen weiteren Bissen von seiner Teigtasche und lehnt sich mit der Schulter gegen den Pfosten des Treppengeländers. Für ihn ist das hier nichts weiter als ein verficktes Spiel. Für Menschen wie Isaac ist alles ein Spiel. Sein ganzes Leben dreht sich um Machtkämpfe und Rangordnungen. Er hat keine Ahnung, was es für mich ist. Und das wird er auch nie, denn sonst müsste ich zugeben, ein Mensch zu sein. »McDougall hat rausgekriegt, dass dein Handy schon ein paarmal hier eingeloggt war. Also hab ich Daddys Heli geschnappt und bin nach Tarbat Ness geflogen. So 'ne Alte am Hafen hat von dir erzählt. Sie war ganz begeistert von deinen grünen Augen«, lacht er. »Ein paar Fischer meinten, hier stünde ein Haus und tada, hier bin ich. Scheiße, du hast deine Finger auch überall im Spiel, he Brexi«, witzelt er. Die Information, dass Kylee tot ist, hat ihn besänftigt. Mich allerdings bringt allein die Vorstellung um den Verstand. Doch ich bin schlau genug, mitzuspielen. Denn Isaac ist klug. Er kann genau wie ich Situationen deuten und in Gesichtern lesen. Nicht jedoch in meinem. Was in mir vorgeht, bleibt für ihn verborgen. Denn ich spiele dieses Spiel schon ein paar Jahre länger.

»Hat Mcdougall nichts Besseres zu tun, als meine Urlaubsorte aufzuspüren? Man wird wohl noch ein paar Tage ausspannen dürfen. Solltest du auch mal versuchen, du Penner.«

»Und der Urlaubs-Brex läuft mit einer Neunmillimeter durch die Wiesen und beobachtet Möwen, oder was?«

»Reine Vorsichtsmaßnahme. Hab gestern im Hafen einen Lion getroffen. Ihm die Fresse poliert. Es gibt überall auf der Welt diese Wichser. Selbst wenn man mal ein paar Tage entspannt Urlaub machen will.«

Ich brauche all meine Kraft, um ein halbwegs glaubhaftes Lächeln zustande zu bringen.

»Ein Lion. Hier draußen?« Der Ausdruck, der daraufhin in seinem Gesicht liegt, gefällt mir nicht. Etwas sagt mir, dass er gerade nicht zum ersten Mal über die Verbindung stolpert, was komisch ist, denn die Jungs vom Cluaran-College sind uns zwar bekannt, kommen uns aber in der Regel nicht in die Quere. Nur mit Mühe setzt er sein Pokerface wieder auf, doch ich durchschaue seinen Plauderton. »Verrückt. Die stehen schon länger auf unserer Abschussliste. Konntest du was Brauchbares in Erfahrung bringen?«

Meine Schultern sacken nach und nach ab, weil das Thema ihn offensichtlich von Kylee wegführt, auch wenn ich weiß, dass sie jedes Wort gehört haben muss.

»Nichts«, lüge ich, denn ich würde diesen Cailan nicht verraten. Er schien ein guter Kerl zu sein und die Lions sind eine ehrenhafte Verbindung. So ehrbar wie diese Methoden in unseren Kreisen eben sind. Selbst wenn ich etwas wüsste, gäbe es keinen Grund, sie einfach ans Messer zu liefern. Außerdem gefällt mir Isaacs Gesichtsausdruck zu diesem Thema nicht. »Und jetzt geh mir nicht länger auf den Sack, Isaac. Ich erwarte Besuch.«

Nur weil ich ein wirklich exzellenter Lügner bin, kauft er mir das ab. Und weil Isaac etwas mit Kylee gemeinsam hat. Er glaubt oft, was er glauben will.

»Hier draußen? Verarsch mich nicht. Du lässt dir Nutten bis auf diese verfluchte Insel bringen?«, lacht er und ich reiße ihm gedanklich seine verschissenen Eier ab.

Ich habe keine Wahl. Isaac muss den Brexen antworten hören, den er gewohnt ist. Auch wenn mir die Worte beinahe im Hals stecken bleiben.

»Um auf meinem Schwanz zu reiten, würden die Pussys sogar herschwimmen. Und du weißt, ich teile nicht besonders gerne meine Frauen mit dir, Babyface. Also verzieh dich.«

Es wäre nicht das erste Mal, aber das muss Kylee nicht wissen. Isaac kommt auf mich zu, sein Blick zuckt kurz zu der Beretta in meiner Hand.

»Ach Brex«, lacht er und ich erwidere es unter größter Anstrengung, »schön zu sehen, dass du noch der Alte bist. Und jetzt pack das Ding weg, Bruder. Es tut mir leid. Ich hätte nicht herkommen sollen. Es ist nur, die Sache mit der Kleinen ...«

»Du hast recht«, unterbreche ich ihn. »Du hättest nicht kommen sollen. Und die Sache ist erledigt.« Mit einem oscarreifen Lachen sichere ich die Neunmillimeter und stecke sie hinten in meinen Hosenbund. Mir stockt kurz der Atem, als er an der nur angelehnten Tür vorbeigeht. Wenn er Kylee entdecken würde, müsste ich mich blitzschnell entscheiden.

So leise es geht, lasse ich alle Luft aus meinen Lungen entweichen, nachdem er vorbei ist und den Griff zur Haustür schon in der Hand hat.

»Dann kommst du in ein paar Tagen zurück?«, fragt er und ich bin noch immer nicht sicher, wie ich diesen Besuch einordnen soll. Ob Nelson ihn geschickt hat? Wenn, dann ahnt er etwas. Nelson Callen macht keinen seiner Schachzüge unüberlegt. Jeder seiner Schritte hat einen guten Grund.

»Ja Mann, hab ich doch gesagt. Willst du noch einen Abschiedskuss oder was?«, antworte ich voll gespielter Überzeugung und klopfe ihm auf die Schulter.

»Und du bist sicher, dass die kleine Journalistin nicht dein Hirn gefickt hat?«

Meinen Puls fest unter Kontrolle, lege ich den Kopf schief und lächele.

»Ich war es, der sie gefickt hat, ehe ich sie die Klippen

hinuntergeworfen habe.« Mit schief gelegtem Kopf verziehe ich meinen Mund und hoffe, er schluckt die Lüge.

»Anders hätte ich es nicht erwartet«, lacht er und wir treten gemeinsam aus dem Haus. Ihn hinausgeschafft zu haben, ist nur ein kleiner Tropfen der Erleichterung auf einem verdammt heißen Stein. Sofort greife ich in meine Jackentasche und zünde mir eine Zigarette an.

»Wo hast du angelegt?«, frage ich, den Rauch in die Luft pustend. Dabei deute ich auf die schmale Steintreppe, die direkt hinunter zum Strand führt. Ich will ihn, so schnell es geht, weit weg wissen.

»Direkt hier unten. So ein Kerl kriegt verfluchte hundert Pfund dafür, dass er mich rausgebracht, aber niemals gesehen hat. Ich hoffe, er wartet wie befohlen.«

»Ein fairer Deal«, scherze ich und klopfe ihm zum Abschied auf die Schulter. Für Isaac ist die Welt nur schwarz und weiß. Er nimmt sich schon sein Leben lang, was er will, und wenn er es nicht bekommen kann, kommt Daddy und erledigt die Sache für ihn. Eigentlich würde ich einen Kerl wie ihn hassen. Doch ich sehe ihn. Sehe ihn so, wie er wirklich ist.

Isaac hatte keinen leichten Start ins Leben. Nelson hat vor ihm schon einen Sohn verloren und dann kurz nach Isaacs Geburt auch seine Frau. Auf seinen Schultern lag immer der Druck, an der Seite seines Vaters zu stehen. Ob er es wollte oder nicht. Und er kann die Lücke in Nelsons Leben niemals füllen, ganz gleich, wie sehr er sich von seinem Vater herumschubsen lässt und alles tut, was dieser verlangt. Darum kann ich ihm nicht böse sein. Zumindest nicht, solange er seinen Arsch jetzt in das verfluchte Boot verfrachtet und von dieser Insel verschwindet.

»Ob deine Huren genauso viel zahlen müssen?«, lacht er und steigt dabei bereits die ersten Stufen hinunter, die die Natur nach und nach zurückfordert.

»All in«, scherze ich und zwinkere ihm zu, während ich eine Hand in der Hosentasche zur Faust balle.

»Wir sehen uns, Bruder«, ruft er und winkt noch ein letztes Mal, ehe sein Körper einfach hinter den Klippen verschwindet. Ich ziehe noch einmal an meiner Kippe, versuche, mit dem letzten Rauch mein schlechtes Gefühl loszuwerden, und trete sie anschließend im Schotter aus.

Mit angehaltenem Atem stehe ich anschließend da und starre so lange auf das Wasser, bis ich das Motorboot starten und schließlich mit ihm darauf davonrasen sehe.

Das war kein normaler Besuch. Alle Alarmsignale in meinem Kopf leuchten und ich weiß, dass meine Instinkte mich auch diesmal nicht täuschen. Eine ganze Zeit stehe ich da und beobachte, wie das Boot am Horizont immer kleiner wird. Doch das ist nicht mein einziges Problem. Selbst jetzt, da er vorerst weg ist, will sich keine Erleichterung einstellen, denn ich befürchte, der wahre Kampf des heutigen Tages steht mir erst noch bevor.

Seufzend drehe ich mich um. Bei jedem Schritt wird es mir so klar, wie es nie zuvor war – Kylee Hawthorn und ich haben keine Zukunft. Niemals.

KYLEE

Isaac Callen ist hier. Ich kann ihn reden hören. Das ist der endgültige Beweis. Ich bin wegen der Story hier, die ich schreiben wollte. Das letzte Foto, dem ich vor meiner Entführung nachgegangen bin, zeigt Nelson Callen zusammen mit wichtigen Leuten aus dem Parlament. Ich vermute, dass es dabei um eine Aussetzung der Verschärfung des Waffengesetzes ging. Sollte ich das hier nicht überleben, dann sollte die Polizei dort anknüpfen.

Mum, Dad, ich liebe euch. Aiden, es tut mir leid …

Ich wünschte, ich könnte weinen. Wenn doch nur Tränen über meine Wangen laufen würden. Sie könnten mir vielleicht etwas von dem Druck nehmen, der sich in meinem Kopf aufgebaut hat. Doch sie kommen nicht. Weil ich viel zu wütend bin. Wütend und verzweifelt. Geschockt und vollkommen verwirrt.

Als die Haustür geschlossen wird, zucke ich erneut zusammen. Seit einer quälenden Ewigkeit habe ich kein einziges Geräusch mehr gehört. Die ganze Zeit über habe ich mir gewünscht, Isaac und Brexen würden endlich verstummen, doch nachdem ich nichts mehr gehört habe, wurde der entsetzlich stechende Schmerz in meiner Brust fast unerträglich. Ich habe mein Notizbuch zugeschlagen und wieder hinten in meinen Hosenbund gesteckt, damit er es nicht findet.

Ohne den Blick zu heben, sehe ich Brexens schwere Stiefel in meinem Blickfeld auftauchen. In die letzte Ecke meiner ursprünglichen Zelle gekauert, schlinge ich die Arme um die Knie. Hier hat alles angefangen. Ob es hier und jetzt endet?

»Kylee.« Seine Hand ist kurz davor, meine Wange zu berühren. Ich kann seine Wärme bereits auf meiner Haut spüren, da legt sich ein Schalter in meinem Inneren um.

»Fass mich nicht an«, schreie ich und springe auf. »Du fasst mich nie wieder an, hast du verstanden?« Plötzlich schießen die Tränen, auf die ich so gewartet habe, aus mir heraus und legen einen gequälten Ausdruck auf Brexens Gesicht.

»Wir müssen darüber reden«, versucht er es erneut und kommt einen Schritt auf mich zu.

»Einen Scheiß müssen wir.«

Ich schlage mit beiden Händen gegen seine Brust und schiebe mich an ihm vorbei. Noch ehe er mich fassen kann, stürme ich die Treppen hinauf. Das ist wohl der Zeitpunkt, an dem ich wutentbrannt meine Koffer packen sollte. Nur habe ich auf dieser Insel nichts, was ich mein Eigen nennen könnte. Nicht einmal mehr meinen Stolz. Er hat mir alles genommen. Und wofür? Um mich zu ficken und über die Klippen zu werfen?

»Du weißt, dass ich dich nicht gehen lasse.«

Mit dem Handrücken wische ich mir die Tränen weg und drehe mich erst zu Brexen um, als ich in seinem Schlafzimmer stehe. Immer und immer wieder flüchte ich hierher. Und dabei ist sein Bett der letzte Ort auf dieser Welt, an dem ich nun sein möchte.

»Was?«, werfe ich ihm sarkastisch an den Kopf und breite meine Arme aus, »Willst du mich sonst töten?« Aus einem Reflex heraus greife ich das Messer, das wieder auf der Kommode liegt, und halte es mir selbst an die Kehle. »Dann tu es doch endlich«, drohe ich. »Das war doch die ganze Zeit über dein Plan.«

»Bullshit!«, schreit er und macht einen Schritt auf mich zu.

»Noch einen Schritt weiter und ich ramme es mir ohne deine Hilfe in die Kehle. Du willst mich doch sowieso umbringen. Warum also nicht gleich? Dann können wir uns die Lügen sparen.«

»Lass den verdammten Scheiß, Kylee!«

Neue Tränen brennen hinter meinen Augen. Sie wollen hinaus und ihm zeigen, wie verletzt ich bin, doch ich verbiete es ihnen.

»Warum? Warum hast du es nicht direkt getan?«, stoße ich zwischen zusammengebissenen Zähnen hervor. Jedes Wort auf meiner Zunge fühlt sich an wie Säure und ich will seine Antwort im Grunde genommen gar nicht hören. Es würde nichts ändern. Nichts, was er sagen würde, könnte noch etwas ändern. Das hier ist kein Märchen. Es ist tatsächlich der Albtraum, den ich nicht erkennen wollte. Brexen hat recht. Ich war so blind.

»Ich will dich nicht töten. Wollte ich nie, verdammt!« Die Adern an seinem Hals treten hervor, so stark presst er die Worte aus seiner Kehle.

»Ha«, stoße ich aus und fuchtele mit dem Messer in der Hand herum. »Das hat sich eben noch ganz anders angehört. Vielleicht sollte ich es einfach tun«, drohe ich und bin kurz davor, den Verstand zu verlieren.

»Was denkst du, hätte ich dem kleinen Callen sagen sollen, hm? Dass ich dir die Seehunde zeige, während der Clan darauf wartet, dass ich dich umbringe? Schalte deinen verdammten Verstand ein, Kylee. Ich hatte keine verfluchte Wahl!« Brexen hat die Hände zu Fäusten geballt und brüllt so laut, dass ich schwören könnte, die Wände wackeln. Instinktiv weiche ich zurück.

»Dann stimmt es also? Du gehörst zu den Callens?«

Ich lasse die Hände sinken und versuche, ihn anzusehen, doch ich kann den Blick in seine Augen einfach nicht ertragen.

»Das tut nichts zur Sache. Du siehst nicht, worum es hier geht.«

»Ich sehe es nicht?«, schreie ich. »Du bist derjenige, der die Fakten nicht sehen will! Du hast mich entführt! Du hältst mich gefangen! Du wolltest mich töten!« Mein Hals kratzt und meine Stimme überschlägt sich bei den letzten Worten. Ich habe nie in meinem Leben einen Menschen derart angebrüllt.

»Ich wollte dich immer nur beschützen!«, brüllt er zurück. »Das ist alles, worum es mir geht. Ich beschütze dich, verdammt nochmal! Mach endlich die Augen auf!«

»Mich beschützen? Dass ich nicht lache«, keife ich.

Immer wieder schüttele ich den Kopf. Mein Verstand will all das, was ich gehört habe, einfach nicht zu sich durchdringen lassen. »Gehörst du zu den Callens, Brexen? Sag es mir. Du wolltest reden. Also rede!«, fordere ich etwas ruhiger und stemme die Hände in die Hüften, soweit das Messer in meinen Fingern das zulässt. Meine Augen brennen. Genau wie mein Herz. Es steht lichterloh in Flammen.

»Ja«, bringt er zwischen zusammengebissenen Zähnen hervor. Seine Nasenflügel beben bei jedem Wort. »Ich bin seine rechte Hand.«

Seine Worte fegen mich um, wie der Wind Türen zuschlagen lässt. Ich lande mit dem Hintern auf der Bettkante und starre ihn an.

Viele Monate habe ich mich mit dem Callen-Clan beschäftigt. Ich weiß einiges über die rechte Hand von Nelson Callen. Wie Feuer brennt sich das kleine Notizbuch in meinen Rücken.

Ohne es aufzuschlagen, sehe ich die Seite glasklar vor mir.

Blade. Rechte Hand von Nelson. Kein Foto. Er tötet alles, was den Callens in den Weg kommt. Er ist einer der meistgefürchteten Männer Englands. Man nennt ihn Blade, vielleicht weil er gerne mit der Klinge arbeitet?? Er soll mehr Menschen getötet haben als die Mörder in Wandsworth zusammen.

Memo an mich – unbedingt wahre Identität herausfinden und Foto.

»Du bist Blade«, murmele ich mehr zu mir selbst.

Sein Kopf hebt sich und als unsere Blicke sich treffen, bricht meine Welt endgültig zusammen.

Ich starre auf den Griff in meiner Hand. Er ist ein Mörder. Scheppernd landet das Messer auf dem Boden. Ich kann es nicht ertragen, es länger zu berühren.

»Kylee.« Als ein völlig Fremder geht er vor mir in die Hocke und sieht mich an. Tränen verschleiern mir den Blick und ich bin froh darüber. Denn ich vertraue meinen Augen nicht mehr.

»Du bist ein Mörder.«

»Ich wollte dir niemals wehtun. Ich wollte dich immer nur beschützen.«

»Sag das nicht immer«, brülle ich wieder lauter, doch er weicht kein Stück zurück, egal, wie sehr ich ihm die Worte ins Gesicht spucke. »Du bist ein Krimineller und ich dein Opfer. Ich werde nie wieder nach Hause kommen. Und das alles wegen einer bescheuerten Story.«

»Es geht hier nicht um die Story. Du musst mir einfach vertrauen, Kylee.«

»Bist du wahnsinnig?«, schreie ich und schubse ihn weg, um zur Tür zu gelangen. »Lieber sterbe ich!«

Brexen ist schneller als erwartet wieder auf den Füßen und fasst mich am Handgelenk. Ich habe keine Chance, mich aus seinem Griff zu befreien, so sehr ich auch zappele. Hätte ich doch bloß das doofe Messer nicht fallen gelassen.

»Ich war immer da«, beharrt er und zerrt meinen Körper in sein Sichtfeld. »Ich habe dich beschützt. Vor ihm«, brüllt er und ich zerre fester an meinem Handgelenk. Er gibt mich nicht frei. Stattdessen hält er mich auch an meinem anderen Arm, so dass ich keine Möglichkeit habe, ihm zu entkommen. Und dennoch sehe ich nicht in sein Gesicht. Ich kann nicht. »Du musst endlich richtig hinsehen. Nicht ich bin derjenige, vor dem du dich fürchten solltest.« Ich halte einen Moment inne. Doch die Situation verbietet es mir, klar zu denken. »Gib mir wenigstens die Chance, es dir zu erklären. Du hast mich gesehen, Kylee. Mich, wie ich wirklich bin. Vertrau auf den allerletzten Rest Zuneigung in dir und hör mir zu.«

Ich blicke auf mein Handgelenk, das er so fest umfasst, dass seine Fingerknöchel weiß hervortreten.

Brexen folgt meinem Blick und lässt mich frei. Ohne zu zögern, bringe ich Abstand zwischen uns. Die Tür direkt neben mir, spüre ich die Wand im Rücken. Doch ich sage nichts. Ich ... kann nicht.

»Bitte Kylee«, fleht er und zum ersten Mal seit seinem Geständnis sehe ich auf. In seinem Gesicht liegen so viele Emotionen, doch ich traue keiner davon. Dennoch nicke ich zaghaft.

»Was meinst du ständig mit ›Ich war immer da‹?«

»Erinnerst du dich an den Tag, an dem du mit Susan schwimmen warst?« Mein Puls rast und Galle lauert in meiner Kehle, die unbedingt das grauenhafte Gefühl aus meinem Bauch befördern will. Wie kann er von Susan wissen? Ich habe meine Schulfreundin seit mindestens sechs Jahren nicht gesehen. Und ich wüsste nicht, was das hiermit zu tun haben könnte. »Die Jungs, die dich auf dem Nachhauseweg angemacht haben?«

Meine Augen suchen in seinem Blick nach irgendeiner Lüge, doch ich kann nichts finden. Er rauft sich die Haare und schließt kurz die Augen.

Ich erinnere mich wie gestern an den Tag, von dem er

spricht. Wir waren im Schwimmbad und auf dem Weg nach Hause haben ein paar Jungs mich angegraben. Sie haben meine Tasche auf den Weg geworfen und mich bedrängt. Ein Mann kam mir zu Hilfe, verprügelte alle vier und verschwand so schnell, wie er gekommen war.

»Das warst du?«, flüstere ich und sehe die grünen Augen wieder vor mir, die unter einer dunklen Kapuze hervorlugten. In meinem Kopf fahren die Gedanken Achterbahn und ich versuche, ein Puzzle zusammenzusetzen, von dem ich nicht alle Teile habe. Der Weißdorn auf seinem Bauch. Immer wieder die Anspielungen, er kenne mich. Aber all das ergibt doch überhaupt keinen Sinn.

»Ja. Ja, verdammt. Weil ich auf dich aufpasse. Das ist es, was ich tue. Ich war es auch, der dein Fahrrad nach Hause gebracht hat, als du mit zehn am Royal Observatory gestürzt bist.«

Ich schlage mir die Hände vor den Mund.

Ich bin damals nach Hause gerannt, ohne mein Rad mitzunehmen. Bis es plötzlich vor unserer Tür stand.

Meine Hände schwitzen und ich versuche, irgendwie das Bild in meinem Kopf zu klären. Aber da ist nichts zu sehen außer dichtem Nebel. Ich kann nur kopfschüttelnd ein Gebet zum Himmel schicken, dass all das nicht wahr ist.

»Ich habe zugesehen, wie du dich von Peter Scott hast entjungfern lassen auf dem dreckigen Rücksitz seines Fords«, macht er weiter und mein Atem stockt. Ich fürchte, jeden Moment ohnmächtig zu werden.

Brexen kommt einen Schritt auf mich zu, doch er stoppt, weil ich meinen Kopf automatisch heftiger schüttele. Seine Miene wird weicher und er steckt die Hände in die Hosentaschen.

»Ich war da, als du deinen Abschluss gefeiert hast, Kylee. Und ich habe auf der Middle School Hannah Baurs bedroht, damit sie dich endlich in Ruhe lässt. Du warst nie allein. Ich habe immer auf dich aufgepasst. Immer«, bringt er gequält über die Lippen.

Meine hingegen wollen sich einfach nicht öffnen. Es ist zu viel. Die letzten Tage. Die letzten Jahre. Mein ganzes Leben?

»Warum?«, bringe ich irgendwann mit aller Mühe hervor. Meine Beine geben nach und ich lasse mich an der Wand bis auf die Dielen sinken. Draußen peitscht der Wind gegen die Scheiben und der Tag verabschiedet sich langsam.

»Callen«, bringt Brexen mit aller Mühe hervor und lässt sich ebenfalls auf den Boden sinken. Er hebt den Kopf und funkelt mich an. »Es geht nicht um die Story. Er hat schon sehr lange eine Rechnung mit dir offen.«

So deutlich ich jedes seiner Worte höre, ich kann sie einfach nicht verstehen. Mein Kinn zittert und ich fange an zu weinen.

»Warum? Ich verstehe das alles nicht«, wimmere ich und wünschte, ich wäre nicht allein. Ich wünschte, ich hätte irgendjemanden an meiner Seite, der mich in den Arm nimmt. Ich wünschte, meine Eltern wären da und ich wäre zu Hause. Oder vielleicht wünschte ein vollkommen irrational denkender Teil in mir, Brexen würde herüberkommen und mich in den Arm nehmen.

Er streicht sich seufzend über das Gesicht. Sein Bart kratzt unter der rauen Hand. Als unsere Blicke sich erneut treffen, denke ich für einen Moment, darin etwas zu erkennen, an das ich mich heute so sehr geklammert habe. Doch dann fallen mir all seine Worte wieder ein, ich senke den Kopf und fixiere den Holzboden.

»Ich sollte nicht derjenige sein, der dir das erzählt.«

Am liebsten möchte ich mir die Ohren zuhalten oder weglaufen. Doch all das macht keinen Sinn, weil ich dann noch immer keine Antworten bekomme. Und er ist der Einzige, der sie mir geben kann.

»Sag mir, was du weißt, Brexen. Wenn du je auch nur einen Funken Sympathie für mich empfunden hast oder irgendetwas stimmt von dem, was du sagst, dann sag! Mir! Was! Du! Weißt!«

Mit jedem Wort werde ich lauter. Ich brauche Klarheit.

»Es ist sehr lange her, da haben sich deine Eltern mit Nelson angelegt.«

»Meine Eltern?« Meine Stimme ist ungesund hoch und ich kann ihn nur anstarren. Für wie naiv hält er mich?

»Kylee«, murmelt er und ich erkenne, wie die Wahrheit ihn quält.

»Bitte«, flüstere ich und er fährt sich ein weiteres Mal über das Gesicht, ehe er redet: »Cynthia und George Hawthorn sind nicht deine leiblichen Eltern.«

Nein!

»Was?«, schreie ich. Nein, das kann nicht sein. Das hier ist eine Verwechslung. Ein Missverständnis oder ein mieser Trick, um mich gefügig zu machen. »Du hast sie doch nicht alle«, kreische ich und lache mit noch nicht getrockneten Tränen auf den Wangen schrill in die Stille dieses Nachmittags. »Denkst du wirklich, ich kaufe dir das ab?«

»Deine Eltern sind tot, Kylee. Sie starben, weil sie

Callen geschadet haben. Er hat ihren Mord in Auftrag gegeben. Du warst damals vier.«

Ich sehe Brexen ungläubig an, doch er schaut unter sich. Er hat die Ellbogen auf die Knie gestützt und fixiert einen Punkt irgendwo zwischen seinen Füßen.

»Du lügst«, flehe ich, doch als er den Kopf anhebt, erkenne ich die Wahrheit in seinen Augen. »Nein«, heule ich drauflos, denn alles, woran ich je geglaubt hatte, scheint mit einem Mal verloren. Ich bin verloren. Ich vergrabe das Gesicht in meinen Händen und schluchze. Das kann nicht sein. Mein ganzes Leben, aufgebaut auf einer Lüge? Diese Entführung hier ist kein Zufall? All die Jahre hat er mich verfolgt?

»Honey«, flüstert Brexen und ich spüre seine Hände auf meinen Armen. Ich will ihn wegschlagen, will nicht, dass er mich berührt. Doch noch viel weniger will ich gerade allein sein. »Es lässt sich jetzt nicht länger vermeiden. Du musst hinsehen.«

Langsam lasse ich meine Hände sinken und seine grünen Augen glänzen bedrohlich, während er mich stumm anfleht.

»Ist das wirklich wahr?«, frage ich und kralle mich an seine Unterarme. Er ist alles, was da ist, um mich zu halten. Und ich falle. Falle immer tiefer in ein Meer aus Lügen und Intrigen.

»Ja«, stößt er hervor und legt seine Hand auf meine Wange. »Deine leiblichen Eltern starben, als du vier Jahre alt warst. Du warst dabei. Hattest dich im Schrank versteckt. In …«, er zögert. Sein Daumen streicht eine der vielen Tränen weg. »In der Dunkelheit.«

»Oh mein Gott«, bringe ich hervor. Im nächsten Moment springe ich auf und schaffe es gerade noch bis zum

Waschbecken, das in der Ecke hängt. Würgend bringe ich alles hervor, was mein Magen zutage fördert, und weine dabei jämmerlich.

Wie kann das alles wahr sein? Warum kann ich mich nicht daran erinnern und ... Immer wieder erschüttern neue Schluchzer meinen Körper, während sich mein Innerstes verkrampft und ich nur noch Galle in das weiße Becken spucke.

Brexen hält meine Haare zurück und ich kann nicht einmal mehr sagen, ob seine Berührungen auf meinem Rücken es besser oder schlimmer machen.

Irgendwann, nachdem mein Magen sich beruhigt hat, stellt er das Wasser an und ich spüle meinen Mund aus. Es ist, als hätte ich alles an Energie aus mir herausgekotzt. Ich kann mich kaum auf den Beinen halten. Allerdings muss ich das auch nicht. Denn ich lasse es zu, dass starke Arme sich unter meine Beine legen und mich zum Bett tragen. Vollkommen ausgelaugt sinke ich in die Laken und wünschte für einen kurzen Augenblick, ich könne die Zeit zurückdrehen. Nur ohne zu wissen, wann ich sie stoppen würde. Vor zwei Stunden, als ich glücklich mit meinem Entführer am Strand spazieren war? Vor fünf Stunden, als ich in diesem Bett die befriedigendsten Stunden aller Zeiten erlebt habe? Zu Aidens Heiratsantrag vor ein paar Monaten? Unserem ersten Kuss? Könnte ich auf die Begegnung mit Brexen Ward komplett verzichten? Oder gar auf die Wahrheit? Bin ich wirklich so blind durchs Leben gelaufen?

Wie ein Film laufen die verschiedensten Dinge vor meinem inneren Auge ab und ich stoppe an einem Abend vor vier Jahren. Dem Abend. Der Begegnung, an die ich öfter gedacht hab als an alles andere.

»Das warst du, oder?«, flüstere ich und öffne die Augen, von denen ich nicht einmal gemerkt habe, dass sie geschlossen waren. Die Dunkelheit ist nicht mehr so furchteinflößend, seit sich die Helligkeit ebenfalls als Albtraum herausgestellt hat. »Damals im East End? In der Bar? Du warst der Kerl, der mich berührt hat.«

Plötzlich sehe ich endlich klar. Sein Geruch. Dieses unverwechselbare Parfum. Ich hätte es direkt wiedererkennen müssen. Seine Finger, die unvergleichbar in mich eingedrungen sind.

Brexen setzt sich auf die Bettkante und vergräbt das Gesicht in seinen Händen. Hinter den Händen, die mich berührt haben wie keine je zuvor.

»Ja«, flüstert er so leise, dass ich nicht sicher bin, ob er es wirklich ausgesprochen hat.

Ich nehme seine Hand und ziehe sie von seinem Gesicht. Es liegt ein gequälter Ausdruck darin.

»Erklär mir, warum«, hauche ich und drücke seine Finger fest in meine. »Ich muss verstehen warum, Brexen.«

BREXEN

Mit jedem Wort aus meinem Mund kann ich dabei zusehen, wie ihre Welt mehr in sich zusammenbricht.

Seit Jahren fürchte ich mich vor diesem Moment. Und doch hätte mich nichts und niemand darauf vorbereiten können, was ich dabei fühle, Kylee alles zu nehmen, woran sie je geglaubt hat. Ich fühle ihren verfluchten Schmerz. So sehr Callen mir auch beigebracht hat, meinen Schmerz hinzunehmen. Kylees reißt mich dafür umso mehr in Stücke. Seit einer Ewigkeit will ich sie immer nur beschützen und nun bin ich es, der alles zerstört.

Ich beiße die Zähne zusammen und streiche ihr die Haare aus dem Gesicht. Es bricht mir mein stählernes Herz, wie sie vor meiner Berührung zurückweicht.

»Ich wollte dir niemals wehtun«, wiederhole ich leise, obwohl ich weiß, dass solche Floskeln noch nie etwas gebracht haben.

»Erzähl mir, was du weißt«, flüstert Kylee und rutscht auf der Matratze ein Stück zur Seite, damit ich mich neben sie setzen kann. Sie liegt auf der Seite, die Hände unter dem Gesicht gefaltet. Ihre Augen sind rot vom vielen Weinen und doch versiegen ihre Tränen noch immer nicht. Nie zuvor habe ich einen Menschen so viel weinen sehen. *Weinen bedeutet Schwäche.* Das wurde mir viele Jahre eingebläut.

Ich nehme ihre stumme Einladung an und lege mich neben sie. Mein Gesicht ihrem zugewandt, wäge ich genau ab, was ich ihr erzählen sollte und was für immer mein Geheimnis bleibt.

»Wie gesagt, du warst gerade vier Jahre alt geworden. Deine leiblichen Eltern, sie ...«, ich hole tief Luft. Es tut mir körperlich weh, ihr seelische Schmerzen zuzufügen. »Sie waren keine guten Menschen, Kylee.«

»Wie hießen sie? Weißt du das?«

Beinahe hätte ich laut geschnaubt. Ich würde ihre Namen niemals vergessen. Sie haben Magnolia getötet und damit alles ins Rollen gebracht.

»Hugh und Leana«, bringe ich mit größter Mühe ihre Namen über die Lippen. Ich sehe ihre Gesichter vor mir. Seit ich dreizehn bin, sehe ich sie jede Nacht und jeden Tag vor mir. Kylee schluchzt erneut auf und holt mich zurück in die Gegenwart. »Bist du dir sicher, dass du das hören willst, Honey?«

Durch tränenverhangene Wimpern sieht sie mich an und nickt träge.

»Ich muss«, flüstert sie und ich spreche weiter.

»Deine Mum war Halbitalienerin, dein Dad kam aus London. Er hat mit Drogen gedealt und deine Mutter auf den ...« Ich schlucke, Kylee schließt die Augen und ich spreche nicht weiter. Sie weiß auch so Bescheid. »Sie haben einige Zeit mit Nelson Geschäfte gemacht und dein Vater hat kleinere Aufträge für ihn erledigt.«

Ich schweige. All das zu erzählen. Diese Nacht gedanklich wieder aufzuwühlen. Ich kann es nicht.

»Bitte Brexen«, flüstert sie und ich spüre ihre Finger an meinen. Erst jetzt merke ich, dass ich die Augen geschlossen hatte. »Du bist der Einzige, der mir die Wahrheit erklären kann.«

Ich bin derjenige, der sie zerstören wird. Doch das kann ich ihr nicht sagen. Nicht heute und auch sonst niemals.

»Sie haben Nelsons Frau getötet. Magnolia Callen. Isaac war gerade einmal drei Wochen alt.«

»Meine Eltern haben die Frau von Nelson Callen getötet?«, wiederholt sie und setzt sich ruckartig auf. »Warum?«

»Kylee«, flehe ich und setze mich ebenfalls hin. Ihre Finger liegen noch immer hauchzart auf meinen. Ich drehe meine Hand herum und schließe ihre behutsam in meine. Die Hintergründe darf sie niemals erfahren. »Ich weiß es nicht«, lüge ich und drücke ihre Hand. »Ich weiß nur, dass Nelson sich gerächt hat und du das mit angesehen hast. Wir …«, ich wende kurz den Blick ab, »Er«, korrigiere ich, »Er wusste nicht, dass sie ein Kind hatten.«

»Warum hat er mich nicht einfach auch getötet?«, schluchzt sie und ich ziehe sie in meinen Arm. Natürlich wehrt sie sich dagegen und stemmt sich gegen meine Brust, doch das ist mir egal. Ich drücke sie gegen ihren Willen an meinen Körper, in der Hoffnung, dass ihre Gegenwehr eines Tages vollständig zum Stillstand kommen wird.

»Nelson mag skrupellos sein, aber er ist niemand, der

Kinder tötet«, flüstere ich in ihr Ohr und halte sie fest an mein Herz gedrückt. »Du bist in Obhut genommen worden. Warst in Sicherheit. Erinnerst du dich denn an gar nichts?«

»Nein«, flüstert sie und hört auf, sich zu wehren. Nur deshalb lasse ich es zu, dass sie sich von mir löst, um mich anzusehen. »Ich erinnere mich nicht. An nichts von all dem.«

»Nelson«, ich streiche mir über den Bart. Ich sehe die vierjährige Kylee genau vor mir. »Er hat dich besucht. Mit dir geredet, um herauszufinden, ob du etwas weißt.« Ein rosa Kleid hatte sie an. Nelson hatte mich gezwungen, ein Hemd zu tragen und mir die Haare zu kämmen. ›Sei ein Mann, Brex‹ hatte er geknurrt, obwohl ich gerade einmal dreizehn war, und mich vor das kleine Mädchen geschoben.

»Er war bei mir?«, stößt Kylee schrill hervor. Ich bin gefangen zwischen der Vergangenheit und der Gegenwart. Das Mädchen vor mir ist noch dasselbe. Die Angst in ihren kugelrunden braunen Augen und der skeptische Ausdruck in ihrem Gesicht. Nur ich, ich bin ein anderer als damals.

»Du konntest dich an nichts erinnern. Also beließ er es dabei, dass wir dich im Auge behalten und immer mal wieder nach dir sehen sollten.«

›Du musst diesen Fehler wieder geradebiegen, Brex.‹ Das waren seine Worte. Und ich habe es versucht. Auf meine Weise.

»Deshalb warst du immer da? Weil du sichergehen wolltest, dass ich Nelson nicht verrate?« Sie löst ihre Finger aus meinen und weicht zurück.

»Nein«, beharre ich, denn mir ging es niemals um

Nelson. Ja, ich wollte sichergehen, dass sie ihn nicht verrät. Aber nicht um seinetwillen. »Nein«, behaupte ich mit Nachdruck. »Ich wollte dich beschützen. Ich wollte immer nur, dass du ein glückliches Leben hast.«

»Deshalb entführst du mich und machst alles kaputt?«, heult sie und entfernt sich bis an die Bettkante.

»Ich habe dich entführt, um dich zu beschützen! Kapierst du es immer noch nicht?«, brülle ich und steige auf meiner Seite aus dem Bett. Ich bin viel zu aufgebracht, um länger hier zu hocken. »Du hattest ein gutes Leben, Kylee. Du bist nur drei Tage nach dem Tod deiner Eltern zu den Hawthorns gekommen. Sie haben dir ein behütetes Zuhause gegeben.«

»Warst nicht du es, der gestern noch behauptet hat, ich hätte kein Leben?«, schreit sie und klettert ebenfalls aus dem Bett.

»Du hattest alle Voraussetzungen, die ein Mensch braucht. Aber du hast Schiss, die zu sein, die du sein willst. Das hat nichts mit deinen Eltern zu tun«, schreie ich über die Matratze hinweg. Ich belüge mich selbst, das ist mir klar. Und doch stimmt es auf verquere Art und Weise.

»Alle Voraussetzungen, die ein Mensch braucht?« Ihre Stimme kippt, weil Schluchzer sie immer wieder erschüttern. »Mein Leben ist auf einer Lüge aufgebaut. Alles, woran ich je geglaubt habe, ist eine Lüge!«

Ich lege die Hände auf den Kopf und raufe mir die Haare.

»Du hättest einfach machen sollen, was dir liegt, anstatt mit dieser bescheuerten Story anzufangen«, sage ich viel ruhiger. Das ist es, was die ganze Scheiße hier erst ausgelöst hat.

Kylee sieht aus, als hätte ich sie geschlagen.

»Bist du es?«, keift sie und ich kann dabei zusehen, wie sie panisch wird.

Mein Puls rast und ich schaue sie fragend an.

»Bin ich wer?«

»Der Informant«, stößt sie hervor und ich halte inne. Davon höre ich zum ersten Mal.

»Was für ein Informant?«, hake ich nach und gehe in Gedanken alles durch, was ich weiß.

»Die Fotos. Die Hinweise. Allein deswegen habe ich mit der Story angefangen.«

Es dauert einen Moment, bis alles, was sie sagt, bei mir angekommen ist, und ich weiche zurück. Lehne mich mit dem Rücken an die Fensterfront und schüttele den Kopf.

»Ein Informant?« Ich komme mir vor wie ein Idiot, weil ich die Worte abgehackt ausspreche. Aber das macht überhaupt keinen Sinn.

»Das macht keinen Sinn«, spricht Kylee meine Gedanken aus. Das neu gewonnene Puzzleteil hat unsere Wut verdrängt. Wie es aussieht, sind wir nicht die Einzigen, die in diesem Spiel mitmischen.

»Du hast keine Ahnung, wer es ist?«, frage ich und sehe sie an. Ihre Tränen sind für den Moment versiegt, doch ich habe sie in all den Jahren noch nie so fertig gesehen.

»Nein.« Mit einem Mal wirkt sie nervös und tritt von einem Bein auf das andere.

»Sag es, wenn du etwas weißt, Kylee. Du kannst mir vertrauen.«

Wir sehen uns eine Zeit lang schweigend an. Noch immer stehen so viele Zweifel in ihrem Blick.

Doch in mir schwingt neben all dem Chaos Erleichterung mit. Ihr wenigstens einen Teil der Geschichte erzählen zu können, tut gut. Auch wenn damit klar ist, dass wir nie wieder dahin zurückkönnen, wo wir waren. Sie sagt, ihr Leben sei vorbei – aber meines ist es auch.

Kylee zögert nur noch kurz, dann fasst sie sich in den Bund ihrer Jeans und zieht etwas hervor. Meine Augen werden immer größer und fallen beinahe aus meinem Kopf, als sie ein kleines goldenes Notizbuch mit einem Mini-Kugelschreiber an der Seite hervorzaubert.

»Was zur Hölle ist das?«, knurre ich und stoße mich von der Fensterfront ab.

»Hier«, murmelt sie mit kratziger Stimme und zieht ein paar Fotos aus dem kleinen Büchlein. Sie sind in der Mitte geknickt. Sie zeigt mir das erste und ich sehe mir die Aufnahme genau an.

»Woher zur Hölle hast du das?«

»Das war in meinem Briefkasten. Genau wie die.« Sie reicht mir weitere Aufnahmen von Nelson. »Und die hier.« Mit diesen Worten hält sie mir Visitenkarten von verschiedenen Clubs vor die Nase. »Sie lagen in der Post. Einmal habe ich sogar einen Anruf erhalten. Nur deswegen habe ich mit der Story angefangen. Ich kannte die Callens vorher nicht einmal.«

»Heilige Scheiße«, brumme ich und lasse mich mit den Fotos in der Hand auf die Bettkante sinken.

»Was ist?«, fragt Kylee. Ich hebe den Kopf und sehe sie an.

»Die hier«, erkläre ich ihr und halte die Fotos hoch, »beweisen gar nichts. Das sind offizielle Treffen. Nichts Illegales. Wertlos für eine Story. Wer auch immer dir diese Sachen zugespielt hat, wollte dich locken. Dich oder …«, flüstere ich und schlucke. Ihre Augen werden immer größer.

»Oder dich!«, vervollständigt sie und wir starren gleichzeitig auf die Bilder, die jemand bewusst ins Spiel gebracht hat.

So sehr ich auch versuche, Licht ins Dunkel zu bringen, es will mir einfach nicht gelingen.

»Was hat das zu bedeuten?«, fragt Kylee, nachdem wir eine gefühlte Ewigkeit schweigend auf die Aufnahmen gestarrt haben.

»Ich weiß es nicht«, gestehe ich ihr die Wahrheit, denn irgendwas an der Sache stinkt gewaltig. Ich lege ihr kurz eine Hand auf die Schulter und stehe auf, um besser auf den Horizont blicken zu können. Die Hände vor der Brust verschränkt, schaue ich auf die Wellen und den wolkenverhangenen Himmel. Ob es an der Stimmung liegt, dass der Raum mir plötzlich viel dunkler erscheint? Nicht mehr lange und die Nacht wird sich auf den grauen Tag legen.

Ich muss nachdenken. Und Isaac anrufen. Wenn irgendjemand die Sache klären kann, dann er. Vielleicht ist er noch in der Nähe. Ich könnte ihn unter einem Vorwand in den Pub locken. Irgendwo in unseren Reihen gibt es offensichtlich einen Maulwurf. Jemanden, der von meiner Vorliebe für die kleine Journalistin weiß und schlau genug ist, um ihr die richtigen Infos zuzuspielen.

Dass ich Kylee beobachte, ist kein Geheimnis. Es ist eine offene Bürde, die Nelson mir auferlegt hat, lange bevor ich wusste, was das aus meinem Leben machen würde. Allerdings hat er keine Ahnung, dass ich seither täglich versuche, sein Handeln wiedergutzumachen. Auf meine Art. Wer also könnte etwas davon haben, sie ans Messer zu liefern?

»Ich muss aufs Festland. Isaac treffen und mit ihm reden«, sage ich mehr zu mir selbst.

»Jetzt?« Auch ohne hinzusehen spüre ich die Angst in Kylees Stimme. Unser Feind ist wesentlich finsterer als die Dunkelheit, vor der sie sich so sehr fürchtet. Ich habe eine düstere Ahnung, dass wir geradewegs in eine Falle des Teufels persönlich tappen.

»Vielleicht habe ich Glück und er ist noch in Portmahomack. Er ist der Einzige, der Antworten hat. Dass er heute hier war, ist sicher kein Zufall.«

Stille legt sich über den Raum und ich lasse mich vom Geräusch der Wellen besänftigen, während mein Gehirn auf Hochtouren läuft.

Ich hätte schon bei meinem Telefonat mit Isaac vor ein paar Tagen hellhörig werden sollen. Es passt überhaupt nicht zu ihm, meine Arbeit infrage zu stellen. Weder er noch Nelson haben mir in der Vergangenheit hinterherspioniert. Sonst wäre mir nicht nur die Sache mit Kylee um die Ohren geflogen. Irgendwas an der Geschichte hakt und ich muss dringend herausbekommen, was es ist, bevor ich die Kontrolle über die Situation verliere.

»Brexen.« Ich habe Kylee für den Augenblick komplett ausgeklammert. Erst, als sie von hinten ihre Hand auf meinen Arm legt, drehe ich den Kopf in ihre Richtung.

»Hm«, murmele ich und betrachte ihre verheulten Augen, die von unten zu mir hochschauen. Sie ist trotz all der Umstände wunderschön. Ihre wilden Haare rahmen ihr Gesicht ein und ihre Lippen sind rot, weil sie ständig darauf herumbeißt, wenn sie nervös wird.

»Bitte«, flüstert sie und legt ihr Kinn an meinen Bizeps. Ihre freiwillige Nähe lässt mich hoffen, auch wenn ich keinen Schimmer habe, worauf. »Wenn all das stimmt, was du sagst. Wenn ich dir nicht egal bin, wenn du mich nicht hasst oder umbringen willst, dann bitte lass mich nicht allein. Nicht heute Nacht. Das würde mich töten.« Ihre Stimme zittert und ich hebe wortlos den Arm, um ihn über ihren Kopf zu heben und sie an meine Seite zu ziehen.

»Es tut mir leid«, gestehe ich, die Nase in ihr dichtes Haar geschoben. Es riecht nach dem Shampoo, das ich für sie gekauft habe, und nach dem Wind, der über Eilean Ross fegt. »Es tut mir leid, dass ich dir nicht früher die Wahrheit gesagt habe.« Ich spüre, wie ihr Körper an meiner Seite zittert, und ziehe sie noch näher an mich heran. »Ich wollte immer nur dein Bestes. Das musst du mir glauben, Honey. Auch wenn es für dich so klingen mag, ich bin kein kranker Stalker, der sich an dir aufgegeilt hat.« Ich muss trotz allem an ihrem Kopf lächeln. »Okay. Ja, du hast mich geil gemacht. Mehr als einmal. Aber ich hätte niemals etwas getan, das du nicht willst. Ich kenne dich, Kylee.«

Sie atmet tief an meiner Brust und ich lege meine Hand auf ihren Kopf, um ihn sicher zu behüten. Dort, wo mein verdammtes Herz für sie schlägt. Wenn es einen Weg gegeben hätte, sie von alldem fernzuhalten, ich hätte es getan. Ihr Blick hebt sich und ich streiche ihr über die roten Lippen. »Ich gehe nicht weg«, flüstere ich. »Nicht heute.« Ich möchte sie unbedingt küssen. Mich in ihrem Geschmack und ihrer Nässe verlieren, bis für nichts anderes in meinem Kopf mehr Platz ist. Doch es ist egal geworden, was ich will.

»Danke.« Ihre Stimme ist hauchzart und klingt so gar nicht nach der Kylee Hawthorn, die ich kenne.

»Ich verstehe, wenn du zweifelst, und du darfst mich bis an dein Lebensende hassen, aber vorher musst du mir vertrauen. Anders kommen wir beide aus der Nummer nicht mehr heraus.«

Sie legt den Kopf zurück an meine Brust und nickt schluchzend. Ich streiche ihr über den Rücken, in der Hoffnung, sie fängt sich schnell wieder. Weinende Mädchen waren nie mein Fachgebiet.

»Wolltest du mich wirklich niemals töten?«, fragt sie nach ein paar Minuten und lehnt sich ein Stück zurück, um mir erneut ins Gesicht zu sehen.

Ich starre weiter auf das stetig dunkler werdende Meer.

»Nein«, antworte ich und die Lüge schnürt mir beinahe die Luft ab. Denn ich wollte es. Wollte es wirklich.

KYLEE

Ich habe so gut wie kein Auge zugetan. Nicht nur, weil ich in meinen Erinnerungen die ganze Nacht lang wieder und wieder nach Hinweisen gesucht habe, die ich in der Vergangenheit übersehen habe. Vor allem auch, weil ich spüre, wie nervös Brexen ist. All die Tage hat er eine innere Ruhe ausgestrahlt. Ganz gleich, was ich getan habe, ich hatte nie das Gefühl, ihn wirklich in Rage gebracht zu haben. Doch seit ich ihm von dem Informanten erzählt habe, wirkt er rastlos.

»Ich gehe unter die Dusche und hole Holz«, sagt er und nimmt seine Jacke von der kleinen Garderobe hinter der Tür. Wir haben das Zimmer seit gestern Abend kaum verlassen. Mir hat schlichtweg die Kraft gefehlt und ich glaube, ihm ging es genauso. Ich weiß, dass er irgendwann gehen muss, um die Sache mit den Callens zu klären, doch ich habe Angst, danach zu fragen. Weil ich nicht will, dass er geht.

Wir haben ein Feuer in dem offenen Kamin gemacht und Brexen hat mir eine Taschenlampe gegeben. Es gibt keinen Grund, noch länger Verstecken zu spielen. Isaac

Callen weiß, wo Brexen sich aufhält. Licht und Rauch hin oder her. Das hat zumindest die Dunkelheit der Nacht ein kleines bisschen erträglicher gemacht. Wobei ich mir selbst zugestehen muss, dass ich es auch ohne geschafft hätte. Die Dämonen sind plötzlich nicht mehr so angsteinflößend, jetzt, da meine Vergangenheit ihr eigenes grausames Gesicht erhalten hat.

Unsere Blicke treffen sich und ich nicke lediglich. Seit gestern Abend sprechen wir kaum ein Wort miteinander. Es ist ... eigenartig.

»Willst du was essen?«, fragt er, doch ich schüttele nur den Kopf. Ich habe weder Hunger noch Durst noch spüre ich irgendeine Emotion außer Angst und Sorge. Und vielleicht noch Wut. Ich bin wütend auf meine Eltern, weil sie mich all die Jahre mit einer Lüge aufwachsen ließen. So viele Fragen. So viele Lücken, die ich allein nicht stopfen kann.

Ich sehe deutlich, wie er ein Stöhnen unterdrückt und mich anschließend mit meinen Gedanken allein lässt, die ich nur auf eine Weise in meinem Kopf sortieren kann. Ich schreibe.

Ich habe dich heute Nacht im Schlaf beobachtet. Deine Augen waren geschlossen, so dass mir nur das helle Grün in meiner Erinnerung blieb. Doch ich sehe es vor mir. Immer zu. Es ist zum einzig Guten in der Dunkelheit geworden. Denn sobald ich die Augen schließe, sehe ich die deinen.

Mein Finger ist über den Weißdorn auf deiner Haut gefahren. Hast du ihn dir meinetwegen stechen lassen? Was bin ich für dich, Brexen Ward? Nichts weiter als eine nicht enden wollende Bürde? Oder mehr? Ich möchte daran glauben, dass sich der böse Wolf aus meinem Märchen in einen Traumprinzen verwandelt. Das möchte ich wirklich. Aber du bist Blade. Der Mann mit der Klinge. Der Schlächter und Vertrauter einer der grausamsten Menschen Großbritanniens. Warum? Was ist in deinem Leben schiefgelaufen, um so zu werden? Ich sehe, wie du die Natur wahrnimmst, von deiner Kindheit sprichst. Das will nicht zu dem Mann passen, für den ich dich halte. Oder halten sollte. Denn die Wahrheit ist, wenn ich dich ansehe, empfinde ich keine Angst. Ich fühle mich … wie ich selbst.

Wer bist du, Brexen Ward?

Es ist schon beinahe Nachmittag. Die Sonne ist bereits um die halbe Insel geschlichen und taucht das Schlafzimmer in helles Licht, als ich beschließe, aus meinem Versteck zu kriechen.

Brexen ist seit Stunden nicht mehr zu mir nach oben gekommen, doch ich höre ihn abwechselnd in der Küche, vor dem Haus oder – wie jetzt – am Klavier.

Es sind die sanften Töne, die durchs Haus klingen, die mich dazu bringen, die Decke zurückzuschlagen und mich umzuziehen. Ich nehme eine Jeans und ein Sweatshirt aus Brexens Schrank. Heute betrachte ich die Dinge mit anderen Augen und frage mich, seit wann er meine Größe kennt. Wenn das, was er erzählt hat, stimmt, dann weiß er einiges über mich. Fragt sich nur, was. Wie intensiv ist er mir gefolgt? Was weiß er und wie viel hat er mir noch nicht erzählt?

Zwischen all den Gedanken über meine Kindheit habe ich Banalitäten wie meine Konfektionsgröße oder die nicht ganz so unerhebliche Tatsache, dass er es war, der mich damals im East End berührt hat, einfach vergessen.

Während ich in den roten Hoodie schlüpfe und mir dabei einrede, dass es Zufall ist, dass er meine Lieblingsfarbe hat, steige ich bereits die Stufen bis in die erste Etage herab und bleibe im Eingang zum Wohnzimmer stehen.

Brexen spielt unbeirrt weiter seine eher traurige Melodie, auch wenn ich sicher bin, er hat mich längst gehört.

»Kann ich dir ein paar Fragen stellen?«

»Darauf habe ich gewartet«, brummt er. Als er aufhört zu spielen, ist es mit einem Mal viel zu still. Er hebt ein Bein über die Klavierbank, um sich halb zu mir zu drehen. »Wir haben nicht viel Zeit.«

»Was meinst du damit?«, frage ich und stoße mich vom Türrahmen ab. Ich schlendere hinüber zum Sofa und lasse mich in die weichen Kissen sinken.

»Ich kann nicht hier sitzen und warten, was passiert. Ich muss zurück nach London, Kylee.«

»Und ich?«, kommt es eine Spur zu schrill aus meinem Mund. Die ganze Zeit über wollte ich hier weg. Doch jetzt gerade weiß ich nicht, ob ich wirklich nach Hause möchte oder wo ich sonst hinkönnte.

Brexen stützt die Ellbogen auf den Knien ab und stöhnt in seine Hände. Er wirkt so ... gebrochen.

Die Standuhr tickt beharrlich im Takt, auch wenn ich wünschte, sie täte es nicht.

»Du hast etwas von Fragen gesagt?«, weicht er meiner Frage aus und hebt den Kopf, um mich anzusehen. Tiefe Schatten liegen unter seinen leuchtenden Augen. Das schwarze T-Shirt spannt an seinen massigen Oberarmen und geht in bunte Bilder über. Auf seinem rechten Oberarm prangt ein riesiger Kompass mit Koordinaten und einer geöffneten Taschenuhr. Seit Tagen behauptet er, meine Augen würden mich täuschen. Vielleicht liegt er damit richtig. Denn jetzt, nachdem ich weiß, wer er ist, deute ich viele seiner Tätowierungen anders. Etwa die große Klinge, die sich über seinen linken Unterarm zieht und aussieht, als würde sie tatsächlich glänzen. Blade. Verkörpert er diese Rolle so sehr, dass er sie sich hat verewigen lassen? Genau wie den Weißdorn, der ganz sicher mit meinem Namen zu tun hat.

»Wirst du ehrlich antworten?« Ich schlucke und fixiere einen Punkt auf dem Teppich, der unter dem rustikalen Couchtisch ausgebreitet ist.

»Stell deine Fragen und wir finden es heraus«, schmunzelt er, ohne den Mundwinkel zu heben.

»Bist du ein Mörder?« Ich sollte meine Fragen mit Bedacht wählen, doch ich muss wissen, mit wem ich es zu tun habe. Und ... mit wem ich geschlafen habe.

»Möchtest du eine ehrliche Antwort auf diese Frage?«

Als ich ihn ansehe, nimmt er mich mit seinem Blick gefangen und ich kann, die Unterlippe zwischen die Zähne gezogen, nur nicken.

»Ja«, sagt er schließlich. »Ich habe eine Menge Menschen getötet.« Seine Stimme klingt monoton und ich bin sicher, die Standuhr tickt nicht weiter.

»Hast du mich, bevor wir auf diese Insel gekommen sind, nackt gesehen?«

Brexens wandernder Mundwinkel beweist nur, dass meine Prioritätensortierung noch nicht auf der Höhe ist.

»Weißt du was, Kylee. Du solltest aufhören, dich für deinen Körper zu schämen. Ich weiß, dass Aiden dir irgendeinen Mist einbläut, aber du bist wunderschön. Hör auf, das zu verstecken.«

»Ist das ein Ja?«, frage ich und ignoriere, dass mich die Tatsache, er könne mich beobachtet haben, mehr stört als die Antwort auf die Mörderfrage.

»Ja. Das ist ein eindeutiges Ja«, lächelt er. Er bemüht sich nicht einmal, seine Belustigung zu verstecken.

»Wie?«, frage ich und wische ihm damit sein Grinsen aus dem Gesicht. Mir ist beim Blick in seine Augen jetzt schon klar, dass mir die Antwort nicht gefallen wird.

»Es gibt eine Kamera im Wohnzimmer, eine im Laptop und eine im Handy.«

»Du hast mich richtig widerlich gestalkt«, spreche ich aus, was er schon die ganze Zeit andeutet, ich aber nie erkennen wollte. Ich möchte mir die Hand vor den Mund schlagen, doch dann bekomme ich niemals alle Antworten. »Was hast du alles gesehen?« Ich versuche, in meinem Kopf einen Film von unserem Wohnzimmer in den letzten Jahren laufen zu lassen, doch ich bin viel zu wütend, um mich auf irgendetwas zu konzentrieren.

»Genug«, knurrt er schlichtweg und hebt auch sein zweites Bein über die Klavierbank. Uns trennen nur wenige Schritte. »Ich hab auch eine Frage.« Noch ehe ich

Einspruch erheben kann, ergreift er erneut das Wort. »Warum hast du sie nie veröffentlicht?«

»Wen?«, frage ich eine Spur zu schrill und spüre, wie meine Hände zu schwitzen beginnen. Trotz der kuscheligen Ärmel an meinen Armen fühle ich mich nackt.

»Stell dich nicht dümmer, als du bist. Du weißt, wovon ich rede, Kylee.«

»Ich bin Journalistin. Das ist mein Beruf«, halte ich dagegen und eine undurchsichtige Schlinge legt sich um meinen Hals. *Er hat es gelesen.*

»Du bist eine Autorin. Und zwar eine verdammt gute«, knurrt er mich an wie ein wilder Wolf und es fehlt nur noch, dass er die Zähne fletscht. »Wer hat dir diesen Mist wieder eingeredet, hm? Dein ganzer Laptop ist voller großartiger Geschichten. Warum machst du nichts daraus? Warum kriechst du Andrew stattdessen weiter in den Arsch und schreibst über aussterbende Fische und so einen Scheiß? Ich habe dein Gesicht gesehen, wenn du aus den Literaturkursen gekommen bist, Kitty. Lüg ruhig die ganze Welt an, aber mir machst du so leicht nichts vor.«

Er hat sie gelesen. Er hat die Dokumente auf meinem Laptop gelesen.

»Du hast sie gelesen?«, flüstere ich und spüre nur nebenbei, wie ich meinen Kopf die ganze Zeit über schüttele. Mal wieder. Denn all das hier kann doch nur ein wirklich schlechter Scherz sein.

»Jedes Wort, das du geschrieben hast«, streut er Salz in meine Wunde und ich kann ihn nur anstarren. »Du hast ein Wahnsinnstalent. Mach etwas daraus!«

Vor vielen Jahren habe ich angefangen, Liebesromane zu schreiben. Sexy Liebesromane, um genau zu sein. Niemals hatte ich vor, irgendwem davon zu erzählen, geschweige denn, sie jemanden lesen zu lassen. Sie sind meinen geheimsten Fantasien entsprungen und nicht für die Öffentlichkeit bestimmt.

»Dazu hattest du kein Recht«, fauche ich und möchte ihm am liebsten etwas an den Kopf werfen.

»Moment«, erwidert Brexen und richtet sich auf. »Jetzt wird's interessant. Dich stört es nicht, dass ich ein Mörder bin, du hast kein Problem damit, wenn ich dich dabei beobachte, wie du deine kleine Pussy streichelst, aber deine Romane zu lesen, geht zu weit? Gott, Kylee«, raunt er, »du hast echt größere Schwierigkeiten, als ich dachte.«

»Du hast gesehen, wie ich …?« Ich kann es nicht zu Ende sprechen. Jede Sekunde explodiere ich.

»Du es dir besorgt hast, ja klar. Und ich habe es geliebt. Jedes verfluchte Mal.«

»Du elender Scheißkerl!«, brülle ich und springe auf. Doch noch ehe ich ihn weiter anbrüllen kann, führt er seine Gedanken aus.

»Wenn ich nur daran denke, wie du deinen Mittelfinger zwischen deine Lippen geschoben hast, um an den Punkt zu gelangen, für den Aidens Superschlau-Brille nicht ausreicht.« Er lehnt sich grinsend zurück und fährt sich mit der Hand über seinen Schritt. »Allein der Gedanke macht mich steinhart, Honey.«

»Du bist widerlich!«, schreie ich und zeige mit dem Finger auf ihn.

»Und du wunderschön, wenn du sauer auf mich bist. Das ist berauschend, weil ich das all die Jahre nie sehen durfte.«

»Ich werde dich anzeigen!« Meine Stimme überschlägt sich. »Oder töten!« Und doch kann ich nichts dagegen tun, dass mein Herz schneller schlägt, weil Brexen ebenfalls aufgestanden ist und mit langsamen Schritten auf mich zukommt.

»Lüg dich ruhig weiter an. Wenn du mich ernsthaft töten wolltest, hättest du es längst getan. Genau wie du einen Weg von dieser Insel gefunden hättest. Wenn du es wirklich gewollt hättest, wärst du schon lange nicht mehr hier. Komm schon, Kylee. Du hast das Motorrad gesehen. Das Ausflugsboot. Ich habe dir gezeigt, wie man eine Schrotflinte benutzt, und du hast es nicht ein einziges Mal in Erwägung gezogen, mich im Schlaf zu erschießen?«

»Ich hasse dich!«, brülle ich dazwischen, doch Brexen lacht nur und tritt näher. Unsere Fußspitzen berühren sich beinahe.

»Das mag sein, Kitty. Und doch bist du hier. Mit mir. Denn wenn du ganz ehrlich zu dir bist, genießt du es. Du stehst darauf, gegen mich zu kämpfen, und es turnt dich verdammt nochmal an, wie ich dich jetzt gerade ansehe, habe ich recht?«

»Nein«, bringe ich nur schwer über die Lippen. Mein Puls geht viel zu schnell und ich spüre, wie mir die Röte ins Gesicht steigt und meine Lügen Wahrheit straft.

»Deine Bücher«, stößt er aus und sein Blick bohrt sich einfach so durch meinen Schutzschild hindurch. »Sie sind so dermaßen scharf, Honey. Ich habe es geliebt zu lesen, wovon du träumst, und ich habe mir jedes Mal vorgestellt, dass ich es bin, der diese Dinge mit dir macht.«

Der Gedanke daran lässt mich schaudern. Nie zuvor habe ich jemanden meine Bücher lesen lassen, weil ich

Angst hatte, für harte Sexszenen verurteilt zu werden. Weil ich fürchtete, meine Eltern würden sich für mich schämen. Doch meine Eltern sind tot und die Menschen, die ich nicht enttäuschen wollte, haben mich mein Leben lang belogen. Nicht ich bin diejenige, die gesündigt hat. Lüge ist am Ende auch eine Sünde.

»Du!«, halte ich dennoch dagegen, doch beim Blick in seine Augen weiß ich gar nicht mehr, worum es gerade noch ging. Brexen Ward hat nicht nur mich gefickt, sondern auch mein Gehirn. Es ist nur noch ein winziges Stückchen zwischen uns, da stoppt er und sieht an mir herunter. Ich schlucke. Nicht sicher, ob ich fürchte, er könne mich berühren, oder ob ich Panik davor habe, dass er es nicht tut. Ich weiß es nicht. Ich weiß gar nichts mehr.

»Honey«, brummt er und seine tiefe Stimme legt sich warm wie die Sonne auf meine Haut. »Die Seite an dir, die du mit aller Macht zu unterdrücken versuchst, ist die, die ich am meisten an dir liebe.«

Bei seinem letzten Wort erstarren wir beide. Nur unsere Augen bewegen sich noch. Suchen im Gesicht des anderen nach einer Regung, was das zu bedeuten hat oder wie es nach diesem Geständnis weitergeht.

Ich sollte ihn hassen. Ich sollte all das hier verabscheuen.

»Lass mich vergessen, warum ich dich hassen müsste«, sage ich stattdessen und noch ehe ich den Satz vollständig beendet habe, überwinde ich die Lücke zwischen uns und kralle mich an Brexens Arme. Ganz gleich, was ich mir einrede, er hat recht mit allem, was er behauptet.

BREXEN

Egal, wie überrascht ich bin, ich zögere keine Sekunde, sondern ziehe Kylee an meine Lippen, sobald sie sich in meine Arme geworfen hat. Sie schmecken zu können, löst den Knoten, der sich seit gestern kontinuierlich in meiner Brust geschnürt hat. Ich greife an ihren Hinterkopf und ziehe das Haargummi heraus, damit ihre Haare sich über ihre Schultern legen und ihr wunderschönes Gesicht einrahmen. Und auch, damit ich hineingreifen kann, um ihren Kopf nach hinten zu ziehen.

»Sag mir, wie du es willst«, raune ich dicht vor ihren Lippen und kann es nicht erwarten, die Konturen mit meiner Zunge nachzufahren.

»Zieh dich aus«, bringt sie hastig hervor und versucht, ihre Zunge in meinen Mund zu schieben. Dabei nestelt sie ungeduldig an meinem Shirt, doch ich halte ihren Kopf an den Haaren auf Abstand und lächele sie fies an.

»Was willst du, Kylee? Sprich es aus. Sag mir, was du dir von mir wünschst, und ich mache es wahr.«

Ihre Brust hebt und senkt sich schnell und ihre Augen leuchten. Was sie mir hier und heute zeigt, ist ihre wahre Schönheit. Eine Schönheit, die Aiden und all die anderen kleinen Wichser nie zu sehen bekommen haben.

»Erinnerst du dich an die Szene vor dem Kamin in meinem letzten Buch?«, fragt sie mit stockendem Atem und mein Grinsen wird noch eine Spur breiter. Man könnte meinen, das hier sei ein Test, um herauszufinden, ob ich geblufft habe. Doch sie will das wirklich. Es steht ihr förmlich ins Gesicht geschrieben. Voller Sehnsucht leckt sie sich über die vollen Lippen und ihre Finger gleiten dabei über meinen Bauch, bis sie meine Gürtelschlaufe erreichen.

»Heilige Scheiße, ja«, erwidere ich und entlasse sie aus meinem Griff. Wir sehen uns an – und dann passiert alles in Rekordgeschwindigkeit. Mein Shirt. Ihr Hoodie. Die Jeans. Die Klamotten fliegen förmlich binnen Sekunden in alle Richtungen. Weil wir das hier beide so dringend brauchen. Unsere körperliche Verbindung ist bislang unsere einzige Gemeinsamkeit und ich lechze danach, diese Verbindung zu stabilisieren.

Und vor allem, weil ich es nicht erwarten kann, meinen Schwanz in ihrem wunderschönen Mund zu sehen.

Natürlich erinnere ich mich an die Szene. Ich bin kein wirklicher Leser, doch alles, was sie geschrieben hat, habe ich aufgesaugt wie ein Schwamm. Ich weiß, wie sehr Kylee Bücher liebt. Die vielen Klassiker in meinem Schrank befinden sich dort nicht durch Zufall.

Es geht an der Stelle, die sie meint, um ein scheues Mädchen, das keine Ahnung von nichts hat. Sie wurde von einem groben Wichser in einer Jagdhütte entjungfert. Vor dem Kamin haben sie eine lupenreine Neunundsechzig hingelegt und er hat sie gezwungen, sein verfluchtes Sperma zu schlucken.

Kylee werde ich nicht zwingen müssen. So viel ist klar. Ihre Hände sind überall. Fahren über meine Schultern, meine Arme, schließen sich um meinen Schaft und reiben daran, so dass ich schon kurz davor bin, in ihre verdammte Hand zu kommen.

»Langsam«, knurre ich und löse ihre Finger von mir. Ich nehme ihr Gesicht in meine Hände und küsse sie. Nicht zaghaft und vorsichtig, sondern stürmisch und hart. Genauso, wie ich gleich ihren Mund ficken werde. Und sie wird es genießen. Das weiß ich. Ich löse mich von ihr und trete einen Schritt zurück. »Geh zum Teppich«, befehle ich und sehe dabei zu, wie sie nackt Richtung Fenster schleicht wie eine Katze und schließlich auf dem langflorigen Ding stehen bleibt. Sie hebt zögerlich den Kopf und ihre braunen Iriden funkeln mir entgegen. »Leg dich hin.«

Sie zieht die Lippe zwischen die Zähne, doch ohne jegliche Gegenwehr legt sie sich auf den Boden. Sieh einer an. Ich habe meine kleine Kittycat offensichtlich gezähmt. Grinsend trete ich zu ihr, bis ich beinahe ihre Zehenspitzen berühren kann. »Spreiz die Beine«, fordere ich und ein Geräusch löst sich tief unten in meiner Brust, als sie die Beine anwinkelt und ihre Schenkel weit für mich öffnet.

»So?«, haucht sie und ich möchte am liebsten direkt von hier oben auf sie herabspritzen.

»Ja, Honey. Genau so«, lobe ich sie und lege meine

Hand auf meinen Schwanz. »Willst du ihn?«, frage ich und stelle mich breitbeinig über sie.

Ihr Blick liegt einzig auf den reibenden Bewegungen meiner Hand.

»Ja«, flüstert sie und nickt dabei. Ich kann mich keine Sekunde länger zurückhalten. Ich drehe mich herum und gehe über ihr auf die Knie. Noch ehe sie meinen Schwanz berühren kann, lasse ich meine Zunge durch ihre feuchte Spalte gleiten. Kylee keucht auf. Streckt mit einem fast schon schreienden Geräusch ihren Rücken durch. Ihre Hände erreichen meinen Arsch im gleichen Moment, in dem ich mich auf die Ellbogen stütze und ihre Oberschenkel von unten noch weiter auseinanderziehe. Ich lasse mich erneut sinken und spüre gleichzeitig zum ersten Mal ihre Lippen an meinem Schwanz.

Halleluja!

Warm und weich legen sie sich um meine Spitze und ihre Zunge spielt mit meinem Piercing, während ich ihre Perle mit meiner umkreise. Stürzen. Das hier ist wie stürzen ohne aufzuprallen. Ich brauche verdammt nochmal mehr davon. Und da bin ich nicht der Einzige. Ich kenne die Szene aus Kylees Buch und weiß genau, was sie will. Sie hat das fucking Drehbuch hierzu geschrieben. Deshalb halte ich nur kurz inne, dann lasse ich mich tiefer sinken und fange an, ihren Mund zu ficken.

Erst keucht sie und ihre Beine werden unruhig bei jedem meiner Stöße. Doch sobald ich meinen Mund wieder auf ihre Mitte lege und meine Zunge tief in sie hineingleiten lasse, entspannt sie sich und fängt an, mich um meinen abgefuckten Verstand zu blasen. Sie presst die Lippen fest um mein weiches Fleisch und ihre Zähne schaben über den Rand meiner Eichel, was mich kurzzeitig nur Sternchen sehen lässt. Verdammt! Meine kleine Katze entpuppt sich als Löwin und ich habe ihr eine Leine angelegt. Immer wieder stoße ich tief in sie hinein, bis ich ihren Rachen an meiner Spitze fühle. Doch anstatt zu würgen oder zu zappeln, schluckt sie und nimmt mich noch tiefer auf, als ich es mir hätte träumen lassen. Dafür verwöhne ich ihre Pussy nach allen Regeln der Kunst. Mein Bart kratzt über ihre Klit, während ich meine Zunge tief in sie schiebe und gleichzeitig ihren Arsch massiere. Verdammt, sie schmeckt besser als alles andere auf der Welt.

Nur noch wenige Zungenschläge, dann kann ich an ihren zarten Backen spüren, wie sie sich verkrampft und ihre Muskeln um meine Zunge schließlich zu zucken beginnen. Wie aufs Stichwort baut sich der Druck auch in meinem Inneren auf und ich denke nicht einmal daran, mich zurückzuziehen. Ich werde tief in ihrem Mund kommen.

Vielleicht weiß sie es noch nicht, aber sie will es schlucken. So viel ist sicher. Meinen Kopf tief in ihrer Scham vergraben, stöhne ich laut und pumpe alles, was ich habe, in ihren Mund. Ihre Beine versteifen sich und ich spüre, wie sie ihre Finger in meinen Arsch krallt, aber sie schluckt verdammt nochmal jeden einzelnen Tropfen. Saugt alles aus mir heraus, bis nichts mehr zu holen ist.

»Fuck«, knurre ich stöhnend und rolle mich von ihr herunter. Dabei wische ich mir mit dem Handrücken über den Bart und starre mit schnellem Herzschlag zur Decke.

»Ja«, keucht sie. »Fuck!«

Nur unsere erschöpften Atemzüge sind zu hören, bis Kylee mit einem Mal losprustet. Ihr Lachen schallt laut und herzhaft von den Wänden und passt nicht im Entferntesten zu dem, was gerade passiert ist. Oder gar zu der Stellung, in der wir uns befinden.

»Verdammt, fuck«, wiederholt sie kichernd und ich richte mich, auf die Ellbogen gestützt, auf. Doch Kylee sieht mich gar nicht. Sie liegt mit zusammengekniffenen Augen da und heult. Vor Lachen!

»Was ist so lustig?«, frage ich, doch sie lacht albern wie ein Teenager und hält sich dabei den Bauch.

»Das«, bringt sie prustend hervor, »also das ... das alles ist doch total daneben«, lacht sie und öffnet die Augen. Erst jetzt wird mir schmerzhaft bewusst, dass sie in meinem Beisein das erste Mal überhaupt herzhaft lacht. Und es macht sie noch schöner. Wenn man darüber hinwegsieht, dass ihre Lache eher nach purer Verzweiflung schreit statt nach wahrer Freude. Dennoch bringt es ihre kleine Nase dazu, sich kraus zu ziehen, und kleine Fältchen, die ich noch nicht kannte, bilden sich an den Rändern ihrer Augen.

»Ja, vermutlich ist es das«, gebe ich ihr recht und erlaube mir ein leichtes Grinsen. Ich setze mich auf und ziehe sie ebenfalls hoch. Nach und nach verklingt ihr Lachen und wir sehen uns an. Ihre Lippen sind geschwollen und Tränen lauern in ihren Augenwinkeln. Freudentränen. Hoffe ich.

»Ich hasse dich trotzdem«, lässt sie monoton über ihre Lippen.

»Dachte ich mir.« Unsere Finger sind fest miteinander verflochten.

»Ich meine … ich kann nicht einfach so darüber hinwegsehen, dass du mich beobachtet hast. Das ist abartig.«

Der Ausdruck in ihren Augen bestätigt in keinster Weise ihre negativen Worte. Spätestens das ausbreitende Lächeln auf ihren Lippen ist Beweis dafür. Sie kann mich nicht hassen, ganz gleich, wie sehr sie es möchte. »Ich kann nicht fassen, dass du es wirklich gelesen hast.«

»Habe ich aber.«

Sie legt ihre Hand an meine Wange und auch das letzte Grinsen vergeht in Zeitlupe. »Du hast es wahrgemacht«, flüstert sie.

»Ich kann alles davon wahr werden lassen.«

»Und du hast wirklich immer auf mich aufgepasst?«, fragt sie, ohne auf mein unmoralisches Angebot einzugehen.

»Auch das habe ich. Vielleicht ist es fragwürdig, dass ich dich beobachtet habe. Doch ich würde es wieder tun. Dich beschützt zu haben, ist das Einzige in meinem Leben, auf das ich wirklich stolz bin.« Und das soll sie wissen. Denn ich werde damit nicht aufhören, solange ich lebe.

Ihr Blick senkt sich und sie wird still. Es hätte mir klarer sein sollen, dass sie Zeit brauchen wird, um darüber nachzudenken. Ich beschäftige mich seit zwanzig Jahren mit ihr und der Tatsache, dass es irgendwann zu diesem Gespräch kommen könnte. Sie wusste bis vor ein paar Tagen nicht einmal, dass es mich gibt.

Doch ich habe so lange auf diesen Tag gewartet. Den Moment, in dem sie erkennt, was in ihr steckt, und zu dem steht, was sie will.

Denn Kylee ist nicht der spießige Bleistiftrock und die strenge Frisur. Sie ist wild. Wild, natürlich, kreativ und voller Energie. Sie gehört in keinen Käfig. Weder in den, in den sie sich selbst gezwängt hat, noch in den, in den ich sie gerade stecke.

»Das war«, sagt sie mit dünner Stimme und diesmal bin ich es, der wie ein Idiot grinst.

»Das war besser als in deiner Geschichte. Zumal Taylor ein Waschlappen war.«

Ihre Augen werden immer größer und ich bin erleichtert über den Themenwechsel. Es wird dauern, ehe sie versteht, dass ich nicht anders konnte. Sie zu beschützen ist mein Leben. Meine Konstante. Das einzig Echte neben all den Schauspielereien, die ich aufführen muss.

»Taylor war unfassbar toll.« Ich spüre den Schlag gegen meine Schulter kaum, tue aber so, als werfe er mich um, und reiße sie mit mir auf den weichen Teppich.

Hier nackt mit ihr zu liegen, den ganzen Tag Sex zu haben und über ihre Bücher zu sprechen, ist alles, was ich für den Rest meines Lebens tun will. Aber ich weiß, dass diese Möglichkeit so gut wie ausgeschlossen ist.

»Er war okay«, lenke ich ein und sie strahlt über das ganze Gesicht. »Aber er hat es ihr nicht halb so gut besorgt wie ich dir«, schmunzele ich. Ihre Hände ruhen auf meiner Brust. Ihr Blick auf meinem.

»Ich kann nicht fassen, dass du all das gelesen hast«, wiederholt sie ihre Worte von eben. »Oder all diese Dinge von mir weißt. Das ist supergruselig.« Doch dieses Mal steht kein Zorn in ihrem Gesicht.

Ich schiebe ihr die Haare hinters Ohr und küsse ihre Stupsnase.

»Du hast wirklich Talent, Kylee. Du und die Bücher. Da ist etwas in deinem Gesicht, wenn du daran arbeitest oder liest. Das solltest du nicht ignorieren, ganz gleich, wie sehr du mich morgen wieder hasst oder das hier ausgeht.«

Bei den letzten Worten fällt ihr Grinsen in sich zusammen und sie sieht weg.

»Wie geht es denn aus? Wie geht es jetzt weiter, Brexen?«

»Ich werde dich wegbringen.« Dieser Gedanke ist gerade erst in meinem Kopf entstanden. Aber es ist die einzig logische Idee. Denn die Wahrheit ist, dass das hier ein Ablaufdatum hat. Das ist uns beiden klar. Wir sollten von hier weg. Zumindest ich hätte schon gestern gehen und mir den Kopf für eine Lösung zerbrechen müssen, statt ihr das Gehirn rauszuvögeln. »Ich muss zurück nach London und du kannst nicht allein hierbleiben. Du weißt dich nicht zu verteidigen und im Zweifelsfall würde es zu lange dauern, bis ich hier bin.«

Ich streiche über ihren Rücken und halte sie fest an mich gedrückt, auch wenn ich spüre, wie sie sich wehren will. »Hey«, bitte ich sie, mich anzusehen. Sie tut es und ich könnte kotzen, dass ich es bin, der aus ihrem wundervollen Lachen wieder die angsterfüllte Miene gemacht hat. »London ist für dich keine Option.«

Ihr Gesicht verfinstert sich zusehends.

»Und wenn ich trotzdem hinfahre?«

»Diese Entscheidung liegt nicht in deiner Macht, Kitty«, lache ich, auch wenn mir nicht danach zumute ist. Kylee ist so mutig und weiß es nicht einmal. Ich habe Menschen schon für weniger Gegenwehr getötet. Meine gesamte Konzentration liegt auf dem herannahenden Sturm in ihren Augen, während ich nebenbei eine ihrer Strähnen um meinen Finger wickele. »Ich entscheide, wohin du gehst, schon vergessen? Das hier ist immer noch eine Entführung.«

»Hast du schon mal über eine dissoziative Persönlichkeitsstörung nachgedacht?«, meckert sie und schlägt meine Hände weg. Wutentbrannt und noch immer vollkommen nackt steht sie auf und stapft zu einer der Sitznischen, durch die man auf das Meer sehen kann.

Ich lasse mich zurück auf den Rücken sinken und genieße den Anblick ihrer schmalen Schultern und der Taille, die in sanften Kurven in einen prächtigen Arsch übergeht.

»Mein Psychiater ist an der Sache dran«, schmunzele ich und im Augenwinkel sehe ich, wie mein Schwanz schon wieder hart wird. Scheiße, wenn ich eine Chance hätte, ich bliebe für den Rest meines Lebens mit ihr hier. Nackt. Und glücklich. Ich bin derjenige von uns, der es hinauszögert, in die Realität zurückzukehren. Weil ich ein egoistischer Penner bin. Ich will sie viel zu sehr, und tief in mir drin weiß ich, dass alles vorbei ist, sobald einer von uns die Insel verlässt. »Du solltest den ganzen Tag nackt bleiben, Honey. Dein Anblick besänftigt den Mr Hyde in mir und lockt Dr. Jekyll hervor«, scherze ich. Die Leichtigkeit, mit ihr zu flachsen, ist viel verlockender, als mich kopfüber in den Hinterhalt einer Mafiafamilie zu stürzen.

Sie dreht sich vor Wut schnaubend um, doch sobald ihr Blick auf meine Härte fällt, die ich mittlerweile mit meiner Hand massiere, verändert sich der Ausdruck in ihrem engelsgleichen Gesicht.

»Scheißen wir noch ein bisschen länger auf morgen, Kitty«, raune ich und lasse ihren Wahnsinnskörper keine Sekunde aus den Augen. »Das ist jetzt gerade nicht wichtig. Ich habe viel zu lange hierauf gewartet. Komm her!«

Sie zögert, doch als ich mit mehr Nachdruck reibe, setzt sie quälend langsam einen Fuß vor den anderen. »Ja, gut so«, lobe ich sie. Sie weiß inzwischen genau, was sie will. Es steht ihr ins Gesicht geschrieben.

Arme und Beine inzwischen zu den Seiten ausgestreckt, liefere ich ihr meinen Körper aus, und allein der Anblick, wie sie breitbeinig über mir steht, treibt mich in den Wahnsinn. Ganz ohne dass sie mich berührt.

»Ich bin nicht dein Opfer«, zischt sie und geht über mir in die Hocke. »Das hier ist keine Entführung mehr.« Ihre Scham berührt die Härchen auf meinem Bauch und ich kann es nicht erwarten, in ihr zu sein. Die Lippe zwischen den Zähnen, greift sie nach meinen Händen und legt sie über meinen Kopf. »Sag es. Sag, dass ich nicht dein Opfer bin.«

»Natürlich bist du kein Opfer, Honey. Du bist hier, weil du hier sein willst, nicht wahr?«

Dass ich sie dennoch niemals in Nelsons Nähe lassen werde, behalte ich für den Moment für mich.

Obwohl Kylee körperlich niemals eine Chance gegen mich hätte, gönne ich ihr den Spaß und lasse meine Handgelenke unter ihren Fingern liegen. Ihre Nägel bohren sich in meine Haut, während sie sich über mir positioniert und sich ganz langsam auf mich sinken lässt.

»Scheiße«, knurre ich und strecke ihr mein Becken entgegen. Sie fühlt sich so verdammt gut an. Meine Augen lasse ich geöffnet, denn auch wenn ich mich gerne in der Dunkelheit bewege, möchte ich keine ihrer Regungen verpassen. Ich will dabei zusehen, wie ihre Lider flattern, weil mein Schwanz tief in ihr den magischen

Punkt trifft. Und ich will sehen, wie ihre Halsschlagader hastig pulsiert, während sie mit vorsichtigen Bewegungen anfängt, mich zu reiten.

»Ja«, stöhnt sie und lässt den Kopf nach vorne fallen. »Ich mache das hier freiwillig.« Ihre Haare rahmen ihre geröteten Wangen ein. In meinen Händen zuckt es, weil ich sie berühren will, und als hätte sie meine Gedanken gelesen, lässt sie von meinen Handgelenken ab und lehnt sich nach hinten. Ihre Haare kitzeln meine Schenkel, so weit lässt sie den Kopf in den Nacken fallen. Ohne zu zögern, kralle ich mich in ihre Oberschenkel und schiebe mich fortwährend höher, bis mein Daumen ihre Perle berührt und sie abermals stöhnt.

»Ja, Honey. Lass mich hören, wie sehr es dir gefällt.«

Während mein rechter Daumen sanft ihre Klit umkreist, zwicke ich mit der freien Hand ihren Nippel, bis sie laut aufschreit. Ich drehe ihn zwischen Daumen und Zeigefinger und strecke ihr gleichzeitig mein Becken entgegen.

»Ja verdammt!«, schreit sie und ihr Kopf schießt in meine Richtung. »Ja!«, wiederholt sie keuchend. »Ich will verdammt nochmal, dass du mich fickst.«

Und damit war's das mit meiner Selbstbeherrschung. Ich packe sie und werfe uns gemeinsam in einem Ruck herum. Denn ich sage, wohin wir gehen. Daran sollte sie sich gewöhnen. Der Mister Hyde in mir wird immer ein Teil von mir bleiben. Ganz gleich, für welches Leben ich mich jemals entscheiden werde.

Überrascht kreischt Kylee kurz auf, doch dann senke ich meinen Kopf und beiße in ihre Brustwarze, während ich sie tief und hart ficke. Härter denn je. Ich lege mir eines ihrer Beine in die Armbeuge und spieße sie auf, bis sie so laut schreit, dass es nur noch die braunhaarige Schönheit unter mir in meinem Kopf gibt.

Unsere Körper klatschen gegeneinander und ich spüre meinen eigenen Schweißfilm auf ihrer Haut. Es gibt keine Grenze mehr zwischen uns. Alles, was sie ist, bin auch ich, und umgekehrt. Wir sind eins und Scheiße nochmal, ich werde alles daransetzen, dass sich das nie wieder ändert.

KYLEE

Nichts scheint mehr zu sein, wie es war. Schwarz ist zu Weiß geworden. Dunkelheit zu hellem Licht. Die Welt dreht sich noch, doch ich habe das Gefühl, ich drehe mich nicht länger mit ihr, sondern laufe ihrer Bewegung entgegen. Wie wenn man eine Rolltreppe falschherum hinaufläuft. Stufe für Stufe und doch kommt man niemals oben an.

»Warum nennen sie dich eigentlich Blade? Das hat etwas mit Messern zu tun, oder?«, frage ich mit geschlossenen Augen. Mein Kopf ruht auf Brexens Brust und ich bin der Überzeugung, nie wieder ohne seinen Geruch atmen zu können.

»Weil ich lieber mit Klingen arbeite. Schusswaffen sind für mich nur ein notwendiges Übel«, antwortet er und ich höre an seiner Stimme, dass auch seine Augen geschlossen sind. Ich kann es hören. Ich verlasse mich nicht mehr nur auf meine Augen. Sie haben mich zu oft getäuscht. Beim Blick auf Familienfotos. Oder einfach in den Spiegel.

Schmunzelnd richte ich mich auf und stütze mein Kinn auf seine Brust.

»Dann kannst du solche Sachen wie mir mit einem Messer eine Tomate vom Kopf werfen?«

Zwischen dem jeden Tag länger werdenden Bart sehe ich ein Lächeln hervorblitzen. Brexen öffnet ebenfalls die Augen, um mich anzusehen.

»Ich kann mit einem Messer so ziemlich alles treffen, was du willst.«

Ich ziehe eine Schnute, um nicht loszulachen. Ich sollte das nicht amüsant finden. Tue es aber dennoch.

»Du glaubst mir nicht«, stellt er unnötigerweise fest und ich zucke nur mit der Schulter. Mich sollte das gar nicht beschäftigen. Immerhin liegt mein Leben in Schutt und Asche und ich habe keine Ahnung, was morgen passiert. Doch die letzten Stunden haben eine Seite in mir geweckt, der zum Spielen zumute ist.

»Erzählen kannst du viel«, schmunzele ich und frage mich, seit wann es mir egal ist, dass er ein gewalttätiger Mörder ist. Ist es mir egal? Wird es mir morgen noch egal sein?

Mein ganzer Körper hebt sich unter seinem tiefen Atemzug mit an. Er schlägt die Decke, die wir vor einiger Zeit um uns geschlungen haben, wortlos zur Seite und schiebt die Teller auf dem Boden weg. Seit dem Mittag sind wir nur von dem flauschigen Teppich aufgestanden, um uns etwas zu essen und zu trinken zu holen. Er ist unsere Insel. Eine kleine Insel inmitten von Chaos, für das ich einfach noch nicht bereit bin.

Brexen steht auf und marschiert hinüber zum Couchtisch. Seine Hand verschwindet darunter, kurz darauf ist das Reißen von Klebeband zu hören. Meine Augen weiten sich.

»Hast du noch mehr Waffen versteckt?«, frage ich, denn das ist schon das zweite Messer, das er irgendwo hervorzaubert.

»Das ganze Haus ist voller Waffen, Honey«, erwidert er und wiegt den Griff eines kleinen Messers in der Hand.

»Ich habe alles durchsucht«, empöre ich mich und setze mich auf.

»Dein Körper wollte sie nicht finden. Weil er längst wusste, was du willst. Nur dein hübsches Köpfchen hatte es nicht verstanden.«

»Ich wusste ganz genau, was ich ...«, erschrocken keuche ich auf, weil das Stückchen Apfel, das ich mir gerade in den Mund schieben wollte, weg ist. Ich sehe zur Seite und schlucke. Es hängt in der Klinge von Brexens Messer an einen der Holzbalken gespießt.

»Bist du wahnsinnig?«, japse ich aus dem letzten Loch. »Du hättest mir die Nase abschneiden können.«

»Ich treffe nur ...«, nackt wie er ist, geht er hinüber und zieht das Messer aus der Wand, »... was ich treffen will.« Grinsend streift er mit den Zähnen die Frucht von der Klinge und kaut in aller Seelenruhe, während mein Herz noch immer viel zu schnell schlägt.

»Das mit der Tomate war eigentlich ein Scherz«, stottere ich und starre ihn noch immer mit aufgerissenen Augen an. Er ist tatsächlich Blade. Irgendwie habe ich das noch nicht ganz begriffen.

»Kylee«, stöhnt er kauend und geht vor mir in die Hocke. »Sieh mich nicht so an.« Er nuschelt, weil er auf dem Apfel herumkaut. Der Bär auf seinem Brustmuskel zuckt, als Brexen seine Hand hebt, um über meine Wange zu streichen. Sein grimmiges Gesicht und die weit aufgerissene Schnauze scheinen in diesem Moment noch furchteinflößender. »Du musst niemals …«, mit einem Finger hebt er mein Kinn an und statt auf den bösartigen Bären schaue ich nun in liebevolle Augen. Er legt den Kopf schief und betrachtet mich voller Ehrfurcht »… wirklich niemals in deinem Leben Angst vor mir haben. Ich bin da, um dich zu beschützen. Ich würde mein ganzes Leben für nur eine Stunde deines Lebens geben. Da sollte keine Angst in deinen Augen sein, wenn du mich ansiehst. Ich mag eine Waffe sein, aber du hast den Finger am Abzug, Honey. Die Menschen, die gegen dich sind, müssen mich fürchten. Aber nicht du. Du bist alles, was zählt.«

Ohne es zu wollen, kann ich die Tränen spüren, die sich in meinen Augenwinkeln sammeln. Doch ich schlucke sie herunter.

»Ich habe keine Angst vor dir«, sage ich mit dünner Stimme das Unglaubliche, doch es ist die Wahrheit. »Vielleicht sollte ich das oder vielleicht auch nicht. Ich weiß nicht mehr, was richtig und was falsch ist. Wem ich vertrauen kann und wem nicht. Fakt ist, ich habe keine Angst vor dir, denn aus irgendwelchen Gründen glaube ich, was du sagst.«

Brexen legt seine Hand in meinen Nacken und küsst mich. Sanft und zaghaft. Dieser Kuss steht in so krassem Gegensatz zu allem, was an diesem Tag passiert ist, und doch könnte er nicht passender sein. Die Anspielung auf seine verschiedenen Persönlichkeiten war nicht gänzlich aus Spaß dahergesagt. Ich werde das Gefühl nicht los, dass es zwei Versionen von Brexen Ward gibt. Das einzig Erschreckende daran ist – ich weiß nicht, welche mir lieber ist.

Liebe ~~Mum~~, lieber ~~Dad~~, oder sollte ich eher sagen Cynthia und George?

Ich weiß nicht, wann wir uns wiedersehen, und ich weiß auch nicht, was ich sagen oder tun werde, wenn es so weit ist. Ich habe das Gefühl, alles, was ich je von euch gelernt habe, basiert auf einer Lüge. Kann man jemandem vertrauen, der einem von Anbeginn seine wahre Identität verschwiegen hat? Ist es nicht besser, einen schlechten und brutalen Menschen als solchen kennen und lieben zu lernen, statt von den Menschen, die alles für einen sind, ein Leben lang belogen zu werden?

Ich weiß nicht, ob ich euch das verzeihen kann. Gibt es eine logische Erklärung? Warum habt ihr nicht mit mir gesprochen? Stattdessen sehe ich euch strahlend vor mir, wie ihr mir erzählt, was ich alles von Dad habe und wie wenig ich Mum ähnele. Wie konntet ihr nur?

Ich weiß nicht, wann oder ob ich nach Hause zurückkehre. Und irgendwie werde ich mit jeder Minute unsicherer, ob ich das überhaupt noch möchte.

Vielleicht ist das der Wendepunkt in meinem Leben. Vielleicht fange ich irgendwo nochmal ganz von vorne an. Ich könnte nach Italien gehen. Oder Frankreich. Am Meer spazieren gehen und Bücher schreiben. Wie ich es tief in mir drin immer wollte. Ich könnte bei Brexen sein. Ich könnte ...

»Was schreibst du da?«

Ruckartig sehe ich auf und automatisch legt sich ein Grinsen auf mein Gesicht. Der Lichtkegel zeigt Brexen, der den Türrahmen zum Wohnzimmer fast vollständig ausfüllt. Und er sieht einfach umwerfend aus. Sein noch nasses Haar lugt an den Seiten aus der schwarzen Strickmütze und die schwarz-weiß karierte Jacke spannt an seinen Schultern.

»Nur Gedanken«, antworte ich halbherzig und stecke das Notizbuch in die Vordertasche meines Hoodies.

»Lass das *nur* weg, Honey. Deine Gedanken sind dein wertvollstes Gut.«

Ich seufze, während ich tiefer leuchte und an seinen muskulösen Beinen hängenbleibe, die in verwaschenen Jeans und Stiefeln stecken.

»Du meinst das wirklich ernst, oder?«

»Ja, meine ich. Sieh dich doch an, Kylee. Du sitzt nur mit einer kleinen Taschenlampe im Dunkeln, ohne auszurasten. Du hast es überwunden.«

»Na ja, überwunden ist vielleicht ein bisschen übertrieben. Ich mach mir fast in die Hose vor Angst«, jammere ich, klettere dennoch dabei vom Sofa herunter.

Wir haben uns heute lange über meine Phobie und darüber unterhalten, dass es sich wahrscheinlich um ein Trauma handelt, das aus den Ereignissen meiner Kindheit entstanden ist, an die ich mich nicht erinnere.

Ich weiß, dass Brexen insofern recht hat, dass es in den letzten Tagen schon viel besser geworden ist. Ich bezeichne es als eine Art Schocktherapie. Jetzt, da ich weiß, was die Ursache ist, macht es mir nicht mehr so viel Angst. Und ich habe die Hoffnung, dass ich jetzt etwas dagegen tun kann. Mir meine Freiheit zurückholen kann. Diese Aussicht ist alles, was ich immer wollte.

Dennoch schnürt sich mir die Kehle zu bei dem Gedanken daran, dass ich mitten in der Nacht das Haus verlassen soll. Noch dazu auf einer stockdunklen Insel. Denn es ist nicht so, dass mir die Dunkelheit mit einem Mal nichts mehr ausmacht. Ganz im Gegenteil.

»Du wirst es lieben«, behauptet er zum hundertsten Mal. Ich leuchte zurück in sein Gesicht, in dem ich heute zum ersten Mal etwas wie Freude erkennen kann.

»Ich schwöre dir, wenn du mich rauslockst und es sich nicht wirklich lohnt, finde ich eins deiner Messer und zeige dir, wie fantastisch ich zielen kann.«

Während ich meine Drohung ausspreche, schlüpfe ich in meine Schuhe, die vor dem Sofa stehen, und nehme die Jacke, die er mir hinhält, als ich bei ihm angekommen bin.

»Allein der Gedanke macht mich scharf«, lacht er und ich kann nicht anders. Ich stelle mich auf die Zehen und lege meine Lippen auf seine. Sein Bart kitzelt an meiner Nase und ich fahre mit einem Finger über die borstigen Haare.

»Ich wüsste gerne, wie du ohne Bart aussiehst«, flüstere ich und lasse meine Zunge über seine weiche Unterlippe fahren, was ihn genüsslich zum Seufzen bringt.

»Na unwiderstehlich. Was denkst du denn?« Seine Mundwinkel wandern nach oben und ich wage es für einen Moment, die Taschenlampe auszuschalten. Ich verlasse mich auf meine Sinne. Auf den Geschmack seines Mundes, der mich immer an Whisky und Zigaretten erinnert, und den Geruch, der so eindringlich ist, dass er mir eine Gänsehaut beschert. Und zuletzt auf meine Finger, die die Wärme seiner Haut berühren und das Klopfen seines Herzens durch die offene Jacke spüren. »Die«, sagt er zwischen zwei Küssen und nimmt mir die Taschenlampe aus der Hand, »bleibt eh hier. Für das, was ich dir zeigen will, musst du die Dunkelheit akzeptieren, Honey.«

Ich höre, wie sie hinter mir auf die weichen Polster fällt, und will gerade widersprechen, da spüre ich seine Finger an meinen und schließe die Augen. Denn obwohl ich nichts von dem, was hier in den vergangenen Tagen geschehen ist, im Ansatz verarbeitet oder verstanden habe, weiß ich, er wird mich führen. Besser als es eine Taschenlampe je könnte, wird Brexen Ward mir den Weg zeigen, den ich gehen muss. Das hat er schließlich schon immer getan, ohne dass ich es wusste.

BREXEN

Schon seit ich denken kann, habe ich das Gefühl, auf Eilean Ross eine andere Welt zu betreten. Doch nie zuvor war ich so weit weg von der Realität wie an diesem Tag.

Um uns herum steht die Welt in Flammen, doch hier, im Schutz der Natur der Highlands, gibt es nur Kylee und mich. So wie wir sind. Ungefiltert. Nackt.

Es ist nicht nur der bahnbrechende Sex, den ich mit ihr erlebe. Es sind auch die Gespräche, die unsere Zeit zu etwas Außergewöhnlichem machen. Ihre Meinung hören zu können. Dabei zuzusehen, wie ihre Nase sich krauszieht, wenn ich etwas sage, bei dem sie anderer Ansicht ist. Letzte Woche dachte ich, ich kenne Kylee. Doch heute weiß ich, dass ich mich habe täuschen lassen. Ausgerechnet ich, der so sehr auf seine Sinne fixiert ist, habe mich leiten lassen von Äußerlichkeiten und dem, was meine Augen mir zeigen. Die Wahrheit ist, man kennt einen Menschen erst, wenn er die Tür zu seinem Herzen öffnet. Erst dann sieht man, wer er wirklich ist.

Und ich sehe Kylee nun. So, wie sie ist.

Ganz gleich, was morgen geschieht. Ich habe eine Entscheidung getroffen. Ich werde sie nicht fortschicken. Wir finden gemeinsam einen Weg. Erst dachte ich, sie in Sicherheit zu bringen, sei die einzige Möglichkeit. Ich habe sogar in Erwägung gezogen, sie hoch nach Broallan zu bringen. Vielleicht hätte ich die Lions überzeugen können, eine Weile auf sie aufzupassen. Doch seit sie ihre Hand in vollkommener Dunkelheit in meine gelegt hat, steht für mich fest: Ganz gleich, wohin wir gehen – wir gehen gemeinsam. Ich werde mich nicht freiwillig von ihr trennen. Dafür ist es zu spät.

»Du wirst damit leben müssen, wenn ich vor lauter Angst nass geschwitzt und mit vollen Hosen zurückkomme.«

Ihre Hand zittert leicht in meiner und doch setzt Kylee schon seit gut einer halben Stunde tapfer einen Fuß vor den anderen. Noch vor wenigen Nächten wäre das undenkbar gewesen. Sie ist viel stärker, als sie annimmt, und das will ich ihr beweisen. Außerdem ist das Wetter heute perfekt. Es ist eine sternenklare Nacht.

Hier auf der Insel gibt es keinerlei Lichtverschmutzung. Die Sterne scheinen so nah, dass man das Gefühl hat, danach greifen zu können. In manchen Nächten, wenn die Verhältnisse passen, kann man sogar Polarlichter sehen. So auch heute. Mein Grandpa sagte immer, ein echter Highlander habe es im Gefühl, wann die Nordlichter am Himmel erscheinen, und ich denke, er hatte recht. Ich kann es in den Fingerspitzen fühlen.

Schon gegen Mitternacht habe ich erkannt, dass es eine gute Nacht ist, um sie zu sehen, und so langsam werden sie immer heller.

»Vielleicht solltest du die Augen lieber wieder öffnen«, schmunzele ich. Mir war klar, dass sie sie zusammenpressen würde. Nur darum hat sie das Naturschauspiel am Horizont noch nicht entdeckt.

Wir sind zwei Meilen bis zur nördlichen Klippe gelaufen. Von hier aus sieht man die bunten Lichter über den ganzen Himmel verteilt.

»Ich denke nicht«, murmelt sie und ich bringe sie mit meiner Hand zum Stehen.

»Mach deine verfluchten Augen auf, Kylee«, lache ich und spüre, wie sie zusammenzuckt.

»Oh mein Gott«, flüstert sie und zerquetscht beinahe meine Finger.

»Ich sagte doch, die Nacht ist nicht dein Feind.«

»Brexen«, haucht sie und legt ihren Kopf in den Nacken, um die hellen Schwaden noch besser zu sehen. »Das ist wunderschön.« In türkisen Fäden ziehen sich die Lichter über das Meer und lassen die schwarze Wasseroberfläche leuchten. Weiter oben verläuft die Farbe in Lila und Pink und zaubert bunte Töne in den Himmel.

»Nicht wahr? Die Menschen denken immer, man muss bis in die Arktis fahren, um Nordlichter zu sehen. Dabei lassen sie sich auch hier blicken, wenn es dunkel genug und die Luft nicht verpestet ist.«

Kylee stellt sich vor mich an den Rand der Klippen und lässt ihren Rücken gegen meine Brust sinken. »Ich hab dir doch gesagt, die Dunkelheit hat auch ihre guten Seiten.«

»Und du hattest verdammt recht«, murmelt sie und ich muss lächeln, weil mir klar ist, wie viel Überwindung sie es kostet, mir recht zu geben. Gemeinsam blicken wir in den Himmel und genießen die vollkommene Ruhe.

»Denkst du«, fragt sie nach einer Zeit, in der nur die

Wellen für uns gesprochen haben, »man hat eine Chance auf ein zweites Leben, wenn man mit dem ersten nicht klargekommen ist?«

»Das hoffe ich«, flüstere ich und schlinge meine Arme um ihren Oberkörper. Ihre Haare wehen im Wind und geben der Natur etwas von ihrem berauschenden Duft ab.

Ja, ich hoffe es. Denn sonst ist mein Leben nichts mehr wert.

»Was sind das dort für Lichter? Ist das das Festland?« Neugierig reckt sie das Kinn Richtung Westen.

Einen Augenblick stehen wir wie angewurzelt da und starren stocksteif auf den Horizont. Mir ist mit jeder Faser meines Körpers bewusst, was gerade geschieht.

Das hier.

Das ist das Ende.

Unser Ende.

Ich habe zu lange gewartet.

So sehr ich mir wünsche, ich könnte es hier gänzlich enden lassen. Mit unserem persönlichen Happy End, denn die Geschichte ist noch nicht vorbei.

»Boote«, stoße ich zwischen zusammengebissenen Zähnen hervor und fasse ihre Hand. »Verfluchte Boote! Wir müssen weg. Komm!«, fordere ich und zerre Kylee, ohne noch länger zu zögern, hinter mir her. Schon nach wenigen Schritten beginne ich zu rennen. Meine Hand dabei fest um ihre, so dass ihr nichts bleibt, außer es mir gleichzutun.

»Was bedeutet das?«, kreischt sie und ich spüre die Panik in ihrer Stimme.

»Ich hätte es wissen müssen. Los!«, sporne ich sie an, schneller zu laufen.

»Aber sie sind doch noch weit weg, oder nicht?«, keucht sie und ich bin sicher, die Dunkelheit, durch die wir rennen, ist ihr gerade scheißegal. Immer wieder stolpert sie über Steine oder ihre eigenen Füße, doch ich ziehe sie hoch und zerre sie weiter hinter mir her.

»Sie bewegen sich schnell. Ich kann das in der Nacht schlecht schätzen. Aber uns bleibt nicht viel Zeit.«

»Wo rennen wir hin?«

Ich löse mich von ihrer Hand und fasse sie am Oberarm, um sie besser über das unebene Gelände zu dirigieren.

»Wir müssen zum Haus. Ich brauche Waffen.«

»Sind das die Callens?«, jammert sie und mir wird trotz unseren Tempos eiskalt bei ihrer erbärmlich klingenden Stimme.

»Wenn sie es sind, kommen sie sicher nicht, um die Sterne anzusehen.«

Gut möglich, dass Isaac irgendwie spitzgekriegt hat, dass Kylee lebt. Aber ob er deswegen direkt mit gesammelter Mannschaft aufläuft? Ob er selbst der Informant ist und mich gelinkt hat? So oder so, ich muss Kylee schnellstmöglich wegbringen.

So schnell es ihre Schritte zulassen, laufen wir über die Wiesen, die von hinten an das Grundstück reichen. Da wir dabei permanent an den Klippen entlangrennen, erkenne ich, wie die kleinen rot blinkenden Lichter immer deutlicher am westlichen Horizont zu sehen sind.

»Sie kommen schnell näher, oder?«, wimmert sie und krallt sich an meinem Arm fest. »Was machen wir jetzt? Können wir nicht einfach abhauen?«

»Wir brauchen Waffen. Dann versuchen wir, uns unbemerkt bis zum Südzipfel an ihnen vorbeizuschleichen. Da steht mein Boot.«

»Das kann klappen, oder?«, hakt sie panisch nach und ich bringe es nicht übers Herz, ihr die Wahrheit zu sagen.

»Das wird es«, lüge ich und drücke sie beim Rennen dicht an meine Seite. »Das wird es«, wiederhole ich und werfe einen Blick auf die nahenden Schnellboote. Sie werden vermutlich die Insel betreten, noch ehe wir das Haus erreicht haben. Aber ohne Waffen oder den Schlüssel zum Boot haben wir keine Chance.

Die Polarlichter tauchen die gesamte Insel in warme Farben und ich könnte kotzen. Ausgerechnet heute könnten wir die dunkelste Nacht, die Eilean Ross je präsentiert hat, gebrauchen. Das Haus ist bereits von Weitem zu erkennen und ich beschleunige noch einmal das Tempo.

»Ich kann nicht mehr«, jammert Kylee neben mir und ich kann es ihr nicht verdenken. Sie muss zwei Schritte setzen, wo ich einen mache, und wir sprinten so schnell es geht durch die eiskalte Nacht.

»Wir haben es gleich geschafft«, ermutige ich sie. Inzwischen kann man deutlich erkennen, dass es drei Boote sind, die – inzwischen dicht vor der Küste – ihre Geschwindigkeit drosseln.

Auch wir werden langsamer. Ich springe über die Grundstücksmauer und reiche Kylee eine Hand, damit sie ebenfalls darüberklettern kann.

»Warte hier«, befehle ich, während wir die Haustür durchqueren und ich im Hausflur meine Hand von ihrer löse.

»Geh nicht«, heult sie, doch darauf kann ich jetzt keine Rücksicht nehmen. So schnell ich kann, hechte ich die Treppe hinauf und zähle im Korridor die Schritte. Nach fünf stoppe ich und lasse mich auf die Knie sinken. Blind finde ich die lose Diele im Boden und hebe sie an. Darunter befinden sich zwei Langwaffen und eine Pistole mit Schalldämpfer, nach der ich greife. Alles andere würde zu viel Aufsehen erregen. Meine Hand tastet sich durch zarte Spinnweben, ehe sie die geladenen Magazine findet.

»Brexen«, flüstert Kylee und ich halte inne. Ich höre es auch. Schritte im Schotter vor dem Haus.

»Sch«, flüstere ich und bete, dass sie still bleibt. Bevor ich wieder zu ihr herunter kann, muss ich den Schlüssel aus der Küche holen. Ohne ein Geräusch zu verursachen, schleiche ich über den Holzboden. Genau bedacht darauf, wohin ich trete. Ich schnappe mir meinen Notfallrucksack mit Verbandszeug, den Schlüsseln, meinem iPad und allem, was ich für eine Flucht brauche. Die Schritte vor dem Haus sind verklungen, was in der Regel kein gutes Zeichen ist.

So leise wie möglich steige ich die Treppe hinunter und suche mit den Fingern nach Kylee.

Das Haus ist hier unten durch die wenigen Fenster stockfinster. Der Begriff Totenstille findet seinen Ursprung gewiss in Situationen wie diesen. Doch ich bin darauf trainiert. Ich schaffe es, meinen Puls und meine Atmung unter Kontrolle zu bringen. Alle Systeme so herunterzufahren, dass niemand mich anhand meines Atems oder eines viel zu schnell schlagenden Herzens ertappen könnte.

Kylee hingegen ist auch ohne unseren Besuch panisch, sobald es Nacht wird, und so dauert es nicht lange, ehe ich sie unter der Treppe hastig atmen höre.

Die Waffe im Anschlag, bin ich schon so gut wie bei ihr, als hinter mir die Haustür aufgestoßen wird. Ohne zu zögern drücke ich ab. Mit jeder Faser meines Körpers ist mir bewusst, dass es Isaac sein könnte, auf den ich schieße, doch ich habe keine Wahl. Wenn Kylee zu retten dieses Opfer erfordert, bin ich bereit, es zu bringen. Und immerhin wäre er es, der mich in meinem Haus angreift. Im kurz aufflackernden Feuer des Abzugs sehe ich den Eindringling nur schemenhaft und doch bin ich sicher, es war nicht Isaac. Anschließend hört man einen Körper dumpf aufschlagen.

Kylee keucht auf und ehe sie panisch schreien kann, bin ich bei ihr und lege ihr meine Hand auf den Mund.

»Sch«, flüstere ich in ihr Ohr und lasse meine Finger langsam sinken, nachdem sie aufgehört hat zu zappeln. Mit einer Hand schiebe ich sie hinter mich und wir machen uns gemeinsam auf den Weg zur Haustür. Ihre Finger krallen sich durch meine Jacke in meinen Arm und sie schnappt nach Luft. Wir müssen über die verfluchte Leiche klettern. Ich strecke kurz den Kopf zur Tür heraus, um die Lage zu checken. Höchstwahrscheinlich sind die anderen jeden Augenblick hier. Der Kerl ist ganz sicher nicht allein gekommen. Jetzt zählt jede Minute.

Ohne zu zögern greife ich den Leichnam und zerre ihn unter das Vordach bis hinter die Holzvorräte. Wenn sie ihn sofort bemerken, ist ihnen klar, dass ich nicht weit sein kann. Ich muss uns so viel Zeit verschaffen wie möglich.

So schnell ich kann, hechte ich zurück und nehme Kylees Hand in meine. Ich deute ihr, mir zu folgen, auch wenn sie es nicht sehen kann.

Wir können nicht über die Vorderseite des Hauses fliehen, denn der Kies würde uns verraten, und bereits jetzt scheinen von dort die Lichter der Taschenlampen über das Grundstück. Wir haben keine Zeit mehr. Darum biegen wir rechts unter das alte marode Vordach ab, durch das wir auf die hinteren Wiesen schlüpfen können. Zwar bewegen wir uns so in die falsche Richtung, aber momentan ist das unsere einzige Chance.

Noch nicht ganz um die Hausecke, höre ich ein kurzes Fluchen und wir halten inne.

»I«, flüstert eine Stimme und das Rauschen eines Funkgerätes ertönt. »Ich kann Brian nirgends finden. Ich gehe rein.«

Mir wird kotzübel. Alle seine Leute nennen Isaac schlicht I. Er ist es also wirklich. Wagt es hierherzukommen und mich anzugreifen. Brian war einer seiner engsten Männer. Fuck. Wenn er herausfindet, dass ich sein Mörder bin, landet die nächste Kugel in meinem Herz.

»Warte lieber«, höre ich Isaacs Stimme durch das Funkgerät. »Wir sind sofort da. Ich postiere zwei Männer am Strand. Wir müssen ihn erwischen.«

Ich kann seine Antwort darauf nicht hören, weil er bereits gegen die Anweisung seines Chefs im Haus ist und ich Kylee gleichzeitig in das abschüssige Gelände der Klippen führe.

Die Polarlichter werfen viel zu viel Licht auf die offenen Wiesen. Verstecken ist der erste Impuls, wenn man bedroht wird. Verstecken und einen Plan entwickeln. Denn um zum Boot zu gelangen, müssen wir irgendwie an den Männern vorbei. Kylee rutscht mit einem Fuß ab und einzelne Steine poltern die Klippen hinunter. Sofort werden Scheinwerfer in diese Richtung geworfen und man kann Schüsse blind in die Klippen schlagen hören.

»Scheiße«, keuche ich leise und schotte Kylee mit meinem Körper vor den Schüssen ab. Währenddessen suche ich in meinem Kopf fieberhaft nach einem Plan. Ich bin für Situationen wie diese trainiert. Mein Kopf funktioniert selbst im Kugelhagel. Die Scheinwerfer finden uns nicht, aber die Kugeln fliegen uns um die Ohren und knallen gegen die Felsen.

»Sch«, flüstere ich erneut und halte Kylee an mich gedrückt, weil sie winselt. »Dir passiert nichts.« Ihren Körper so nah an meinem zu spüren und ihr die Worte beruhigend ins Ohr zu flüstern, erinnert mich daran, worum es hier eigentlich geht. Es geht weder um mich noch um die Seite, für die ich kämpfe. Ich muss mich nicht entscheiden, wer ich sein will. Alles, was ich tun muss, ist, sie zu beschützen. Denn es ist genau, wie ich es ihr gesagt habe – das ist alles, wofür ich noch lebe. Das war eine der wenigen Wahrheiten, die ich ihr offenbart habe.

Und plötzlich weiß ich ganz genau, was ich tun muss ...

KYLEE

Angst. Alles, was ich fühlen kann, ist Angst. Nicht solche, die ich kannte. Bis heute Abend hätte ich schwören können, ich bin Experte in Bezug auf Panik, doch ich wurde mal wieder eines Besseren belehrt. Nie zuvor habe ich solche Todesangst verspürt wie in diesem Moment.

»Was tun wir?«, flüstere ich, weil Brexen mich immer weiter vom Boot wegführt. Er hat gesagt, es steht an der Südspitze der Insel. Dort, woher auch die Männer kommen, die nicht müde werden, blind auf uns zu schießen.

Wir hängen beinahe senkrecht in den Felsen und versuchen unbemerkt davonzuklettern. Wir entfernen uns immer weiter von den Männern. Noch bis vor wenigen Sekunden sind uns die Kugeln wortwörtlich um die Ohren geflogen. Mein Herz schlägt so schnell, dass ich kaum atmen kann. Mir ist schlecht und ich schwitze.

»Dich in Sicherheit bringen«, flüstert er ebenfalls und ich bin froh, seine Stimme zu hören. Seit wir vorhin das Haus erreicht haben, wirkt er wie auf Autopilot. Er führt mich durch die Nacht und hat ohne zu zögern einen der

Männer erschossen. Der Schuss hallt noch immer in meinem Kopf, obwohl er nicht laut war, und das Geräusch des zu Boden sinkenden Körpers werde ich nie wieder vergessen.

»Wo gehen wir hin?«, frage ich vorsichtig. Die Stimmen der Männer mit ihren Funkgeräten werden immer leiser und auch der Kugelhagel hat abgenommen. Doch mein Körper will sich einfach nicht im Ansatz beruhigen. Es ist zu dunkel. Die Dunkelheit zusammen mit dem Geräusch der Schüsse. Ich weiß nicht, ob ich es mir einrede, aber ich werde das Gefühl nicht los, in einem grauenvollen Déjà-vu festzustecken. Ich kenne diese Kombination und ich ersticke fast daran.

»Du musst mir jetzt vertrauen, Kylee. Anders kommst du nicht lebend hier weg. Okay?«

Ich drücke seine Hand, die alles ist, was mich hält, noch fester.

»Okay«, hauche ich und schließe die Augen. Versuche, mir sein Gesicht vorzustellen, während wir weiter und weiter blind über die Steine steigen. Doch es funktioniert nicht. Alles, was ich sehe, wenn ich die Augen schließe, ist Blut. Viel Blut. Ich kann nicht unterscheiden, ob es Fantasien oder Erinnerungen sind, die mir die Kehle zuschnüren. Brexens Blick taucht vor meinem inneren Auge auf, doch auch dort ist so viel Blut, dass ich meine Lider lieber zügig wieder öffne. Ganz gleich, woher diese Bilder kommen, ich bin gerade nicht bereit dafür. Noch nicht.

Stattdessen versuche ich, mich auf die Nordlichter zu konzentrieren, die stetig blasser werden. Beinahe als zögen sie sich vor der Grausamkeit zurück, die hier gerade geschieht.

Nach einer quälenden Ewigkeit kann ich die Scheinwerfer in der Ferne kaum noch sehen und bin froh, als ich wieder weicheren Boden unter den Füßen habe. Es ist Sand. Wir sind hinunter zum Strand gelangt. Ich höre die Wellen brechen und erkenne im letzten Licht der Polarlichter den Horizont.

Brexen stoppt mich mit seiner Hand und ich bleibe stehen. Stütze die Hände auf die Knie und atme tief durch.

»Hier«, sagt er und ich richte mich auf. »Halt die kurz.« Ich kann das kalte Metall seiner Waffe an meinen Fingern spüren und hätte sie beinahe fallen gelassen. Doch ein Licht hält mich davon ab.

»Sehen sie das nicht?«, flüstere ich und schirme mit der Hand die Helligkeit ab, weil er mit einer Taschenlampe direkt in mein Gesicht leuchtet.

»Bist du okay?«, fragt er, ohne auf meine Frage einzugehen.

»Ja. Mir fehlt nichts.«

Seine Stimme klingt abgehackt und mir fällt im Licht der Taschenlampe auf, dass er krumm steht.

»Was ist mit dir?«, kreische ich, drossele jedoch sofort meine Stimme. Dabei reiße ich ihm die Lampe aus der Hand und leuchte seinen Körper ab.

»Nur ein Kratzer«, knurrt er und legt sich die Hand kurz auf den Oberarm.

»Oh mein Gott!« Seine Handfläche, auf die ich anschließend den Lichtkegel richte, ist blutverschmiert.

»Das ist nicht schlimm. Alles ist okay, Honey«, besänftigt er mich und nimmt mir die Waffe ab. Er steckt sie hinten in den Hosenbund und greift anschließend nach der Taschenlampe.

»Wir müssen das verbinden.« Doch ich habe keine Chance, etwas zu tun, da Brexen mich an der Hand fasst und mich ein Stück weiter den Strand entlang zu höheren Felsen zieht. Dabei leuchtet er die hohen Steine ab, bis er an einem Punkt hängen bleibt.

»Das könnte gehen«, knurrt er und zieht mich einfach hinter sich her, bis wir im Schutz des Felsens stehen bleiben und er seinen Rucksack in den Sand wirft.

»Brexen«, halte ich ihn am gesunden Arm zurück. Er ist so geschäftig dabei, in seinem Gepäck zu wühlen, dass er mich erst nicht beachtet. »Brexen«, wiederhole ich mit etwas Nachdruck und er hält inne.

Ich kann spüren, wie seine Atmung immer schneller wird. Ob das von der Verletzung kommt? Oder von dem absackenden Adrenalin? Ich habe keine Ahnung. Mein eigener Körper will sich kaum noch auf den Beinen halten, und das ohne dass ich angeschossen wurde.

»Wir müssen uns deine Verletzung ansehen.«

Er schaltet die Taschenlampe aus und erst, als ich seinen Körper an meinem spüre, merke ich, dass er sich aufgerichtet hat.

»Komm mal her«, seufzt er und zieht mich fest in seine Arme. Dabei legt sich die Hand seines verletzten Armes um meine Taille, die andere drückt meinen Kopf an seine Brust.

»Weißt du was?«, flüstere ich gegen den Stoff seiner Jacke. Das Meer verschluckt beinahe meine Stimme. »Zum ersten Mal in meinem Leben ist die Dunkelheit nicht mein größtes Problem.«

Die Hand an meinem Kopf drückt mich noch fester an sich und seine Finger streifen durch mein Haar.

»Kylee«, seufzt er und verhindert, dass ich mich von

ihm lösen kann. Irgendwas an seinem Tonfall gefällt mir nicht. All seine Klangfarben sind wundervoll, doch diese lässt alle Alarmsignale in meinem Kopf schrillen. »Ich möchte dir so viel sagen. Aber wir haben keine Zeit.«

»Zeit wofür?«, frage ich und komme mir vor wie eine Idiotin. Ich habe das Gefühl, ich erkenne schon wieder nicht, was gerade vor sich geht.

»Für die Zukunft«, antwortet er und mir wird immer übler.

»Brexen«, will ich widersprechen, doch da fühle ich bereits einen feinen Stich an meinem Hals. »Was?«, frage ich und will die Stelle mit meiner Hand abtasten, als ich spüre, wie mir schwindelig wird.

»Ich hab mich entschieden, Honey«, flüstert er und lässt mich langsam in den Sand sinken. Behutsam legt er meinen Kopf ab. Ich kann ihn nicht sehen und auch seine Worte kommen nur durch Nebel bei mir an. Ich spüre, wie er seine Jacke über mich legt und seine Finger meine Wange streicheln. Ich will mich dagegen wehren, doch mein Körper gehorcht mir nicht länger.

Die Sterne. Die Sterne sind alles, was ich noch sehe. Am liebsten möchte ich meine Hand danach ausstrecken. »Vergiss das niemals«, sagt Brexen und ich versuche, mich wieder auf ihn zu konzentrieren.

»Was?«, bringe ich gerade noch so über die Lippen.

»Dass ich dich liebe«, flüstert er. Dann wird es kalt und finster.

KYLEE

08.09.2020

Helligkeit. Das Erste, das ich sehe, ist grelles Licht, das mich blinzeln lässt, sobald ich die Augen öffnen will. Ich gebe dem Drang nach, sie geschlossen zu halten. Konzentriere mich stattdessen auf seine Hand, die mich hält. Die Finger, die warm und weich über meine Haut streicheln und ... sich viel zu glatt und schlank anfühlen. Sofort fahre ich hoch und schlage die Augen auf.

»Ganz ruhig, Kyles«, sagt er, doch ich zerre an den Kabeln, die an meinen Armen hängen, und zappele mit den Beinen unter den strahlend weißen Laken.

»Das kann nicht sein«, kreische ich und Aiden drückt auf einen roten Knopf, der vor meinem Bett baumelt. Ich fuchtele wild herum, in der Hoffnung, noch einmal aufzuwachen. Das hier kann und darf nicht real sein. Ich bin noch nicht so weit. Es darf nicht vorbei sein.

»Du musst dich beruhigen, Darling. Es ist vorbei. Niemand kann dir mehr etwas tun.«

Panisch sehe ich mich um. Durchsuche das sterile Krankenhauszimmer nach einem Hinweis auf den Mann, den ich sehen muss. Doch es gibt keinen. Hier sind nur ich und Aiden, der mich ansieht, als sei ich wahnsinnig geworden. Es könnte gut sein, dass er recht behält mit dieser Vermutung.

Blut tropft aus meiner Ellenbeuge, aus der ich die Infusion gezogen habe, und ich lasse mich langsam wieder in die Kissen sinken. Mein Kopf ist schwer wie Blei und jeder Muskel tut weh.

»Es ist vorbei?«, wiederhole ich seine Worte. Dann kommen gleichzeitig mit zwei hektischen Krankenschwestern die Tränen. »Es ist vorbei«, flüstere ich immer und immer wieder und sehe dabei meinem Verlobten in die Augen. Sie sind braun. Warm und ruhig. Kein tosender Sturm ist darin zu finden.

»Alles wird gut«, flüstert er und beinahe hätte ich laut aufgelacht, während die Schwestern mir hektisch die Infusion zurück in die Vene schieben. Ich spüre den Schmerz nicht. Ich spüre kaum etwas, außer dass mein Herz sich verkrampft und ich befürchte, es bleibt jeden Augenblick stehen. Wäre das so schlecht? Dann würde wenigstens dieses Gefühl verschwinden, das ich keine Sekunde länger ertrage. Ich bringe kein Wort heraus. Kann nicht schlucken. Das Einzige, das mein Körper zustande bringt, ist, mein Herz kontinuierlich weiterschlagen, meine Lunge sich mit Luft füllen und die Tränen meine Wangen benetzen zu lassen.

»Sie ist jetzt wach«, höre ich wie durch Nebel eine Schwester sagen, die auf den Flur tritt, während ich in

Aidens Augen nach einer Antwort auf all meine Fragen suche. Doch da ist nichts. Sie sind leer. So leer wie meine Seele.

»Kind!« Die Stimme meines Vaters lässt mich herumfahren und mit einem Mal erwischt mich eine Welle blanker Wut. Meine Atmung wird immer schneller, was das Gerät hinter mir hektisch zum Piepsen bringt.

»Miss«, versucht eine der Schwestern mich zu beruhigen. Sie und Aiden stehen jeweils auf einer Seite meines Bettes. Ihre Hand legt sich auf meinen Oberarm, der nur in einem knappen OP-Hemd steckt, und ich raste endgültig aus.

»Fass mich nicht an«, brülle ich sie an und winde mich aus ihrer Berührung. Aiden gibt auf der anderen Seite automatisch meine andere Hand frei und ich hätte beinahe laut geschnaubt. Feigling!

Inzwischen sind meine Eltern beide im Raum und meine Mum, die streng genommen nicht meine Mutter ist, schlägt sich die Hand vor den Mund. Ihr enger Rock reicht wie immer bis exakt zur Hälfte der Wade und die Bluse hat nicht eine einzige Falte. Sie sieht älter aus als noch vor wenigen Tagen. Auch wenn ihre Haare, die grundsätzlich in einem strengen Dutt liegen, schon vorher grau waren. Ihre Augen sehen alt aus. Tiefe Falten ziehen sich drumherum und dunkle Schatten liegen darunter.

»Kylee«, murmelt mein Vater und tritt einen Schritt näher an mein Bett.

»Nein!«, schreie ich und heule dabei. Spucke fliegt aus meinem Mund und meine Stimme kratzt bei jedem Ton, aber es ist mir scheißegal. »Fasst mich nicht an! Alle! Verschwindet hier! Ich will euch nie wiedersehen!«, schreie ich und mit einer Hand fege ich alles von dem dämlichen Nachttisch, der neben mir steht. Rosen fliegen durch die Luft und eine Vase zerspringt klirrend in tausend Teile.

»Kylee«, versucht auch Aiden es noch einmal, aber ich will weder meinen Namen aus ihren Mündern hören noch kann ich sie auch nur eine Minute länger ertragen.

»Raus hier!«, schluchze ich und bin der Krankenschwester mit den raspelkurzen Haaren, die meine Eltern und Aiden mit sanfter Stimme bittet zu gehen, von Herzen dankbar.

Ohne einem von ihnen nochmal ins Gesicht zu sehen, rolle ich mich auf die Seite und ziehe die Decke über meinen Kopf. Ich will zurück. Zurück zu ihm. Zurück in die Dunkelheit.

»Erschrecken Sie nicht«, haucht eine warme weiche Stimme und ich drehe mich zu ihr herum. Ich weiß nicht, wie lange ich schon in diesem Bett liege und weine. Zeit und Raum spielen keine Rolle mehr. »Ich wollte das nur wegmachen«, erklärt die freundliche Schwester von vorhin und beugt sich mit einem Handfeger auf den gelben Linoleumboden. Dabei rutschen die Ärmel ihres Kittels hoch und die Tattoos an ihrem Oberarm rammen mir das Messer endgültig ins Herz.

»Tut mir leid«, bringe ich mit kratziger Stimme hervor. »Ich wollte das nicht.«

Denn das ist die Wahrheit. Ich weiß nicht, was in mich gefahren ist. Und ganz gleich, wie lange ich darüber nachdenke, an was ich mich zuletzt erinnere, es will mir einfach nicht einfallen. Wie zur Hölle bin ich hier gelandet? Was ist passiert? Und wo zum Teufel ist Brexen?

»Keine Sorge.« Sie richtet sich auf und lässt die Scherben in einen Abfalleimer fallen. »Alle verstehen, dass Sie durcheinander sind.«

»Ja?«, frage ich und lasse die Decke noch weiter sinken. »Wie bin ich hergekommen?«, frage ich und langsam kriecht mein Verstand aus seinem Dämmerzustand.

»Sie wurden mit dem Hubschrauber hergeflogen. Mehr kann ich Ihnen auch nicht sagen.«

»Wo ...?« Ich recke meinen Hals und sehe mich um. »Wo sind meine Sachen?«

Die Frau, die sicher noch jünger ist als ich, stellt die Kehrschaufel unter das Waschbecken und schreitet in schnellem Schwesternschritt auf den Schrank zu. »Wir wurden angewiesen, alles in eine Tüte zu tun, wegen der Bewei...« Sie hält inne und schließt die Tür ein Stück, um mich anzusehen. »Wir haben alles gesichert, Miss«, sagt sie stattdessen.

»Kann ich die Sachen haben?« Wir blicken uns an und ich schicke ein »Bitte. Nur den Pullover« hinterher.

Ihr Blick wandert zwischen mir und dem Schrank hin und her, bis sie schließlich tief seufzt.

»Den roten?«, fragt sie und ich höre das Rascheln von Kunststoff.

»Ja«, bringe ich hervor und neue Tränen fließen über meine Wange. »Der rote.«

Ihr Gesicht wird weich, während sie kurze Zeit später den Stoff in meine Hände legt und Schluchzer sich ungeniert aus meiner Kehle schleichen.

»Hey, Süße«, singt sie schon fast und vermeidet es, mich anzufassen. »Ganz gleich, was passiert ist. Sie sind stärker als das.« Und damit lässt sie mich allein. Allein mit meinen Gedanken, allein mit dem Geruch aus einer anderen Welt. Allein mit meinen Erinnerungen.

Sie prasseln auf mich ein und zerstören mich von innen heraus. Ich stecke die Nase so tief ich kann in den weichen Stoff ... und kann ihn sehen. Sehe sein schiefes Lächeln, den kratzigen Bart und die funkelnden Augen, die mich angesehen haben wie nie etwas zuvor. Als sei ich kostbar. So kostbar wie nichts anderes auf dieser Welt.

»Wo bist du?«, frage ich in den Stoff hinein. »Du hast gesagt, du beschützt mich. Aber wo bist du jetzt?«, weine ich und klammere mich an den Pullover. So viele Fragen schwirren in meinem Kopf herum. Was ist passiert? Warum hat er mich zurückgelassen? Wer hat mich hergebracht? Wo bist du, Brexen?

Ich streife das Krankenhaushemd von meinen Schultern und will gerade die Arme in die Ärmel schieben, als etwas auf der Matratze landet. Es ist mein Notizbuch. Der goldene Einband ist dreckig. Ich nehme es in die Hand und lasse es sofort wieder fallen, weil mir bewusst wird, was es ist, das das goldene Deckblatt beschmutzt. Es ist Blut. Getrocknetes, altes Blut.

Erinnerungen von Brexens blutverschmierten Händen kehren zurück. Er war verletzt. Ist er tot? Während ich in die Ärmel des Hoodies schlüpfe, schließe ich die Augen, um die stärker werdende Übelkeit zu verbannen.

Direkt beim ersten Augenaufschlag sticht mir mein kleines Büchlein wieder ins Auge und ich nehme es erneut in die Hände. Die Fotos liegen nach wie vor alle auf der ersten Seite. Gefaltet und ... wertlos. Ich blättere weiter. Verbiete mir, meine eigenen Notizen aus den vergangenen Tagen zu lesen. Bis ich die letzte Seite umblättere und … erstarre.

Es ist nicht meine Handschrift, die mich von dem schneeweißen Papier anstrahlt. Es ist seine.

Vergiss es nicht!

Meine Finger fahren über die sorgsam geschwungenen Buchstaben und das Ausrufezeichen, das er dahinter gemalt hat.

»Was soll ich nicht vergessen?«, frage ich mich selbst und suche nach einer Erinnerung, die ich einfach nicht finden kann. Hat Brexen das überhaupt geschrieben? Ist es eine Drohung?

Es klopft zaghaft an der Tür und ehe sie geöffnet wird, schiebe ich das kleine Buch unter mein Kopfkissen, ohne darin eine Antwort auf meine Frage gefunden zu haben.

»Guten Tag.« Eine kleine rundliche Frau mit Pagenschnitt und freundlichen Augen steckt den Kopf zur Tür herein. »Darf ich Sie kurz sprechen?«

Sie trägt einen Arztkittel und ich nicke knapp, in der Hoffnung, sie habe zumindest auf die leichten Fragen eine Antwort.

»Wie fühlen Sie sich?«, fragt sie und nimmt sich einen der Stühle, die für Besucher an einem kleinen eckigen Tisch stehen. Sie sind aus altem Holz und die hässlich bunten Sitzflächen sehen abgenutzt aus.

»Bin ich eigentlich im St. Thomas?«

Noch habe ich nicht aus dem Fenster gesehen. Ich bin viel zu sehr mit den Dingen beschäftigt, die in meinem Kopf stattfinden. Da ist noch kein Platz für die Welt da draußen. Doch jetzt, da die kleine Ärztin im weißen Kittel vor mir sitzt, frage ich mich, wo ich eigentlich gelandet bin.

»Genau. Sie wurden gestern Abend mit dem Helikopter eingewiesen. Mein Name ist Dr. Roberts. Ich bin die leitende Traumatherapeutin hier im Haus.«

Unsere Blicke treffen sich und ich schlucke. Fast als hätte ich Angst, dass mein Mund Dinge preisgibt, die ich nicht verraten will. Denn ich will mit keinem Menschen über das sprechen, was passiert ist.

»Keine Sorge«, sagt sie und ich möchte am liebsten die Augen schließen, so weich legt sich ihre Stimme auf meine Nerven. »Wir müssen nicht über die Geschehnisse reden, wenn Sie nicht wollen. Das hat Zeit.«

Ich schlucke ein weiteres Mal. Ich fürchte, mich jeden Augenblick übergeben zu müssen. *Wir haben keine Zeit für die Zukunft.* Daran erinnere mich. Ich höre Brexens Stimme. Seinen tiefen Bass. Die dunklen Klänge seines Tonfalls, der mir allein bei dem Gedanken daran einen Schauer über den Rücken fahren lässt.

Jetzt schließe ich tatsächlich die Augen. Doch die Tränen bahnen sich auch so einen Weg.

»Sie waren unterkühlt, aber ansonsten fehlt Ihnen physisch nichts. Natürlich schaffen solche Ereignisse enorme psychische Traumata. Es wird eine Zeit lang dauern, ehe wir sie gemeinsam angehen können. Vorerst geht es darum, dass Sie wieder ankommen und wir Sie stabilisieren. Ihre Familie möchte Sie gerne sehen. Alle haben sich große Sorgen gemacht. Das wäre ein erster Schritt, wenn Sie so weit sind.«

Ich möchte sie anschreien. Ihr an den Kopf werfen, dass meine Familie vielleicht nicht einmal meine richtige Familie ist. Und ich ganz andere Traumen zu bewältigen habe, als sie denkt. Doch ich lasse es. Stattdessen hebe ich die Lider, wische mir mit den weichen Ärmeln meines Hoodies die Tränen von den Wangen und straffe die Schultern.

»Hinzu kommt, dass eine Agentin mit Ihnen reden möchte. Sie wartet vor der Tür, seit Sie hergekommen sind, und ich fürchte, ich kann sie nicht mehr lange davon abhalten, Ihr Zimmer zu stürmen.«

»Was für eine Agentin?«, frage ich und setze mich auf. In all meinem emotionalen Chaos habe ich einen Gedanken gekonnt auf die Seite geschoben: Was ist mit den Callens? Immerhin bin ich in London. Lebend.

»Agent Brown.« Sie schiebt ihre speckige Hand in ihre Kitteltasche und hält mir anschließend eine Visitenkarte hin. »Sie kommt von der OCA-L. Die OCA hat Sie hergebracht.«

»Was ist das?«, frage ich und drehe die Karte herum. Susan Brown. Organized Crime Agency London.

»Die OCA ist eine Spezialeinheit, die sich mit organisiertem Verbrechen beschäftigt. Ihre Entführung fällt aus Gründen, die mir nicht bekannt sind, in deren Einsatzbereich.«

»Das klingt wie FBI«, schnaube ich und lege die Karte auf meine Bettdecke.

»Ja«, lacht die Therapeutin, deren Namen ich schon

wieder vergessen habe. »Da haben Sie recht. Jedenfalls wurde uns untersagt, mit Ihnen über die genauen Umstände der vergangenen Tage zu sprechen. Zumindest nicht ohne Beisein von Agent Brown.«

Ich kann nicht erklären, warum, aber ich werde wütend. Diese Agentin weckt einen unbändigen Zorn in mir, ohne dass ich sie überhaupt gesehen habe.

»Na dann, bitten wir sie doch dazu«, zische ich und setze mich aufrechter hin. Die Schwester hatte recht. Ich bin so viel stärker als das hier.

»Sind Sie sicher?«

Der mitleidige Gesichtsausdruck der kleinen Frau geht mir auf die Nerven und mit einem Mal bin ich auch auf sie sauer. Eigentlich hasse ich gerade die ganze Welt.

Ich hasse meine Eltern, weil sie mich belogen haben. Ich hasse Aiden, weil er mich nie wahrgenommen hat, wie ich wirklich bin, und ich hasse mich, weil ich es zugelassen habe. Ich hasse diese Agency, weil sie irgendetwas von mir wissen will, und ich hasse Callen, weil er meine Eltern getötet hat und hinter mir her ist. Aber scheiße! Scheiße nochmal. Am meisten hasse ich in diesem Augenblick Brexen. Weil er nicht hier ist, um mich zu beschützen. Weil er mich nach allem, was zwischen uns war, hiermit allein lässt.

»Bringen wir es hinter uns«, meckere ich und beobachte die Therapeutin, die im Grunde genommen sehr nett zu mir war. Ihr Hintern schwingt zur Tür, wo sie lediglich den Kopf herausstreckt und anschließend mit einem entschuldigenden Blick wieder eintritt.

Hinter ihr taucht dann unmittelbar diese Agent Brown auf. Sie ist groß. Viel größer als ich und sie trägt zusätzlich noch High Heels, was ihre Beine endlos wirken lässt.

Eine Mappe unter den Arm geklemmt, die Lippen fest zusammengepresst, kommt sie an mein Bett und reicht mir die Hand.

»Agent Brown. Hi, Miss Hawthorn. Schön, Sie gesund und munter zu sehen.«

Sie redet so schnell, dass mir schwindelig wird. Ich ergreife zögerlich ihre Hand und bereue es sofort, weil sie diese viel zu fest und wild schüttelt. Ihr blonder glatter Pferdeschwanz wippt bei jeder ihrer Bewegungen.

»Munter sei dahingestellt«, murmele ich und rutsche tiefer in mein Bett.

»Es ist so«, kommt sie direkt zur Sache und setzt sich auf den Stuhl der Therapeutin. Diese steht, die Arme vor der Brust verschränkt, im Hintergrund und schüttelt den Kopf. »Wir müssen darüber reden, was geschehen ist. Ich verstehe, dass Sie durcheinander sind, und ich will Ihnen auch gerne noch etwas Zeit geben, über alles nachzudenken. Doch am besten spricht man über die Dinge, solange sie noch frisch sind.« Ihr Blick zuckt kurz zu der Therapeutin und sie drosselt ihre Stimme. »Uns ist bewusst, dass die Familie Callen dafür verantwortlich ist, dass Sie auf dieser Insel festgehalten wurden.«

Es von ihr zu hören, ist wie ein Hammer, der meinen Schädel zertrümmert. Daher zucke ich dementsprechend zusammen.

»Bitte«, fleht die Therapeutin. »Miss Hawthorn ist eben erst wach geworden. Sie war stark sediert und unterkühlt.«

Mit fast schon gefletschten Zähnen dreht Agent

Brown sich zu der Therapeutin um, auf die ich inzwischen nicht mehr zornig bin.

»Miss Hawthorn war in den Fängen einer der kriminellsten Familien unserer Zeit«, faucht sie und ihr Kopf schwingt schnell zurück zu mir, was ihren Pferdeschwanz wahrhaft fliegen lässt. »Sie ist nicht nur eine wichtige Zeugin, sondern auch in Gefahr.« Ich rutsche immer tiefer und tiefer in die Matratze. »Sie müssen sich keine Sorgen machen. Wir haben Sie unter falschem Namen aufgenommen und einen offiziellen Bericht herausgeschickt, laut dem wir nur Ihre Leiche bergen konnten. Aber wir müssen Sie offiziell verhören. Wir brauchen Informationen über Ihre Entführer und Phantombilder. Ich kann Ihnen Fotos zeigen, vielleicht erkennen Sie jemanden. Stimmt es, dass Sie beruflich über die Callens recherchiert haben?«

Ihre Stimme ist zu laut und schnell in meinem Kopf. Und ich will keine Fotos sehen. Ich will auch keine Informationen preisgeben. Ich bin diejenige, die Antworten braucht.

»Schluss jetzt«, geht die kleine Therapeutin mutig dazwischen und ich merke erst jetzt, dass ich mir die Ohren zugehalten habe. »Das reicht!«, blafft sie die Agentin an, die Hände in die ausladende Taille gestützt. »Miss Hawthorn braucht jetzt erst einmal Ruhe. Sonst gar nichts.«

Ich sehe sie an. Versuche, ihr allein mit meinen Augen zu danken, denn zu Worten bin ich nicht fähig. Ich bekomme doch selbst all die Dinge in meinem Kopf nicht sortiert. Wie sollte ich sie da in vollständige Sätze bringen? Und was zur Hölle soll ich ihr über meinen Entführer sagen? Dass er meine Träume wahrgemacht hat?

Dass er mir meine schlimmsten Ängste genommen hat? Dass ich mir in diesem Augenblick nichts sehnlicher wünsche, als ihn zu sehen, weil er mir geschworen hat, er würde immer da sein?

Agent Brown tippt mit ihrem perfekt manikürten Finger gegen die roten Lippen und sieht zwischen mir und meiner einzigen Freundin hin und her. Ich lasse die Hände sinken. Kralle sie stattdessen in meine Bettdecke.

»Drei Tage.« Sie funkelt mich wütend an und schürt damit erneut meine eigene Wut. »Ich gebe Ihnen drei Tage, dann müssen Sie eine umfangreiche Aussage machen.«

»Und wenn ich es nicht tue?«, zische ich zurück und richte mich etwas auf. »Was, wenn ich mich an nichts erinnere? Wenn ich die ganze Zeit betäubt verbracht habe und Ihnen nicht helfen kann?«

Das wäre doch möglich.

Agent Brown erhebt sich von ihrem Stuhl und streicht sich über den kurzen Rock.

»Denken Sie nochmal in Ruhe darüber nach, Miss Hawthorn. Wir können Sie nur beschützen, wenn Sie kooperieren.« Ohne irgendeine emotionale Regung in ihrem Gesicht nickt sie mir zu und mir bleibt nichts anderes übrig, als auf ihren schmalen Rücken zu sehen, während sie mit klackernden Absätzen mein Zimmer verlässt.

»Es kommt alles wieder in Ordnung.« Ich bemerke die Therapeutin erst, als sie ihre Hand zaghaft auf meine Bettdecke legt. »Kommen Sie erstmal zur Ruhe, dann wird sich alles regeln«, haucht sie mit ihrer samtigen Stimme, doch ich glaube ihr dennoch kein Wort.

Nichts kommt in Ordnung, weil ich verdammt

nochmal nicht weiß, was ich tun soll. Jemandem von Brexen zu erzählen, ist keine Option. Nicht, solange ich nicht weiß, was genau gestern Nacht passiert ist. Oder war es vorgestern? Ich habe sämtliches Zeitgefühl verloren.

Jetzt, da die zickige Ermittlerin weg ist, ärgere ich mich, dass ich nicht diejenige war, die ein paar Fragen gestellt hat. Ich hatte überhaupt keine Möglichkeit, zu Wort zu kommen. Ansonsten hätte ich sie gefragt, wie man mich finden konnte. Wer mich hergebracht hat und wo verdammt nochmal zur Hölle Brexen Ward ist. Denn obwohl er derjenige war, der mich auf Eilean Ross festgehalten hat, ist er der Einzige, der das Chaos in meinem Kopf lüften und den Knoten in meinem Herzen lockern kann.

Doch er ist nicht hier. Stattdessen sitzen meine vermeintliche Verwandten da draußen auf dem Flur, von denen ich keine Ahnung habe, wie ich ihnen je wieder in die Augen sehen kann. Keinem von ihnen.

KYLEE

09.09.2020

»Kylee.« Ich will die Augen öffnen und ihn ansehen, doch irgendetwas hindert mich daran.

»Brexen?«, Ich spüre, wie ich panisch werde. »Wo bist du? Ich kann dich nicht sehen.«

»Du bist wie immer blind, Kitty«, lacht er und sein tiefer Bass vibriert in meinem Bauch. »Erinnere dich an das, was ich gesagt habe.«

»Du hast mir Drogen verabreicht! Scheiße nochmal zum zweiten Mal! Wie soll ich mich da erinnern?«, fauche ich, doch er lacht nur noch lauter.

»Tu es einfach, Honey. Wir wissen beide, dass du es kannst. Werd nicht wieder zu dem kleinen grauen Mäuschen. Wir wissen beide, dass mehr in dir steckt. Du musst es nur wollen.«

Seine Stimme klingt weit weg und ich will mir am

liebsten die Augen auskratzen, weil ich sie nicht öffnen kann, um zu sehen, wo er ist.

»Brexen? Warum hast du das getan? Warum bist du nicht bei mir geblieben?«

»Du weißt, warum.«

»Einen Scheiß weiß ich«, keife ich und fange schon wieder an zu weinen.

»Hör auf zu heulen, Kylee. Was ist aus der Frau geworden, die ohne mit der Wimper zu zucken mit der Schrotflinte auf Blade zielt? Steh aus dem Bett auf und tu, was nötig ist.«

»Was ist denn nötig?«

Er antwortet nicht. Niemand tut das.

Auch ohne ihn zu sehen, weiß ich, dass er weg ist. Langsam und traurig öffne ich die Augen und schaue an die weiße Krankenhausdecke. Ich glaube, ich werde langsam verrückt.

Jedes Mal, wenn ich die Augen schließe und der Schlaf mich erlösen will, taucht er auf. Der Schlaf bringt mir keine Ruhe. Denn er ist da, sobald ich meine Lider senke. Er ist immer da. Und das wiederum macht mich noch müder. Es ist ein Teufelskreis. Mittlerweile geht das Spiel seit Stunden so. Alles an mir ist so müde. Und dabei ist es erst Mittag.

Ich kann mich einfach nicht erinnern. Was soll ich nicht vergessen? Hast du mir einen Hinweis gegeben? Etwas, das mir hilft, dass die Tage vorübergehen und die Nächte wieder zu meinem schlimmsten Feind werden? Denn das ist alles, was ich will. Mich daran erinnern, wie ich ängstlich in deinem Arm gelegen und gegen die Dunkelheit angekämpft habe. Du hattest recht, die Nacht ist nicht mein Feind. Es geht noch viel schlimmer. Denn gegen die Dunkelheit, die jetzt in meinem Herzen herrscht, gibt es kein Licht. Wo bist du, Brexen? Was ist passiert? Warum bist du nicht hier? Wieso hast du mich betäubt? Ich hasse dich dafür. Zumindest versuche ich es. Ich möchte dich hassen. Das würde es einfacher machen. Habe ich mich vielleicht einfach getäuscht? Bist du doch nur Callens Laufbursche, der die Gunst der Stunde für sich genutzt hat? Alles in mir sträubt sich gegen diesen Gedanken, aber du hast mir oft genug gesagt, dass ich blind sei. Hast du das gemeint? Ich will eine Antwort, verdammt. Also wo bist du, Brexen? WO?

»Hi.« Aiden streckt den Kopf zur Tür herein und alles in mir verspannt sich. Seit gestern Abend hat sich niemand mehr in mein Zimmer getraut, aber ich wusste, dass es nicht ewig so bleiben würde. »Dr. Roberts meinte, ich darf zu dir.«

Unauffällig lasse ich mein Notizbuch unter die Decke gleiten und nicke ihm zu. So sehr ich es auch möchte, ich kann der Realität nicht davonlaufen.

»Deine Eltern sind nach Hause gefahren. Cynthia

hatte Probleme mit dem Blutdruck und dein Dad war ziemlich erledigt. Sie kommen gegen Abend wieder.«

Seine Worte treffen mich wie ein Pfeil direkt in die Brust. Sie sind meinetwegen aufgebracht. Weil ich ausgerastet bin.

»Hast du die ganze Nacht vor der Tür gesessen?«, frage ich und fixiere einen Punkt auf meiner Decke. Ein winzig kleiner Kaffeefleck, der mich daran erinnert, dass ich es irgendwie über mich gebracht habe, zu frühstücken.

»Ich wollte da sein, wenn ...«, er zögert und ich hebe den Kopf, um ihn anzusehen. Er wirkt so ... fremd. Seine feinen Gesichtszüge und die gerade schmale Nase. »... es dir besser geht.«

Ich ziehe die Ärmel meines Pullovers über die Finger. Am liebsten möchte ich mich gänzlich darin verstecken.

»Tut mir leid, wenn ihr euch meinetwegen Sorgen gemacht habt. Das wollte ich nicht.«

Das ist die Wahrheit. Ich weiß, wie schnell meine vermeintlichen ... Eltern – wenn ich sie überhaupt noch so nennen kann – sich aufregen. Und gestern so die Kontrolle zu verlieren, war ein Fehler. Ganz gleich, was passiert ist. Sie werden in Sorge gewesen sein und mein Verhalten wird es wohl nicht besser gemacht haben.

»Du musst dich nicht entschuldigen, Darling. Das, was da ...« Er fährt sich mit den schlanken Fingern über die perfekt gegelte Frisur. Alles an Aiden wirkt schlicht perfekt. Immer. Er sieht nicht im Ansatz aus wie jemand, der seit gestern in einem Krankenhaus campiert. Das hellblaue Hemd ist faltenfrei und steckt penibel glatt in seiner Stoffhose. Die Schuhe sind auf Hochglanz poliert, wie immer.

Unsere Blicke treffen sich und ich schüttele schnell den Kopf. Er ist der Letzte, mit dem ich über die Insel reden will.

»Wir müssen nicht darüber reden, hat Dr. Roberts gesagt«, schiebt er schnell hinterher und wirkt genauso erleichtert wie ich.

»Okay«, murmele ich. Ich hätte es sowieso nicht gekonnt. Was auf Eilean Ross passiert ist, gehört allein mir. Jede Erinnerung daran ist sorgfältig verpackt in einem Teil meines Kopfes, der allen anderen nicht zugänglich ist. Es sind Geheimnisse, die ich nur mit einem Menschen auf dieser Welt zu teilen bereit bin. Und dieser Mensch ist nicht mein Verlobter. Ich wünschte, es wäre so.

Ob ich je auf die Insel zurückkehren kann? Ob ich je wieder das Meer sehen kann, ohne an unsere leidenschaftlichen Küsse zu denken? Ob ich je ein Messer in der Hand halten werde, ohne daran zu denken, wie die Klinge sich in meinem Schritt angefühlt hat?

»Hast du gegessen?«, fragt Aiden und mein Kopf schießt zu ihm. Er sieht ebenfalls auf den Kaffeefleck. Wie ertappt lege ich die Hand darüber und nicke.

»Hm«, murmele ich.

»Ich habe dir eine Tasche mitgebracht. Du musst das nicht länger anhaben.«

Ich schließe die Augen und atme tief durch.

»Danke«, bringe ich mühsam über die Lippen. »Vielleicht ziehe ich später etwas anderes an.« Meine Fäuste krallen sich in die Ärmel des Hoodies. Ich kann ihn nicht ausziehen. Niemals.

»Ich hab auch einen Föhn und dein Glätteisen dabei«, streut er weiter Salz in die Wunde.

»Gefallen dir meine Haare so nicht?«, frage ich eine Spur zu schnippisch. Ich fühle, wie ich mit jedem seiner Worte beinahe den Verstand verliere.

»Ja, doch, äh«, stottert er und ich hätte beinahe offensichtlich mit den Augen gerollt. »Ist mal was anderes. Ich dachte nur, weil du sonst so viel Wert ...«

»Schon okay, Aiden.«, befreie ich ihn und lasse mich in die Kissen sinken. Diese emotionale Achterbahnfahrt ist anstrengend. Und ich will sie nicht. Ich will, dass alles so ist wie ... Nein. Nein, das will ich auch nicht. Verdammt, ich weiß selbst nicht mehr, was ich will.

Auch er lässt die Schultern sinken und sackt in den Stuhl.

Das Verrückte ist, wir sind seit drei Jahren ein Paar und ich weiß nicht im Ansatz, worüber wir sprechen sollen. Er ist so fremd. So kalt und farblos. Er führt mich nicht, sondern schwimmt selbst hilflos in einem viel zu großen Teich. Ich kann mich nicht erinnern, was es war, das mich damals auf ihn aufmerksam gemacht hat. Was war es, das uns bis hierher verbunden hat? Ich sehe es nicht mehr.

»Wie läuft's bei der Arbeit?«, halte ich mich an das einzige Thema, das mir einfällt. Natürlich ist es völlig bescheuert, in dieser Situation darüber zu sprechen. Doch das Schweigen zwischen uns ertrage ich noch weniger. Aiden ist kein Mensch, mit dem man friedlich in Einvernehmen schweigen kann. Die Stille, die entsteht, ist eine der peinlichen Art, die einen unruhig werden lässt.

»Gut. Ich habe zwei neue Fälle. Kompliziert, aber zu

meistern«, erzählt er stolz, hält jedoch inne, als unsere Blicke sich treffen. »Aber ich kann mir jederzeit freinehmen, wenn du nach Hause kommst, dann …«

»Das wird nicht nötig sein«, unterbreche ich ihn schnell. »Ich komme klar. Es ist alles in Ordnung.«

Ich wünschte, es wäre so.

»Kyles«, seufzt er und ich zucke zusammen, weil er seine Hand auf meinen Arm legt. Er steht auf und setzt sich auf die Bettkante. Das Herz schlägt mir bis zum Hals. Ich möchte ihn nicht anlügen. Das hat er nicht verdient. Wie kann ich dem Mann, der mich heiraten will, erklären, dass ich mein Herz verloren habe? »Ich bin für dich da.«

Mit zitterndem Kinn sehe ich ihn an und so sehr ich auch stark sein möchte, ich falle in seine Arme und weine. Alles in mir sträubt sich dagegen, seine Gutmütigkeit auszunutzen. Ich sollte ihm alles erzählen. Es beichten und … ja, was und? Damit abschließen? Ihn verlassen? Bevor ich keine Antwort auf diese Fragen habe, bringt alles Reden nichts. Und ganz gleich, was aus Aiden und mir wird. Jetzt gerade brauche ich einen Freund. Ich schaffe all das hier nicht allein.

»Es tut mir leid«, schluchze ich und sabbere auf sein sauberes Hemd. »Es tut mir leid.«

»Schon gut.« Er versucht, mich zu beruhigen, doch egal, was er sagt oder wie zaghaft er mir über den Rücken streicht – es sind die falschen Hände. Die falschen Worte und der falsche Geruch, was mich nur noch mehr zum Weinen bringt.

»Alles wird gut«, lügt er und ich löse mich von ihm. Blicke ihm in die Augen, die mich voller Mitleid ansehen, das ich nicht verdient habe.

Er greift in seine Hosentasche und zieht ein perfekt gebügeltes Taschentuch hervor.

»Ich hab dein Hemd vollgerotzt«, gestehe ich und zucke weinend und lächelnd gleichzeitig mit den Schultern. Eine Erinnerung durchfährt mich und trifft mich mitten ins Herz. Ich sehe Brexen, wie er am Klavier sitzt. Wie seine Finger eine weiche Melodie in den Raum schicken und sie direkt in meiner Seele landet. Wie er lacht, weil ich sein Bett vollgeheult habe und es ihm vollkommen egal ist.

»Ich werde das schnell wegmachen. Hier«, er reicht mir sein Taschentuch. »Damit kannst du dich sauberwischen.« Und als er ins Bad verschwindet, kann ich nichts dagegen tun, dass ich mir wünschte, er käme nicht wieder.

KYLEE

10.09.2020

Zehn Tage. Auf mich wirkt es wie eine Ewigkeit. Wenn ich darüber nachdenke, dass mein Leben noch vor zwei Wochen unbeschwert und normal auf mich wirkte, ich in den Hochzeitsvorbereitungen steckte und voller Euphorie an einer neuen Story gearbeitet habe, scheint mir das wie ein schlechter Scherz. Dieses Leben ist Lichtjahre entfernt. Und ich bin nicht nur traurig darüber.

Obwohl ich keine Ahnung habe, was die Zeit auf Eilean Ross am Ende für eine Bedeutung hat, eines weiß ich seither mit Sicherheit. Ich will mehr. Mehr Risiko. Mehr Spaß. Mehr Unbekümmertheit und mehr ... Leben.

Ich werde Aiden nicht heiraten. Wie könnte ich? Ganz sicher sind Männer wie Brexen Ward nicht irgendeiner Norm zuzuschreiben. Doch durch ihn weiß ich, dass es sie gibt. In der Realität. Nicht nur in Büchern und

Filmen und der Fantasie von einsamen Frauen. Es gibt sie wirklich, die Männer, die durch Maskeraden von Make-up und Schönheitsidealen hindurchsehen. Für die Perfektion nicht irgendwelche Zahlen und Äußerlichkeiten sind, sondern ein Gefühl. Das Gefühl von Intimität, das man so oft unterschätzt. Erst wenn man es einmal mit jemandem erlebt hat, wenn man sich nackt und schutzlos gezeigt hat, so wie man ist, weiß man, wie es sich anfühlt. Es geht nicht um den perfekten Sex, die perfekte Taille oder den perfekten Beruf. Was zwischen zwei Menschen ist, muss echt sein. Rein und ehrlich und mit allem, was man zu geben hat. Ich dachte immer, mit einem Mann zu schlafen, das Bett und das Bad mit ihm zu teilen, sei so.

Doch ich hatte keine Ahnung. Brexen war der erste Mann, der einfach so in meine Seele gesehen hat. Der mich selbst in schwärzester Nacht als leuchtend bunten Vogel hat fliegen sehen. Es gab keine Grenze zwischen uns. Ich gab ihm meinen Körper und öffnete ihm mein Herz. Wir wurden eins und das war das Bedeutsamste, das ich je erlebt habe.

Mir ist inzwischen klar, dass mir die Oberflächlichkeiten und der wenige körperliche Kontakt, den ich mit Aiden teile, für ein ganzes Leben niemals reichen werden.

Wir haben noch nicht darüber gesprochen. Selbstredend war er meiner Meinung, die Hochzeit zu verschieben. Wir wissen nicht, wie es nach meiner Aussage bei der OCA weitergeht. Alles ist in der Schwebe. Meine Zukunft besteht nur aus dichtem Nebel, der sich einfach nicht verziehen will. Noch dazu halten mich alle für stark traumatisiert, was ich ja in gewisser Weise auch bin.

Seit ich gestern aus dem Krankenhaus entlassen wurde, sitze ich auf unserem Sofa und starre an die Wand. Ich darf das Haus nicht verlassen. Offiziell gelte ich nach wie vor als verschollen. Eine gefundene Leiche soll auf meine DNA hin analysiert werden. So lautet die Version für die Öffentlichkeit. Ich wurde mit Kappe und Sonnenbrille in unsere Wohnung geschleust, seitdem sind alle Vorhänge zugezogen und halten die Welt ausgesperrt. Mir passt das ganz gut. Ich möchte niemanden sehen oder hören.

Nichtsdestotrotz frage ich mich, wie das enden soll. Irgendwann wird der Callen-Clan spitzkriegen, dass ich nicht tot bin. Wenn sie es nicht sogar längst wissen. Was dann? Schicken sie jemand anderen, um mich zu töten? Die ganze Situation erscheint mir doch recht aussichtslos.

Ich habe mich im Internet über die OCA schlaugemacht. Die Organisation ist größer, als ich angenommen habe. Sie hat ihren Sitz auf der Northumberland Avenue unweit des Verteidigungsministeriums und arbeitet eng mit dem königlichen Parlament zusammen. Von dem weiß ich wiederum, dass es Geschäfte mit den Callens macht. Sie untersteht der Krone, ist jedoch wesentlich befugter als die Polizei oder vergleichbare Agencies.

Wahrscheinlich beschäftigen sich Organisationen wie diese allzu gerne mit Familien wie den Callens.

Keiner redet mit mir wirklich über die Woche, die ich in Schottland erlebt habe. Wir machen einen großen Bogen um das Thema. Trotzdem weiß ich, dass meine Familie mir vorwirft, mich nicht schon vor der Entführung mit meinen Informationen an die OCA gewandt zu haben. Das spüre ich. Dabei hat keiner von ihnen eine Ahnung, dass die zugespielten Fotos wertlos waren und ich so oder so in Callens Fängen gelandet wäre. Weil es nicht meine Story ist, die ihn interessiert. Er will meinen Tod. So wie er den meiner leiblichen Eltern gewollt hat. Doch das kann ich niemandem sagen. Das ganze Chaos, das ich nicht mehr einzuordnen weiß – wer meine Eltern sind, wen ich zu meiner Familie zählen kann oder wo ich hingehöre –, kann ich mit niemandem teilen. Da muss ich ganz allein durch.

Aiden beschränkt sich neben seiner Arbeit, die er von zu Hause aus erledigt, auf Small Talk. Banalitäten wie ›Was willst du essen? Magst du fernsehen? Ist dir kalt?‹ Solche Dinge. Er hat keine Ahnung, wie es mir tatsächlich geht, und ich kann es ihm nicht verdenken. Ich weiß es ja selbst nicht.

Ich esse, wenn er mir etwas bringt, und ich trinke, um besser schlafen zu können. Gestern Abend habe ich ihn gebeten, mir Whisky zu besorgen. Natürlich hat er es getan. Er liest mir jeden Wunsch von den Lippen ab, was mein Gewissen nicht gerade erleichtert.

Ich habe den Aberfeldy nach dem ersten Schluck gegen die Wand geknallt und die ganze Nacht geweint. Er hat mich nicht gehalten.

Wir schlafen getrennt. Ich weiß nicht genau, warum. Es hat sich so ... ergeben. Ich denke, Aiden versucht, mir Raum zu geben, und ahnt nicht, dass er sich damit jede Minute weiter von mir entfernt.

Keiner hinterfragt mein seltsames Verhalten. Das ist wohl das einzig Gute daran, während einer Entführung zur Fremdgängerin geworden zu sein. Alle fassen mich mit Samthandschuhen an.

Wir konnten seine Eltern mit Leichtigkeit davon überzeugen, uns erst ein paar Tage Ruhe zu gönnen.

Auch Cynthia und George, von denen ich nicht weiß, was sie für mich sind, habe ich bislang noch nicht wiedergesehen.

Jeder hat Verständnis, wenn ich nicht reden will oder weine. Und je mehr die Menschen mich verstehen, desto schlechter fühle ich mich. Ich hänge fest in einer nicht endenden Spirale und frage mich immer öfter, wo genau das enden soll.

»Agent Brown hat angerufen.«

Ich schließe die Augen und atme tief ein. Seit ich sie im St. Thomas kennengelernt habe, fürchte ich mich vor dem Termin bei Agent Brown. Sie macht mir Angst.

»Wann?«, frage ich knapp und klappe den Laptop zu, als er sich neben mich setzt. Er soll nicht sehen, womit ich mich beschäftige. Keiner soll das.

Obwohl er von zu Hause aus arbeitet, trägt er zu seiner schicken Stoffhose ein kariertes Hemd. Es spannt nicht an seinem Rücken, als er die Ellbogen auf die Knie stützt.

»Schon morgen. Wir haben um elf Uhr einen Termin.«

Mir wird kotzübel. Nicht nur, dass ich den heutigen Abend fürchte, an dem ich zum ersten Mal bewusst meinen Adoptiveltern gegenübertreten werde, ich habe auch keine Ahnung, was ich morgen aussagen soll. Erzähle ich von den Recherchen? Dem Informanten? Isaac oder ... Brexen?

»Moment«, sage ich und hebe den Kopf. »Was heißt wir? Du wirst doch nicht dabei sein, oder?«

»Na ja, Strafrecht ist nicht gerade mein Bereich, aber ich möchte dich ungern allein lassen.«

Aiden presst die Lippen zusammen und lächelt mich

schwach an. Wenn ich ihn doch nur lieben könnte, wie er es verdient. Dann wäre alles so viel einfacher.

»Hast du eigentlich geweint, als ich weg war?« Ich habe keine Ahnung, woher das kommt, aber irgendetwas in mir muss die Antwort auf diese Frage wissen.

Mir ist klar, dass ich hiermit die Grenze der Belanglosigkeiten überschreite. Dementsprechend weiten sich seine Augen und er wirkt mit einem Mal nervös.

»Was meinst du?«, fragt er und ich ziehe eine Braue in die Höhe.

»Ich meine es so, wie ich es gesagt habe. Hast du geweint? Ich meine, was hast du getan, als du gemerkt hast, dass ich nicht wiederkomme? Hast du gelitten? Hast du dich betrunken? Dich geprügelt? Die Welt verflucht?«

»Ich habe mich um alles gekümmert.«

»Um was?« Vielleicht spiele ich nicht fair, aber ich bin das Versteckspiel leid. Er wollte mich doch heiraten. Oder vermutlich will er es immer noch. Müssten wir uns dafür nicht viel besser kennen? Aiden wirkt immer so kontrolliert und durchgeplant.

»Um alles, worum sich gekümmert werden musste.«

»Hä?« Ich schiebe den Laptop weg und richte mich auf. »Was bedeutet das? Also am Abend des Dinners zum Beispiel. Ich bin nicht zu deinen Eltern gekommen. Was genau hast du getan?«

Es nervt mich, wie nervös er auf dem Polster hin und her rutscht.

»Na ja. Wir haben eine Zeit lang gewartet. Dann haben wir gegessen und ich habe …«

»Ihr habt gegessen?«, fahre ich dazwischen und es fühlt sich gut an, ein Ventil für die Wut, die unentwegt in mir tobt, gefunden zu haben. »Ich wurde entführt und ihr esst Schmorbraten?«

»Wir konnten nicht wissen, dass du entführt wurdest, Kyles.«

»Nenn mich nicht so«, zische ich und stehe auf. Ohne zu zögern gehe ich zu unserer Hausbar, die in den letzten Tagen so etwas wie mein Anker geworden ist. Ich war nie eine Trinkerin, aber ich denke, ich könnte eine werden, wenn es so weitergeht.

Hinter mir höre ich Aiden stöhnen. Ich wünschte, er würde mich anbrüllen oder irgendeine Form der Leidenschaft zeigen. Stattdessen drückt er mir lediglich im Vorbeigehen die Schulter.

»Unsere Eltern werden gleich da sein. Ich kümmere mich ums Essen.«

Ich kippe mir ein halb volles Glas Wodka in einem Zug in die Kehle.

»Klar«, flüstere ich vor mich hin, nachdem er weg ist. »Du kümmerst dich immer um alles. Nur nicht um mich.«

Wir kommen über den Small Talk nicht hinaus. Langsam glaube ich, er will genauso ungern über die letzte Woche sprechen wie ich. Und dabei wünschte ich, er würde mich zwingen. Würde die Wahrheit aus mir herausquetschen. Vielleicht würde ich mich besser fühlen, wenn ich es laut ausspräche.

Kurz davor mir einen weiteren Drink einzuschütten, stelle ich die Flasche wieder ab und gehe ins Schlafzimmer. Ich darf heute Abend nicht die Beherrschung verlieren.

Meine Vielleicht-Eltern mit der Tatsache zu konfrontieren, dass ich über die Adoption Bescheid weiß, ist keine Option. Es gäbe keine Möglichkeit, ihnen zu erklären, wie ein fremder Entführer mir davon berichten konnte. Und erst recht nicht, wenn die Atkinsens dabei sind.

Eine Stimme tief in mir drängt mich, nichts über Brexen preiszugeben. Und ich gehorche ihr, denn mein Verstand und meine Gefühle spielen seit Tagen verrückt. Ihnen ist ohnehin nicht mehr zu trauen. Also verlasse ich mich lieber auf die innere Stimme. Immerhin habe ich keine verlässliche Alternative.

Seufzend nehme ich ein schwarzes schlichtes Kleid aus dem Schrank und tausche es gegen die Joggingsachen, die ich seit zwei Tagen trage. Den roten Hoodie habe ich mit den anderen Klamotten ganz hinten in einer Tüte im Schrank versteckt. Wenn Aiden nicht im Schlafzimmer ist, nehme ich sie hervor und rieche daran. Versuche mich zu erinnern, was Brexen mir gesagt haben könnte, das ich nicht vergessen soll. Es fällt mir immer noch nicht ein. Ich habe das Gefühl, es ist da. Seine Worte schwirren in meinen Gedanken, aber ich kann sie einfach nicht greifen, egal, wie sehr ich mich danach strecke. Sie sind unerreichbar. Genau wie er und alles, was wir erlebt haben. Ich habe Angst, dass die Erinnerungen nach und nach verblassen. Oder womöglich sind die Bilder in meinem Kopf nur in meiner Fantasie entstanden. Vielleicht stimmt es ja und ich war die ganze Zeit über sediert und Brexen Ward ist nur eine schmutzige Fantasie, die mein Kopf erschaffen hat, um mir die Situation zu erleichtern.

Würde ich das wollen? Würde das die Situation einfacher machen? So viele Fragen, auf die es einfach keine Antwort geben will.

Aus dem Wohnzimmer höre ich bereits die Stimmen seiner und meiner Eltern. Mit beiden Händen fahre ich mir noch einmal durchs Haar. Ich trage es offen, seit ich die Insel verlassen habe.

Im Spiegel unseres Kleiderschrankes betrachte ich die Frau, die aus Schottland heimgekehrt ist. Sie sieht fremd aus. Wilde Locken fallen ihr bis weit über den Rücken. Doch ihre Augen sind traurig und leer. Genau wie ihr Herz. Ich bin nicht bereit, mein wahres Ich noch länger hinter Make-up und Haarspangen zu verstecken. Seufzend straffe ich die Schultern und schließe kurz die Augen.

Es ist, als könne ich Brexen hinter mir stehen sehen. Ich spüre seine Hand, die meine Mähne über eine Schulter legt, um mich dort zu küssen.

»Du bist wunderschön, Honey«, haucht er und seine Finger schieben den Stoff zur Seite, damit seine Lippen über mein Schlüsselbein fahren können. Ich fühle sie. Spüre seine Finger mit festem Griff auf meiner Taille.

»Kylee?«

Ich schlage die Augen auf. Ich bin allein.

»Kylee?«, wiederholt Aiden aus dem Flur. Ich wische mir hastig die Haare aus der Stirn und senke den Blick. Ich kann mein Spiegelbild nicht ertragen.

»Ich komme«, rufe ich und atme noch ein letztes Mal durch, ehe ich mich dem Schauspiel stellen muss, das auf mich wartet.

Noch nicht ganz über die Schwelle zum Wohnzimmer, halte ich inne und sehe meine Eltern an. Wie sie dastehen, sich an den Händen Halt geben und mich betrachten. Sie zu sehen, schnürt mir die Kehle zu.

Ohne etwas zu sagen oder zu zögern, fällt meine

Mum mir weinend um den Hals. Und ich erwidere ihre Umarmung. Erlaube ihr, mich eng an ihre Brust zu ziehen, und lasse es zu, dass mich ihr Geruch und das Gefühl ihrer Hände auf meinem Hinterkopf glücklich machen.

Fest an sie gepresst, gestatte ich den Tränen, sich erneut ihren inzwischen altbekannten Weg zu bahnen. Ich will nicht mehr wütend auf sie sein. Nicht jetzt.

Ganz gleich, ob sie mich angelogen hat. Das hier ist die Frau, die immer für mich da war. Sie hat mir jeden Morgen vor der Schule die Haare frisiert und sie mir zurückgehalten, wenn ich gekotzt habe. Sie hat mir Essen gekocht und mich bei meinem ersten Liebeskummer getröstet. Vielleicht haben sie mich nicht zur Welt gebracht, aber sie haben mich großgezogen. Sie sind meine Eltern. Sie haben mir ein Zuhause und ein behütetes Leben geschenkt. Sie waren diejenigen, die mich beschützt haben. Und sie sind diejenigen, die jetzt hier sind. Sie. Nicht Brexen Ward.

Mit einer einzigen Umarmung ist all mein Zorn verpufft. Es bleiben zwar eine Menge Fragen, doch die sind gerade nicht wichtig.

»Ich bin so froh, dass du hier bist«, flüstert meine Mum mir ins Ohr und tätschelt meine Wange. Irgendwann spüre ich auch die Hand meines Vaters auf meinem Rücken. Mein Vater, der mir meine erste Tasche für die Uni geschenkt und mir stundenlang Tom Sawyer vorgelesen hat.

»Es tut mir leid«, jammere ich und schließe auch ihn in die Arme. Im Grunde bitte ich sie für all meine grausamen Gedanken um Verzeihung. Doch das können sie nicht ahnen. »Ich wollte euch keinen Kummer machen.«

»Schon gut, mein Kind«, murmelt mein Dad und trotz der Emotionen stechen die letzten zwei Worte wie ein Messer in meine Brust. Doch ich schiebe den Schmerz beiseite. Er muss aus meinem Sichtfeld verschwinden. Darf sich bei der tiefen Sehnsucht und der grauenvollen Angst in der hintersten Ecke meines Kopfes verstecken.

Egal, wie alt eine Frau wird, hin und wieder braucht sie die Umarmung ihrer Mum. Den Schutz ihres Dads. Und ich habe beides. Ganz gleich, ob sie es waren, die mich gezeugt haben. Wir sind eine Familie.

Ich löse mich nur so weit von ihnen, dass wir uns ansehen können.

»Ich hab euch lieb«, sage ich – etwas, das ich tief in meinem Herzen die ganze Zeit über wusste, nur nicht sehen wollte. Weil ich zornig und enttäuscht war.

»Liebling«, murmelt mein Dad. Seine rötlichen Haare sind von weißen Strähnen durchzogen und er riecht wie immer nach Tabak und Kaminfeuer. »Weine nicht. Du bist zu Hause.«

Seine Worte bringen mich nur noch mehr zum Weinen. Denn ich weiß nicht, wo ich zu Hause bin.

»Ich habe meinen Weg verloren, Daddy«, flüstere ich so leise, dass Aiden und seine Eltern es nicht hören. Es ist das erste Mal, dass ich laut ausspreche, was wirklich in mir vorgeht.

Seine warme Hand legt sich auf meine Wange und ich lehne sie seiner Berührung entgegen.

»Es gibt nie nur einen Weg« erwidert er genauso leise. Meine Mum sieht unruhig hinüber zu Aidens Familie, doch mein Dad sieht nur in meine Augen. »Du findest einen neuen«, sagt er und ich lege meinen Kopf auf seine Brust.

»Hoffentlich hast du recht«, hauche ich nur für mich und ihn, und er legt seine warmen Arme um mich. Hüllt mich ein in die Geborgenheit meiner Kindheit, die ich erleben durfte. Vielleicht hatte Brexen recht und der Tod meiner leiblichen Eltern hat mir ein Leben geschenkt. Ein gutes, behütetes Leben, in dem es niemals an Liebe gemangelt hat.

Mein Dad tätschelt mir den Hinterkopf und ich sehe dabei meine Mum an, die sich um ein Lächeln bemüht.

»Die Hauptsache ist doch, dass alles wieder gut wird«, sagt sie und ich wünschte, sie hätte recht.

KYLEE

11.09.2020

Ich bin ein Wrack. *Ein Schiffswrack? Vor den Klippen von Eilean Ross auf Grund gelaufen*?

Herrgott, mir ist wirklich nicht mehr zu helfen. Jeder Gedanke führt früher oder später zu ihm. Und ich werde noch verrückt. *Wenn ich es nicht schon längst bin.*

Meine Finger versuchen, mich mit einem kleinem Trommelspiel auf meinen Oberschenkeln irgendwie abzulenken vor der grausamen Nervosität, die wie ein schlimmer Sturm auf dem Meer in meinem Inneren tobt. Wellen der Verzweiflung schlagen über mir zusammen und bündeln sich am Strand zu einer dichten Masse der Ratlosigkeit.

»Keine Angst. Du wirst das hinkriegen.« Aiden klopft kurz auf mein Knie, nimmt seine Hand aber sofort wieder weg. Ich wünsche mir für einen Moment, er ließe sie dort und würde wenigstens versuchen, mich nicht nur mit Floskeln abzuspeisen. Doch er tut es nicht.

Mein Fuß wippt in schnellem Takt auf dem weichen Teppich des Wartebereichs und ich wische mir die verschwitzten Hände an meiner Bundfaltenhose ab.

Tief einatmend, sehe ich zu ihm hinüber. Er sieht gut aus. Nicht sehr groß und auch recht schlank, aber durchschnittlich gut. Sicher sind die Mädels in seinem Büro froh, wenn sie für ihn arbeiten können.

Aiden ist einer von der guten Sorte. Ein liebevoller Mann. Ohne Zweifel. Gestern habe ich ihn gefragt, ob es ihn nicht stört, allein zu schlafen. Was ich eigentlich wissen wollte war, ob es ihm nicht fehlt, Sex mit mir zu haben. Immerhin ist es inzwischen Monate her, dass wir miteinander geschlafen haben. Seine Antwort kam sofort und ohne zu zögern: Er gäbe mir alle Zeit der Welt.

Ich habe ihn nicht darauf aufmerksam gemacht, dass ich nie um Zeit gebeten habe. Er versucht, nur das Beste für mich zu tun, und dafür bin ich ihm dankbar. Sehr sogar. Auch wenn das, was er tut, am Ende genau das Falsche ist.

»Danke, dass du mitgekommen bist.«

Er sieht von seinem Handy auf und lächelt mich an. Seine Zähne sind so perfekt wie der Rest an ihm.

»Dafür bin ich doch da.« Er streicht sich die rote Krawatte zurecht, die er zu seinem blauen Anzug trägt.

»Ich habe überlegt, mir eine Zeit lang freizunehmen.«

Tatsächlich habe ich die Entscheidung schon getroffen, nur noch nicht geäußert.

»Das ist eine gute Idee.« Er tippt noch kurz auf sein Display und steckt das Smartphone anschließend in seinen braunen Aktenkoffer. Die Verschlüsse klicken laut in dem steril eingerichteten Bürogebäude.

»Vielleicht will ich auch ganz was anderes machen.«

»An was hast du gedacht?« Aiden lehnt sich zurück und ich frage mich unwillkürlich, wann er damit aufgehört hat, meine Hand zu halten. Oder hat er es nie? Habe ich das nie vermisst?

»Ich würde gerne einen Roman schreiben«, flüstere ich und spiele an meinen Fingerkuppen.

»Einen Roman?«, fragt er eine Spur zu schrill und ich spüre das schnaubende Lachen, auch ohne ihn anzusehen. Er hat keine Ahnung, dass mein Laptop bereits voll mit erdachten Geschichten ist.

»Ja. Das Schreiben tut mir gut.« Durch die Blume wollte ich ihm sagen, dass ich schon dabei bin, es zu tun, doch er lacht nur und verschränkt die Arme vor der Brust. Aiden liest nur, was mit der Börse und Finanzen zu tun hat. Aber niemals Romane oder fiktive Geschichten. Schon immer hat er mein Hobby, Liebesromane zu lesen, belächelt. Irgendwann habe ich nur noch digital gelesen, um mich nicht für irgendwelche Titel oder Cover rechtfertigen zu müssen. Meine Lieblingsbücher verstauben auf dem Speicher meiner Eltern, weil es sich nicht schickt, *solche* Bücher öffentlich zu präsentieren. Solche Bücher, wie ich sie selbst schreibe. Solche Bücher, wie ich sie liebe.

»Wenn du denkst, dass es dir hilft, dann tu, was du für nötig hältst, Kylee.«

»Was ich für nötig halte?«, hake ich nach. Meine Kopfhaut spannt. Zum einen, weil ich meganervös bin, zum anderen, weil ich die streng zurückgelegten Haare nicht mehr gewohnt bin.

»Na ja. Du weißt, was ich meine.«

»Nein, um ehrlich zu sein, weiß ich es nicht«, sage ich und die Tatsache, dass ich mich seit Tagen vor diesem Termin fürchte, rückt in weite Ferne. Dafür kommt mein neuer Freund, die Wut, und setzt sich zwischen uns. Er passt problemlos in die immer größer werdende Lücke.

»Romane schreiben ist für Menschen wie dich kein Beruf. Aber wenn es dir hilft, mach es.«

»Menschen wie mich?« Ich fürchte, jede Sekunde zu explodieren. Die Wut breitet die Ellbogen aus und macht es sich bequem.

Aiden zieht zwischen zusammengebissenen Zähnen die Luft ein.

»Vielleicht können wir das später besprechen«, flüstert er und sieht immer wieder zu der Empfangsdame. Ich bin ihm unangenehm. Höchstwahrscheinlich hasst er es, dass ich zu laut spreche und es nicht gut sein lasse. Doch er sagt es nicht. Das tut er nie. Solchen Konflikten geht er gern aus dem Weg. In der Regel bin ich diejenige, die die bittere Pille schlucken muss, und später verlaufen solche Diskussionen dann im Sand. Das tun sie früher oder später immer.

»Weißt du«, setze ich gerade mit neuer Energie an, weil ich nicht länger dazu bereit bin, zu schweigen, doch wir werden unterbrochen.

»Miss Hawthorn.« Agent Brown kommt mit der Anmut eines Topmodels den schmalen Gang entlang. Sie fliegt geradezu, so schnell setzt sie einen Fuß vor den anderen. Wie schon bei unserem ersten Treffen trägt sie ein zusammengehörendes Set aus Rock und Blazer mit einer weißen Bluse. Diesmal sind ihre Haare offen, aber so stark geglättet, dass sie wie ein seidener

Vorhang aussehen. Sie wirkt verdammt respekteinflößend.

»Agent Brown«, stößt Aiden als Erster aus und ist auch schon auf den Beinen, um ihr seine Hand zu reichen. Sein Verlobungsring blitzt dabei an seinem Finger. Ich trage meinen seit Wochen nicht. Er zwickt und ist so schwer, dass er meinen Finger nach unten zieht. »Schön, Sie persönlich kennenzulernen.«

»Hat lang genug gedauert«, lächelt sie und ich bin mir sicher, innerlich funkelt sie uns wütend an.

»Hallo«, melde ich mich zaghaft zu Wort und schüttele ihr ebenfalls die Hand, nachdem sie sich von Aiden gelöst hat.

»Ich hoffe, Sie haben alles verarbeitet und sind bereit für Ihre Aussage?«

Wir sehen uns an und ich weiß einfach nicht, was ich sagen soll. Plötzlich kehrt die Aufregung mit voller Wucht zurück. Weil ich einfach noch keine Entscheidung treffen konnte, was ich heute sagen soll. Mein Plan ist, erst einmal ein paar Informationen aus ihr herauszulocken, ehe ich beschließe, wie viel ich preisgebe.

»Ist sie«, antwortet Aiden für mich und mein Blick zuckt kurz zu ihm. Er ist voll im Anwaltsmodus. Hat sein feinstes Lächeln aufgesetzt. Doch damit prallt er bei Agent Brown ab wie ein Squashball. Sie sieht nicht einmal zu ihm herüber.

»Bin ich«, bestätige ich, was im Grunde genommen nicht stimmt. Doch ich will das Verhör so schnell wie möglich über die Bühne bringen. Zur Not werde ich die Aussage verweigern. Das kann man doch. Ich habe genug Krimiserien gesehen, um das behaupten zu können. Meine Erlebnisse sind zwar keine TV-Serie, aber wie der dunkle Wagen uns in der Tiefgarage unseres Apartmenthauses abgeholt und hergefahren hat, erinnert schon stark an einen schlechten Film. Dieses Gebäude ist besser geschützt als Guantanamo.

»Und er?«, fragt Brown und mustert Aiden abschätzend von oben herab. Die schlanke Frau überragt ihn ein ganzes Stück. »Fungieren Sie heute als Miss Hawthorns Anwalt oder ist das Verhältnis nur privater Natur? Dann müsste ich Sie bitten, hier zu warten«, richtet sie sich direkt an ihn.

Ein Teil von mir bekommt einen Kloß im Hals bei der Vorstellung, allein mit ihr in eines dieser Zimmer zu gehen. Das riesige Gebäude auf der Northumberland Avenue ist einschüchternd. Die Böden sind allesamt mit schwarzem Teppich ausgelegt, alles andere ist in schlichtem Weiß oder Glas gehalten. Die Decken sind so hoch und mit Stuck verziert, dass man denkt, man sei in einem Palast. Die schweren Kronleuchter, die gespenstische Schatten an die Wände malen, unterstreichen das Gefühl nur.

Ich schaue Aiden an, und noch ehe er eine Antwort geben kann, lasse ich trotz alledem den anderen Teil in mir entscheiden.

»Ich gehe allein«, werfe ich mit Blick in den Flur den Ball zurück zu Brown und wage es nicht, Aiden dabei anzusehen. Ich weiß, wie sehr er sich auf heute vorbereitet hat. Obwohl er Anwalt für Finanzrecht ist, hat er sich bis ins Letzte belesen, um heute für mich einzustehen.

Doch ... ich will ihn nicht dabeihaben. Vielleicht, weil ich zu feige bin. Weil ich fürchte, ich könnte mich in irgendeiner Form verraten oder er sähe mir die Lügen an.

Vielleicht aber auch, weil ich hoffe, durch Brown an Informationen über Brexen zu kommen.

Auch wenn die letzten Tage ihren eigenen Rhythmus gefunden haben, ist es, als sei er nach wie vor bei mir. *Doch das ist er nicht.* Das versuche ich mir immer und immer wieder selbst einzutrichtern. Er hat mich unter Drogen gesetzt und mich allein gelassen. Nur Gott weiß, was passiert wäre, hätte die OCA mich nicht gefunden.

Ich muss das endlich verstehen und ich hoffe, heute ein für alle Mal damit abschließen zu können. Schlimm genug, dass nach wie vor die Gefahr durch die Familie Callen im Raum steht. Ich muss Brexen Ward loslassen. Aufhören, in unserem Wohnzimmer mit ihm zu reden, in der Hoffnung, dass er mich weiterhin überwacht. Ich muss aufhören, ihm heimlich zu schreiben und nächtelang Szenen, die wir auf Eilean Ross erlebt haben, zu Papier zu bringen.

Und diese Aussage ist der erste Schritt.

»Miss Hawthorn?« Agent Brown holt mich zurück in die Gegenwart und ich schüttele mich unwillkürlich. »Wollen wir?«

»Kylee?«, fragt Aiden und unsere Blicke treffen sich kurz.

»Sorry«, forme ich mehr mit den Lippen, als es zu sagen, und schenke ihm ein schmales Lächeln, während ich an ihm vorbeigehe. Um sein Unverständnis kann ich mich nachher noch kümmern.

»Bringen wir es hinter uns«, murmele ich mehr zu mir selbst und versuche, den schnellen Schritten von Agent Brown zu folgen. Ihre High Heels erzeugen auf dem Teppich kaum ein Geräusch und auch sonst ist im Hintergrund nur das Klappern einer Tastatur zu hören.

»Wir hatten vielleicht nicht den besten Start«, beginnt sie zu erzählen und wir biegen in einen fast endlos wirkenden Flur ab. Sie schreitet vor mir und sieht mich immer mal wieder über ihre Schulter hinweg an. Sie ist hübsch. Trotz der harten Züge in ihrem Gesicht ist sie auf ihre Weise sehr attraktiv. »Sie müssen verstehen, dass die Ermittlungen zur Familie Callen recht heikel sind. Wir kratzen nah an der königlichen Regierung.«

»Verstehe.« Mein Puls rast. Ich habe einfach nur Angst. Was zur Hölle soll ich ihr sagen?

»Keine Sorge. Wir sorgen für Ihre Sicherheit. Darüber müssen Sie sich keine Gedanken machen.«

Fast hätte ich laut aufgelacht. Ob ich ihr erzählen sollte, dass meine Verbindung zu Callen viel tiefer reicht? Dass es witzlos wird, mich zu beschützen, wenn er erst erfährt, dass ich nicht tot bin? Oder weiß er es längst, weil Brexen mir immer noch auf den Fersen ist? Wie könnte ich ihr das erklären, ohne alles aufzudecken? Alles, bis hin zu meiner falschen Identität.

»Hm«, brumme ich als Antwort, doch ich glaube, sie hat es nicht gehört. Stattdessen bleibt sie abrupt stehen und öffnet eine Glastür. Diese führt in ein kleines Vorzimmer, das im Grunde genommen nur aus einer Schrankwand und einem Schreibtisch besteht, vor der eine zierliche Blondine mit Headset sitzt. Sie schaut kurz auf und nickt Brown zu, die auf eine Tür in der Schrankwand deutet.

»Zuerst möchte ich Sie einem unserer Agenten in dieser Sache vorstellen. Ohne seine Hilfe weilten Sie wahrscheinlich nicht mehr unter uns.«

Ich stocke kurz und ziehe die Augenbraue in die

Höhe, doch schon im nächsten Moment öffnet sie die Tür und fordert mich auf, einzutreten.

Der Raum ist riesig. Schwarzer Teppich. Weiße Möbel. Eine komplett verglaste Front, die einen unglaublichen Blick über London bietet. Ich schlucke meine Angst hinunter, als mein Blick auf einen Mann fällt, der mit dem Rücken zu uns steht. Er hat zurückgegeltes Haar und das schwarze Hemd sitzt perfekt auf seinen breiten Schultern.

»Diesem reizenden Herrn verdanken Sie Ihr Leben«, singt Agent Brown und ich halte inne.

»Ich erinnere mich«, flüstere ich vor mich hin und es ist der Geruch, der mich triggert. Ich erinnere mich an den Strand. An seine Hände auf meinen Wangen.

Er dreht sich um. Mein Herz bleibt stehen. Jetzt weiß ich, wie er glatt rasiert aussieht.

›Ich liebe dich‹, haucht er in meiner Erinnerung.

»Miss Hawthorn«, sagt er in der Realität mit tiefer Stimme und ich lege meine Hand in die von Brexen Ward.

Ende Band 1

DANKSAGUNG

Zuerst ein dickes Dankeschön an Kylee und Brexen. Wow! Was war das für eine Reise. Ihr habt es mir nicht leichtgemacht, aber im Nachhinein muss ich gestehen, für euch war es mit mir auch nicht einfach. Carlos und Lis haben große Fußspuren hinterlassen und meine Erwartungen waren enorm. Aber ... ihr habt uns alle überrascht. Ihr habt die Kontrolle übernommen und eure Geschichte selbst geschrieben. Und es war mir eine Ehre, diese zu Papier zu bringen.

Die Prämisse dieses Romans ist so simpel wie die Liebe selbst.

»Sieh mit dem Herzen.«

Mir war es möglich, dieses Gefühl so genau zu verstehen, weil ich diesen einen Menschen in meinem Leben gefunden habe, der mich wirklich sieht. Und darum geht mein zweiter Dank an meinen Mann. Ich danke dir nicht nur für die vielen alltäglichen Dinge, die du für mich tust, ich danke dir vor allem, dass du niemals versuchst, mich zu ändern. Vom ersten Tag an hast du mich mit all meinen Macken, Verrücktheiten und vor allem meinen Ängsten geliebt. Du hast genau hingesehen, wo viele andere vor dir sich abgewendet haben. Und dafür werde ich dir bis in alle Ewigkeit dankbar sein. Du bist mein bester Freund auf der Welt. Mein Beschützer und Partner. Es gibt keinen Weg, den wir nicht zusammen gehen können.

Um so einen Roman auf den Weg zu bringen, bedarf es nicht nur einer halbwegs begabten Autorin und engagierten Protagonisten. Es gibt eine Vielzahl von Menschen, die im Hintergrund mitarbeiten und ein Teil dieses Buches sind.

Dabei möchte ich gern ein paar Namen nennen.

Jane – als Kopf des Federherz Verlages bin ich dir unendlich dankbar für dein Vertrauen in meine Geschichten und für die Gestaltung meiner wundervollen Cover. Ohne diese wären die Bücher nicht das, was sie sind.

Christina – meine liebe Autorenbetreuung. Danke, dass du im Hintergrund alle Fäden in der Hand hältst und nie den Überblick verlierst. Es ist schön, jederzeit ein offenes Ohr bei dir zu finden.

Corinna – dieses Jahr durften wir uns endlich persönlich kennenlernen. Danke für deine unermüdliche Arbeit im Hintergrund. Ohne wäre all das überhaupt nicht machbar.

Anna und Sophia – danke für eure tolle Mitarbeit an der isle of sin. Ihr seid spitze.

Und dann folgt eine ganze Reihe wundervoller Damen, die sich den Platz an dieser Stelle wirklich verdient haben. Daphne, Cara, Feli, Hanna, Nelli, Lis, Jenny, Reni, Kathrin, Eva, Tina, Theona, Daniela, Patricia, Rebecca und zuletzt meine Mama. Ihr alle habt die Geschichte von Kylee und Brexen von der ersten Seite an verfolgt und sie mit mir wachsen lassen. Ich danke euch für eure Kritik, eure wundervollen Kommentare und die vielen Gespräche und Stunden, die ihr für mich geopfert habt. Ein jeder von euch steckt in diesem Buch.

Annette Nenner – ihr verdanken wir, dass wir alle diesen Roman formvollendet und fehlerfrei in Händen halten. Danke für deine Mühe.

Und last but not least schicke ich noch ein dickes fettes Danke in den Norden zu meiner lieben Autorenkollegin Alessia Gold. So ein bisschen fehlen mir gerade die Worte (und du weißt, wie selten das ist). Ich weiß gar nicht mehr genau, wie die Idee zustande kam, unsere Romane miteinander zu verknüpfen. Doch aus diesem spontanen Einfall hat sich im Laufe der Zeit eine enge Zusammenarbeit entwickelt, die ich in jeder Minute genossen habe und nicht mehr missen will. Es war mir eine große Ehre, deine Cluaran-Jungs in meine Geschichte zu integrieren, und es wird immer ein Gänsehautfeeling bleiben, in deinen Büchern von meinen Protagonisten zu lesen. Ich darf gar nicht daran denken, wenn das letzte Schottenbuch fertig ist und unsere Reise sich dem Ende zuneigt. Das bedeutet Herzschmerz.

Unsere Schotten haben sich gefunden. Genau wie wir. Und ich bin sehr dankbar dafür. Obwohl uns viele Kilometer trennen, bist du immer da – und das ist ein wundervolles Gefühl. Danke von Herzen dafür.

Und wie immer: Danke an all meine Leser! Ohne euch wäre meine Arbeit sinnlos. Ihr seid es, die den Büchern erst Leben einhauchen. Wenn ihr über isle of darkness reden wollt oder ein nettes Wort für mich übrighabt, schreibt mir gern auf Instagram, Facebook oder an mica.schreibt@federherzverlag.de

Ich freue mich über eure Nachrichten!

Liebe Grüße, eure Mica

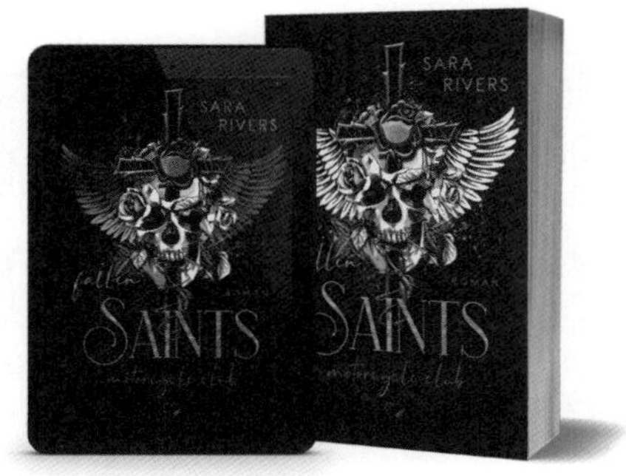

Shadow ist der Vice President der Fallen Saints. Niemand stellt sich ihm entgegen. Er tötet – und er genießt es. Und er wird auch deine Seele zu sich in die Dunkelheit holen ...

Als die junge Storm nach einem Streit mit ihrem gewalttätigen Vater an den Falls River flieht und Augenzeugin eines brutalen Mordes wird, zerbricht ihr Traum von einem Leben in Freiheit. Noch bevor sie flüchten kann, wird sie von Shadow Cane – dem Vizepräsidenten der Fallen Saints – geschnappt. Der Outlaw-MC ist für seine Skrupellosigkeit in ganz Arizona bekannt. Shadow bekommt die klare Anweisung, Storm notfalls mit Gewalt vom Club fernzuhalten, aber es gibt einen Teil in ihm, der die schöne Studentin beschützen will. Die beiden geraten in einen Sog aus dunkler Begierde, bis Storm einen folgenschweren Fehler begeht und ihr Leben riskieren muss, um dem MC zu helfen.
War es die richtige Entscheidung?
Und wird Shadow rechtzeitig kommen, um sie zu retten?

Sammle Herzpunkte und sichere dir

kostenlose Wunschbücher

Du hast Lust, Feedback zu den Verlagstiteln des Federherz Verlages zu geben? Du möchtest dabei Punkte sammeln, von denen du dir in regelmäßigen Abständen Wunschbücher aussuchen kannst?

Dann mach mit beim Herzlesen. Alles, was du dafür brauchst, ist ein Konto auf unserer Federherz-Homepage. Sobald du dieses hast, kannst du direkt damit loslegen, Herzpunkte zu sammeln.

Wir freuen uns, bald mehr von dir zu lesen!

Dein Federherz Verlag